COLMILLO BLANCO

Jack London
Colmillo Blanco

Mestas
ediciones

EL BARCO DE PAPEL

EDICIÓN ÍNTEGRA

Directora de colección:	Emiliana Garrote
© Diseño de cubierta:	Pepe Cubero
Título original:	*White Fang*, 1906
© Traducción:	Julia Pérez Martín
Título original apéndice:	John Charles N. Watson Jr. "Redemption of an Outcast. White Fang", *The Novels of Jack London,* The University of Wisconsin Press, 1983, p. 79-98.
© Traducción apéndice:	Mercedes García Rega
Ilustración cubierta:	Anónimo, "Groebendael"
© De la colección:	Proyectos Ánfora, S. L., 2000 Pozo, 12. 47400 Medina del Campo (Valladolid)
© De esta edición:	JORGE A. MESTAS, Ediciones Escolares, S. L. Avenida de Guadalix, 103 28120 Algete (Madrid) Tel. 91 886 43 80 Fax: 91 886 47 19 E-mail: jamestas@arrakis.es www.mestasediciones.com

ISBN: 978-84-95311-07-8
Depósito legal: M.12.439-2009
Impreso en España por: Gráficas Rógar, S.A.
Pol. Industrial Alparrache, C/ Mina del Cotorro.
28600 Navalcarnero - Madrid
Printed in Spain - Impreso en España

Primera edición: *septiembre, 2000*.
Segunda edición: *marzo, 2001*.
Tercera edición: *diciembre, 2002*.
Cuarta edición: *julio, 2006*.
Quinta edición: *abril, 2009*.

PRIMERA PARTE

1. *El rastro de la carne*

AMBAS ORILLAS DEL HELADO RÍO SE EXTENDÍA UN sombrío bosque de abetos. Poco antes, el viento había desnudado a los árboles de su capa de nieve, por lo que parecían inclinarse unos hacia otros, como negras sombras a la luz del ocaso. Un profundo silencio reinaba alrededor. Incluso la tierra estaba desolada, sin vida, sin movimiento, tan solitaria y fría, que ni siquiera se desprendía de ella un hálito de melancolía. Había en ella algo parecido a una carcajada, pero una carcajada más terrible que la misma tristeza, más desolada que la sonrisa de la esfinge; una risa tan fría como el hielo, y que reflejaba el espanto de la fatalidad. Era la suprema e incomunicable sabiduría de la eternidad, que se burlaba de la inutilidad de la vida y de su esfuerzo por vivir. Era el bosque, el salvaje bosque boreal, el helado corazón de las yermas tierras del norte.

Y allí mismo, como un reto, se encontraba la vida. Aguas abajo, por el río helado, avanzaba con dificultad un trineo tirado por perros de aspecto lobuno. Su hirsuta pelambre estaba recubierta de escarcha. Su aliento se congelaba en el aire, en cuanto salía de sus fauces y se depositaba, formando cristales, sobre su piel. Los perros llevaban arneses de cuero, y unos tiros, también de cuero, los sujetaban al trineo, que se arrastraba tras ellos, por falta de cuchillas. Era de resistente corteza de abedul y se apoyaba con toda su superficie en el suelo. La parte delantera estaba redondeada y levantada para apartar la nieve blanda y así evitar hundirse en ella. Sobre el trineo, cuidadosamente sujeta, había una caja de madera, larga y estrecha, de forma rectangular. Encima de las mantas que cubrían el trineo, había otras cosas: un hacha, una cafetera y una sartén. Pero era la caja larga y estrecha, la que ocupaba la mayor parte del trineo.

A la cabeza de los perros, calzado con anchos mocasines, avanzaba con dificultad un hombre. Otro hacía lo mismo, detrás del trineo. En la caja alargada yacía un tercer ser humano, cuyos esfuerzos habían terminado, un hombre al que el bosque había vencido y derrotado hasta impedirle que siguiera luchando. Al bosque boreal no le gusta el movimiento. Para él la vida es un insulto, pues lo que vive se mueve y el bosque siempre destruye cuanto goza de movilidad. Hiela el agua para evitar que corra hacia el mar; chupa la savia de los árboles hasta que se congelan sus poderosos corazones. Pero con quien es más feroz y hostil es con el hombre, al que acosa y ataca hasta que lo somete; al hombre, que representa la vida en su más alta expresión de movimiento, siempre rebelde, contra la ley que proclama que el movimiento acaba al final, en reposo.

A pesar de ello, delante y detrás del trineo, indomables y sin dejarse atemorizar, avanzaban los dos que aún no habían muerto. Sus pestañas, mejillas y labios estaban tan cubiertos por los cristales de su propio aliento helado, que era imposible distinguir sus caras. Tenían la apariencia de máscaras fúnebres, de sepultureros de un mundo espectral, que asistían al entierro de algún espíritu. Pero, a pesar de todo, eran hombres que penetraban en la tierra de la desolación, de la burla y del silencio, insignificantes aventureros frente a la colosal empresa en la que estaban empeñados: la lucha contra el poder de un mundo tal lejano, extraño y carente de vida como los abismos del espacio sideral.

Caminaban sin decir palabra, ahorrando la energía de la respiración para el esfuerzo corporal. A su alrededor, un silencio que les oprimía con su presencia casi tangible y que afectaba sus mentes, como la profundidad del agua hace sobre el buzo; los oprimía con el peso de una soledad infinita y de un destino inexorable. Su presión llegaba hasta los más recónditos lugares de sus almas, exprimiendo, como el jugo de la uva, los falsos ardores, exaltaciones e injustificados valores propios del espíritu humano, hasta que ellos mismos se consideraban sencillamente como manchas, finitas y limitadas, que se movían con débiles muestras de ingeniosidad y sabiduría entre el juego de los grandes elementos y fuerzas ciegas de la naturaleza.

Pasó una hora y luego otra. La débil luz de aquel día corto y sin sol se extinguía entre las tinieblas, cuando, de pronto, un débil grito lejano resonó en el aire tranquilo. Se fue elevando, hasta alcanzar su nota más alta, donde persistió, tenso y palpitante, para morir después lentamente. Podría haber sido el lamento de un alma en pena, si no hubiera estado poseído de una cierta ferocidad y hambrienta impaciencia. El hombre que avanzaba delante del trineo volvió la cabeza, hasta encontrar los ojos de su compañero. Por encima de la caja rectangular cambiaron un signo de entendimiento.

Se oyó al poco rato un segundo grito, que atravesó el silencio como una punzada. Ambos localizaron en seguida su origen. Se encontraba detrás de ellos, en algún punto del desierto nevado que acababan de atravesar. Por tercera vez sonó la voz, como si fuera una respuesta, también detrás de ellos, pero a la izquierda del segundo grito.

—Nos persiguen, Bill —dijo el hombre que iba delante.

Su voz sonó ronca e irreal, aunque al parecer había hablado sin ningún esfuerzo.

—La carne escasea —respondió su compañero—. Hace días que no veo huellas de conejos.

Después no hablaron más, aunque sus oídos estaban atentos a los gritos de la caza, que se oían detrás de ellos.

En cuanto desapareció la luz del sol, avanzaron con los perros hacia un macizo de abetos al borde del río, disponiéndose a pasar la noche. El féretro les servía de asiento y de mesa. Los perros-lobo, apiñados lejos del fuego, gruñían y se peleaban, pero sin dar muestra de querer alejarse en la oscuridad.

—Me parece, Henry, que los perros se han quedado muy cerca de nosotros —comentó Bill.

Henry agachado junto al fuego y ocupado en preparar el café, poniendo un trozo de hielo en la cafetera, inclinó la cabeza en señal de asentimiento.

—Ellos ya saben dónde están seguros —dijo—. Les gusta más comer que ser comidos. Son perros muy inteligentes.

Bill sacudió la cabeza:

—No lo sé.

Su compañero le observó con curiosidad:

—Es la primera vez que te oigo dudar de su inteligencia.

—¡Oye, Henry! —dijo el otro, masticando la comida con lentitud—. ¿Te fijaste cómo se alborotaron los perros, cuando les daba de comer?

—Sí, hicieron mucho más ruido que de ordinario —aceptó su compañero.

—Henry, ¿cuántos perros hemos traído?

—Seis.

—Bueno, verás... — Bill se detuvo un momento para que sus palabras adquirieran mayor significado—. Como te decía hemos traído seis perros. Cogí seis peces de la bolsa. Le di uno a cada perro y me faltó un pescado.

—Te habrás equivocado al contar.

—Hemos traído seis perros —insistió su compañero desapasionadamente—. Saqué seis peces de la bolsa y le di lo que les tocaba.

—Sólo hemos traído seis perros —insistió Henry.

—Henry —continuó Bill—, yo no digo que todos fueran

perros, pero había siete animales, que obtuvieron cada uno su pescado.

Henry dejó de comer y, echando una mirada entre el fuego, contó los perros.

—Ahora sólo hay seis.

—Vi al otro escaparse por la nieve —dijo Bill con insistencia—. Vi siete perros.

Henry le miró compasivamente.

—Me alegraré muchísimo cuando haya terminado este viaje.

—¿Qué quieres decir con eso? —preguntó Bill.

—Quiero decir que la carga que llevamos te está trastornando, y estás empezando a ver cosas imaginarias.

—También yo he pensado en ello —dijo Bill seriamente—. Por eso, cuando echó a correr por la nieve, observé las huellas. Conté otra vez los perros y eran seis. Todavía pueden notarse en la nieve. ¿Quieres verlas?

Henry no respondió. Siguió masticando en silencio, terminando su comida con una taza de café. Se limpió la boca con la mano y dijo:

—Así que tú crees que era uno de esos...

Un quejido, más bien aullido de una tristeza desgarradora, que provenía de algún lugar en la oscuridad, le interrumpió. Se detuvo para escuchar y terminó la frase con un movimiento de la mano hacia el probable lugar de donde venía el grito:

—...¿Uno de ellos?

Bill inclinó la cabeza.

—Que me condene, si pensé otra cosa. Tú mismo oíste el alboroto que armaron los perros.

Aullidos continuados desde ambos lados empezaban a convertir aquella soledad en un manicomio. Surgían de todas partes, y el miedo iba apoderándose de los perros, que se amontonaban tan cerca del fuego, que el calor les chamuscaba el pelo. Bill echó más leña antes de encender su pipa.

—Me parece que ya te habrían comido... —dijo Henry.

—Henry... —dijo Bill, y con aire meditabundo dio unas chupadas a su pipa antes de proseguir—. Henry, estaba pensando que éste es mucho más afortunado que nosotros.

Con un movimiento del índice, señaló la caja encima de la cual estaban sentados.

—Tú y yo, Henry, seremos muy afortunados, si conseguimos que pongan sobre nuestros cadáveres tantas piedras como para que los perros no se nos acerquen.

—Pero nosotros no tenemos ni familia ni dinero, ni nada parecido, como él —repuso Henry—. El transporte de un cadáver desde tan lejos no está al alcance de nuestros bolsillos.

—Lo que no entiendo es por qué este hombre, que en su país era lord o algo parecido, y que nunca tuvo que preocuparse de la comida o del abrigo, ha tenido que acabar en una tierra dejada de la mano de Dios. Que me cuelguen si lo entiendo.

—Habría podido llegar a viejo, si se queda en su casa —dijo Henry, compartiendo la opinión de su compañero.

Bill abrió la boca para hablar, pero cambió de idea e indicó hacia el muro de oscuridad que les rodeaba por todas partes. Aquella espesa negrura no sugería ninguna forma; en ella sólo se veían un par de ojos que llameaban como tizones. Con un movimiento de cabeza, Henry advirtió a su compañero de la existencia de otro par y de un tercero más. Un círculo de ardientes pares de ojos, que relucían como brasas, se había formado alrededor del fuego. De vez en cuando algunos se movían o desaparecían, para reaparecer minutos más tarde.

El temor de los perros fue en aumento. En un ataque repentino de miedo echaron a correr hacia el fuego, arrastrándose entre las piernas de los dos hombres. En la confusión uno de ellos cayó en el fuego, aullando de dolor y de miedo, en cuanto el olor de su propio pelo quemado se expandió por el aire. La conmoción provocó que el círculo de ojos se moviera inquieto durante un momento e incluso se alejara un poco, pero volvieron a sus posiciones en cuanto los perros se tranquilizaron.

—Es una desgracia habernos quedado sin cartuchos.

Bill había terminado de fumar su pipa y ayudaba a su compañero a preparar las camas de pieles y mantas sobre las ramas de abetos que habían colocado en la nieve antes de la cena. Henry gruñó y empezó a soltarse los mocasines.

—¿Cuántos dices que nos quedan? —preguntó.

—Tres —le respondió su compañero—. Y quisiera que fueran trescientos. ¡Entonces ya verían!

Hizo un gesto amenazador con el puño hacia el círculo de ojos brillantes y empezó a desatar sus mocasines junto al fuego.

—Me gustaría que este frío acabase de una vez —prosiguió—. Hace más de dos semanas que no sube de cincuenta grados bajo cero. Ojalá nunca hubiéramos iniciado este viaje, Henry. No me gusta el aspecto que tiene. No me siento bien, no sé..., me gustaría que ya hubiera terminado, y que, ahora, tú y yo estuviéramos en el fuerte McGurry, junto al fuego y jugando a las cartas. Es lo que me gustaría.

Henry gruñó y se metió en la cama. Cuando empezaba a dormirse, le despertó la voz de su compañero.

—Oye, Henry, ese otro que se llevó una ración de pescado... ¿por qué no le atacaron los perros? Es lo que me intriga.

—Tú te preocupas demasiado, Bill —le respondió su compañero—. Nunca te has comportado así. Cállate de una vez y duérmete; mañana te sentirás mejor. Tienes acidez de estómago; es lo que te molesta.

Respirando pesadamente, se durmieron, el uno al lado del otro, cubiertos con la misma manta. A medida que el fuego se iba extinguiendo, el círculo de ojos brillantes se iba estrechando alrededor del campamento. Los perros, acobardados, se agrupaban y gruñían amenazadores cuando se cerraba el círculo. En una ocasión el ruido fue tan intenso, que despertó a Bill. Se levantó cuidadosamente para no interrumpir el sueño de su compañero y echó más leña al fuego. Apenas empezaron a elevarse las llamas, los ojos se alejaron. Echó una mirada despreocupada a los amontonados perros. Se restregó los ojos y los contempló más atentamente. Luego se echó de nuevo sobre las mantas.

—¡Henry! ¡Henry!...

Su compañero gruñó como el que pasa del sueño a la vigilia, y preguntó:

—¿Qué pasa ahora?

—¡Oh, nada! —respondió Bill—, sólo que ahora vuelven a ser siete los perros. Acabo de contarlos.

Henry recibió la noticia con un gruñido, que se transformó en un ronquido, al volver a quedarse dormido otra vez.

A la mañana siguiente Henry se despertó primero y sacó a su compañero de la cama. Aún faltaban tres horas para que amaneciera, aunque eran ya las seis de la mañana. En la oscuridad, Henry se puso a preparar el desayuno, mientras Bill enrollaba las mantas y disponía el trineo para partir.

—¡Oye, Henry! —exclamó de pronto—. ¿Cuántos perros decías tú que teníamos?

—Seis.

—Estás equivocado —afirmó Bill con aire de triunfo.

—¿Hay siete otra vez? —preguntó Henry.

—No, cinco. Uno ha desaparecido.

—¡Al diablo con los perros! —gritó Henry furioso, dejando la preparación del desayuno para contar los animales.

—Tienes razón, Bill —dijo, finalmente—. El Gordito ha desaparecido.

—Debe de haber corrido como el viento, cuando abandonó el campamento. Ni siquiera pudimos verlo.

—Seguramente no tuvo escapatoria —asintió Henry—. Se lo habrán comido vivo. Apuesto a que aullaba todavía, cuando pasaba por sus tragaderas.

—Siempre fue un perro muy tonto —dijo Bill.

—Ningún perro, por muy tonto que sea, puede serlo tanto como para que se escape y se suicide de esa manera.

Observó atentamente el resto de la traílla de perros, reconociendo en un instante los rasgos característicos de cada animal.

—Apuesto a que ninguno de los otros haría eso —prosiguió.

—No los apartarías del fuego ni a palos —admitió Bill—. Siempre dije que al Gordito le ocurría algo.

Éste fue el epitafio de un perro muerto en las tierras polares, menos lacónico que el de muchos otros congéneres suyos y que el de muchos otros hombres.

2. *La loba*

UNA VEZ TERMINADO EL DESAYUNO Y AMARRADOS AL trineo los pocos enseres que formaban su campamento, los dos hombres se alejaron del fuego y avanzaron en la oscuridad. Empezaron a oírse los aullidos de tristeza salvaje, como una llamada en la noche, respondidos con otros parecidos en aquella helada oscuridad. Dejaron de hablar. A las nueve en punto ya era de día. Hacia las doce, el cielo se tiñó de un color rosado, que pronto desapareció. La luz del día se transformó en un gris uniforme, que duró hasta las tres de la tarde, hora en que desapareció, y el manto de la noche ártica descendió sobre la tierra yerma y silenciosa.

A medida que aumentaba la oscuridad, a derecha y a izquierda sonaban los aullidos de caza cada vez más cercanos, tanto que en más de una ocasión cundió el pánico entre los atemorizados perros, sumiéndolos en breves ataques de terror.

Al terminar uno de esos ataques de miedo, cuando ambos

compañeros, consiguieron que los perros volvieran a la disciplina del trineo, Bill dijo:

—Ojalá encuentren caza donde sea y nos dejen en paz.

—Esos aullidos le ponen a uno la carne de gallina —asintió Henry.

No volvieron a intercambiar más palabras hasta que montaron el campamento.

Henry estaba agachado junto al fuego, añadiendo pedacitos de hielo al puchero, donde bullía la comida, cuando le sobresaltó el ruido de un golpe, una exclamación de Bill y un chillido, casi un aullido de dolor, que salía de entre los perros. Se levantó a tiempo para ver una forma confusa que desaparecía por entre la nieve para perderse en la oscuridad. Luego vio a Bill, que, con un aire entre de triunfo y de lástima, estaba de pie entre los perros, con un palo en una mano y un trozo de salmón ahumado en la otra.

—Casi lo atrapo —anunció—. Pero de todas formas le aticé un buen golpe. ¿Oíste cómo aulló?

—¿Qué aspecto tenía? —preguntó Henry.

—No pude verlo. Pero estoy seguro de que tenía cuatro patas, una boca, pelo y que se parecía a un perro.

—Puede ser un lobo domesticado.

—Debe haberlo domesticado el mismo diablo, para que se una a los perros a la hora de repartir la comida y se lleve su ración de pescado.

Aquella noche, después de la cena, mientras fumaban sus pipas, sentados sobre la caja rectangular, el círculo de brillantes ojos se aproximó aún más que otras veces.

—Ojalá descubrieran un rebaño de renos o algo parecido y se fueran —dijo Bill.

Henry gruñó en un tono que no era precisamente de simpatía, y durante un cuarto de hora permanecieron sentados en silencio: Henry observando el fuego y Bill, el círculo de ojos que centelleaban en la oscuridad, poco más allá de la hoguera.

—Desearía que ahora mismo tuviéramos a la vista el fuerte McGurry.

—¡Cierra el pico de una vez y deja de repetirme lo que deseas y lo que temes! —estalló Henry de mal humor—. Tienes acidez de estómago. Es lo que te pasa. Tómate una cucharada de bicarbonato y te pondrás bien en seguida, y así serás una compañía agradable.

De madrugada, un torrente de maldiciones e imprecaciones, en boca de Bill, despertó a Henry. Éste se incorporó, observó a su compañero, que estaba en pie entre los perros, junto al fuego recién avivado y levantó los brazos en señal de airada protesta y con el rostro desencajado.

—¿Qué pasa ahora?

—Rana ha desaparecido.

—¡No!... ¡No puede ser!

—¡Te digo que sí!

Henry saltó de la cama y se acercó a los perros. Los contó cuidadosamente, y, tras esto, se unió a las maldiciones de su compañero contra el poder de la estepa, que les privaba de otro perro.

—Rana era el más fuerte de todos —dijo luego.

—Y tampoco era tonto —añadió Henry.

Y aquél fue el segundo epitafio en dos días.

Desayunaron precipitadamente y engancharon los cuatro perros que les quedaban al trineo. El día fue igual que los anteriores. Los dos hombres avanzaban penosamente, sin hablar, por la superficie de aquel mundo helado. Sólo rompían el silencio los aullidos de sus perseguidores, que invisibles se mantenían en retaguardia. Cuando, a media tarde, se hizo de noche, los perseguidores se acercaron más, como de costumbre. Los perros se inquietaron y se asustaron tanto, que, incluso, se apartaron de su camino, lo que contribuyó a deprimir todavía más a los dos hombres.

—Eso evitará que estos tontos se escapen —dijo Bill

con satisfacción aquella noche, mirando a los perros, al término de la jornada.

Henry interrumpió la preparación de la cena para examinar la labor de su compañero, que no sólo había atado los perros, sino que lo había hecho al estilo de los indios. A cada animal le había puesto un collar de cuero, al que había amarrado un palo grueso de casi un metro de longitud, tan cerca del cuello del animal, que éste no podía alcanzar la correa con los dientes. La otra punta del palo estaba fijada a otro palo clavado en el suelo mediante otra correa de cuero. El perro no podía roerla por el extremo más cercano al palo, y el mismo palo le impedía acercarse a la que le sujetaba al otro extremo.

Henry asintió con la cabeza en señal de aprobación.

—Es la única forma de impedir que Una Oreja se escape. Es capaz de cortar el cuero con los dientes tan limpia y rápidamente como un cuchillo. Así no habrá desaparecido ninguno por la mañana.

—Puedes estar seguro de que así será —afirmó Bill—. Me apuesto el café del desayuno.

—Los malditos saben que no tenemos municiones —hizo notar Bill, cuando se acostaban, señalando el círculo de brillantes ojos que los encerraba—. Si pudiéramos dispararles un par de tiros, nos tendrían más respeto. Cada vez hay más. Deja de mirar el fuego y obsérvalos. ¿Ves a ése?

Durante un rato los dos hombres se divirtieron observando los movimientos de aquellas formas vagas, que se mantenían fuera del límite de luz que proyectaba el fuego. Si se miraba fijamente hacia donde aparecían, en la oscuridad, un par de ojos relucientes, se divisaba perfectamente la silueta de un animal. A veces, incluso, podían verse formas en movimiento.

Un ruido procedente de los perros atrajo la atención de los dos hombres. Una Oreja emitía cortos y ansiosos aullidos; tan pronto se abalanzaba como retrocedía en la oscuridad, en un intento de morder el palo que lo sujetaba.

—¡Fíjate, Bill! —murmuró Henry.

A plena luz del fuego, con movimientos laterales y huidizos, se escurría un animal parecido a un perro. Lo hacía con una mezcla de audacia y de desconfianza, observando fijamente a los hombres, concentrada su atención en los perros. Una Oreja estiró todo lo que pudo el palo hacia el intruso, y aulló con inquietud.

—Ese tonto no parece estar muy asustado —dijo Bill en voz baja.

—Es una loba —comentó Henry en el mismo tono—. Eso explica la desaparición de Gordito y de Rana. Ella es la que atrae al perro y luego se le echan encima los demás.

Restalló el fuego. Un leño se deshizo con gran chisporroteo. Al oírlo, aquel extraño animal desapareció de un brinco en la oscuridad.

—Oye, Henry, a mí me parece... —empezó Bill.

—¿Qué?

—Creo que fue al que pegué con el palo.

—No cabe duda —respondió Henry.

—Me gustaría hacer constar —prosiguió Bill solemnemente— que la familiaridad con que ese animal se acerca a los campamentos es sospechosa e inmoral.

—Al menos sabe mucho más de lo que debería saber un lobo decente —asintió Bill—. Un lobo que se acerca a los perros, cuando se les da de comer, tiene mucha experiencia.

—El viejo Villan tuvo una vez un perro que se escapó y se fue a vivir con los lobos —dijo Bill en voz alta—. Yo lo sabía. Le maté de un tiro en un lugar donde solían pacer los renos. El viejo Villan lloró como un chiquillo. Me dijo que no lo había visto durante tres años. Había estado con los lobos todo ese tiempo.

—Creo que tienes razón, Bill. Ese lobo parece un perro. Más de una vez habrá comido pescado de la mano de un hombre.

—Y, si tengo la oportunidad de apartarlo, ese lobo, que no

es más que un perro, será muy pronto carroña —afirmó Bill—. No podemos permitirnos el lujo de perder más animales.

—Pero sólo tienes tres cartuchos —dijo Henry.

—Esperaré hasta tenerlo a tiro —contestó su compañero.

Por la mañana, Henry avivó el fuego y preparó el desayuno, mientras su compañero roncaba estruendosamente.

—Dormías tan plácidamente —le dijo Henry, cuando se levantó y se acercó al fuego—, que no me atreví a despertarte.

Bill empezó a comer, todavía medio dormido. Vio que su tazón estaba vacío y alargó el brazo para alcanzar la cafetera. Pero entre ella y él se interponía Henry.

—Oye, Henry —observó finalmente—, ¿no te has olvidado de algo?

Henry echó una mirada cuidadosa a su alrededor y sacudió negativamente la cabeza. Bill le presentó su tazón vacío.

—Hoy no hay café para ti —dijo su compañero.

—¿Ya no queda? —preguntó Bill ansiosamente.

—Todavía hay.

—¿Es qué tienes miedo de que me siente mal?

—No.

El rostro de Bill enrojeció de indignación.

—Pues entonces, ardo en deseos de oír una explicación.

—Mesana ha desaparecido —respondió Henry.

Lentamente, con el aire de resignación de un hombre que acepta la fatalidad, Bill volvió la cabeza y, desde el lugar en que se encontraba sentado, contó los perros.

—¿Cómo habrá sido? —preguntó casi con indiferencia.

Henry se encogió de hombros.

—No lo sé. A no ser que Una Oreja haya roído su correa. No pudo hacerlo él mismo; de eso estoy seguro.

—¡Maldito sea! —dijo Bill despacio y muy serio, pero sin que su tono dejara traslucir la rabia que tenía por dentro—. Claro, como no pudo soltarse él, se las arregló para que se escapara el otro.

—Bueno, ése ya no tendrá de qué preocuparse. A estas horas ya lo habrán digerido y estará dando saltos en los estómagos de veinte lobos distintos —dijo Henry, a manera de epitafio para el último perro perdido—. Toma tu café, Bill.

Pero Bill sacudió la cabeza.

—¡Vamos! —insistió el otro, levantando la cafetera.

Bill apartó su taza.

—Que me ahorquen, si lo hago. Dije que no tomaría café, si desaparecía un perro, y no lo tomaré.

—Es un buen café —dijo Henry tentándole.

Pero Bill era terco y tragó su desayuno con el único acompañamiento de una maldición sobre Una Oreja, por habérsela jugado aquella noche.

—Esta noche les ataré de nuevo, y les colocaré de tal forma, que no puedan desatarse los unos a los otros —dijo Bill al ponerse en camino.

Apenas habían recorrido unos cien metros, cuando Henry, que esta vez caminaba delante del trineo, se agachó y recogió algo con lo que habían tropezado sus mocasines. Como todavía no había mucha luz, no pudo verlo, pero lo reconoció por el tacto. Lo lanzó hacia atrás, chocó contra el trineo y rebotó hasta alcanzar los mocasines de Bill.

—Tal vez lo necesites para lo que te propones —dijo Henry.

Bill dio un grito de asombro. Era todo lo que quedaba del perro: el palo al que había estado atado.

—Se lo han comido con piel y todo —exclamó Bill—. El palo está limpio. Se han comido hasta la correa de cuero de las puntas.

Deben tener un hambre de todos los demonios. Nos darán mucho que hacer antes de que termine este viaje.

Henry se rió en son de desafío.

—Es la primera vez que me persiguen los lobos de esta forma, aunque las he pasado peores y todavía estoy vivo. Hace falta algo más que eso para acabar con este amigo tuyo, Bill.

—No sé, no sé —murmuró Bill en tono siniestro.

—Ya lo sabrás, cuando lleguemos al fuerte McGurry.

—No me siento muy optimista —insistió Bill.

—Estás perdiendo el valor; es lo que te pasa —dijo Henry en tono de sentencia—. Lo que necesitas es una buena dosis de quinina, te la voy a dar en cuanto lleguemos al fuerte.

Bill gruñó para expresar su disconformidad con el diagnóstico de su compañero y permaneció en silencio. El día fue como todos. Amaneció a las nueve. A las doce, el sol, aunque invisible, calentaba el horizonte. Empezó a extenderse un gris frío, que tres horas más tarde se convertiría en noche completamente cerrada.

Fue después de aquel inútil esfuerzo del sol por brillar un poco, cuando Bill sacó el rifle del trineo y dijo:

—Sigue adelante, Henry. Voy a ver lo que puedo hacer.

—Será mejor que no te apartes del trineo —repuso su compañero—. Sólo tienes tres cartuchos y nadie sabe lo que puede suceder.

—¿Quién ha perdido el valor ahora? —exclamó Bill en tono de triunfo.

Henry no contestó. Siguió al frente del trineo, no sin echar de vez en cuando la vista atrás, hacia la oscuridad en la que había desaparecido su compañero. Una hora más tarde, aprovechando las paradas que de vez en cuando tenía que hacer el trineo, Bill lo alcanzó.

—Están desparramados en una zona muy amplia —dijo Bill—. Se mantienen a nuestro alrededor, mientras cazan lo que encuentran. Ya ves, están seguros de tenernos a su alcance, pero saben que tienen que esperar. Mientras tanto, agarran todo lo comestible que se les ponga delante.

—Querrás decir que ellos creen que somos presa segura nosotros —objetó Henry, con énfasis.

Pero Bill hizo caso omiso de la observación.

—He visto a algunos —dijo—. Están muy flacos. Creo que,

a excepción de los tres perros nuestros, no han comido nada en varias semanas y eso no creo que sea suficiente para tantos. Están horriblemente flacos. Sus costillas parecen una tabla de lavar, y el estómago lo tienen pegado a la espina dorsal. Te digo que están completamente desesperados. Se volverán locos de hambre y entonces habrá que estar alerta.

Unos minutos más tarde Henry, que andaba ahora detrás del trineo, silbó por lo bajo, como advirtiendo a su compañero. Bill volvió la cabeza, observó y detuvo a los perros. Detrás del camino, perfectamente visible, sobre la misma huella que acababa de dejar el vehículo, trotaba una forma peluda y grácil. Inclinaba el hocico sobre las huellas, avanzando al mismo tiempo, con un trote ligero y muy particular. En cuanto ellos dejaron de avanzar, se detuvo levantando la cabeza y observando fijamente, mientras movía la nariz como para captar y estudiar el olor especial del grupo.

—Es la loba —dijo Bill.

Los perros se habían echado en la nieve y Bill pasó al lado de ellos para unirse a su compañero en el trineo. Ambos examinaron aquel extraño animal que les había perseguido durante varios días y que había conseguido reducir a la mitad la manada de sus perros.

Tras un atento examen, el animal avanzó unos pasos y se detuvo. Repitió la maniobra varias veces hasta situarse a una distancia de unos cien metros. Se detuvo con la cabeza alta, cerca de un bosquecillo de abetos, estudiando con la vista y el olfato a los dos hombres, que no dejaban de observar al animal. Les miraba de una forma extrañamente astuta, como lo hacen los perros, pero en su astucia no había nada de las señales de afecto de los perros. Era una inteligencia que provenía del hambre, tan cruel como sus colmillos, tan carente de misericordia como el frío.

Era muy grande para ser un lobo. Su fuerte complexión hacía pensar en uno de los más grandes de su raza.

—Debe tener casi setenta y cinco centímetros de altura —comentó Henry—. Apostaría a que tiene más de metro y medio de largo.

—Tiene un color raro para ser lobo —observó Bill—. Nunca he visto un lobo pelirrojo. Parece casi canela.

El animal no tenía ese color. Su pelo era realmente el que corresponde a un lobo, predominando el gris, aunque con un leve y sorprendente tono rojizo, que aparecía y desaparecía casi como una ilusión visual, tan pronto era gris, un gris puro, como un vago destello rojizo, imposible de clasificar.

—Parece un verdadero perro de trineo —dijo Bill—. No me sorprendería que empezase a mover el rabo.

—¡Eh! ¡Tú! —gritó Bill—. Ven aquí, como quiera que te llames.

—No me tiene ni pizca de miedo —dijo Henry riéndose.

Bill movió las manos de forma amenazadora y gritó con fuerza, pero el animal no mostró ni el más mínimo temor. El único cambio que pudo notarse en él fue que pareció redoblar su cautela. Todavía les miraba con la misma despiadada astucia que produce el hambre. Ellos eran alimento y el animal tenía hambre, le habría gustado ir hacia ellos y devorarlos, si hubiera tenido el valor suficiente.

—Mira, Henry —dijo Bill, bajando inconscientemente el tono de voz, porque seguía meditando. Nos quedan tres cartuchos. No podemos fallar a esta distancia. Ya nos ha llevado tres perros y hay que acabar con él de una vez. ¿Qué opinas?

Henry asintió con la cabeza. Bill cuidadosamente sacó el rifle del trineo. Empezó a levantar el arma para apuntar, pero no terminó el movimiento, pues, en aquel momento, la loba se echó a un lado del camino, ocultándose en el bosquecillo.

Los dos hombres se miraron. Henry emitió un prolongado y significativo silbido.

—Debí habérmelo imaginado —dijo Bill, con un duro tono de autocrítica, criticándose a sí, mientras ponía el arma en su sitio—. Es lógico que un lobo, que sabe tanto como para mezclarse con los perros a la hora en que se les da la comida, conozca las armas de fuego. Ya te digo, ese animal es la causa de todos nuestros problemas. Si no fuera por esa maldita loba, tendríamos ahora seis perros, en lugar de tres. Te digo más: no se me va a escapar. Es demasiado lista para dejarse pegar un tiro en un lugar abierto. Pero yo la seguiré. Estaré al acecho y la mataré, tan seguro como que me llamo Bill.

—No debes alejarte mucho cuando intentes hacerlo —le advirtió su compañero—. Si los lobos te atacan, de muy poco te servirán tus tres cartuchos. Tienen un hambre terrible y en cuanto se lancen sobre ti nada les detendrá hasta el fin, Bill.

Aquella noche acamparon temprano. Tres perros no podían arrastrar el trineo tan velozmente ni durante tanto tiempo, como lo hacían seis, y mostraban ya indudables signos de cansancio. Los hombres se acostaron pronto. Bill comprobó que los perros se encontraban atados a tal distancia, que no pudieran liberarse los unos a los otros. Pero la audacia de los lobos iba creciendo, y a lo largo de la noche más de una vez despertaron a los hombres. Tanto se acercaron al campamento, que los perros parecían enloquecer de terror. Y tuvieron que avivar el fuego para mantener a prudente distancia a los audaces merodeadores.

—He oído contar a los marineros que los tiburones persiguen tenazmente a un barco —dijo Bill, metiéndose de nuevo entre las mantas, después de haber echado más leña al fuego—. Bueno, estos lobos son tiburones terrestres. Conocen su oficio mejor que tú y que yo el nuestro. Siguen nuestro rastro, porque les conviene. Presiento que no saldremos de ésta, Henry. No saldremos de ésta.

—Da la sensación de que ya te han devorado, por lo que dices —replicó Henry con energía—. Cuando un hombre se declara derrotado, ya lo está a medias. Por consiguiente, teniendo en cuenta tu forma de tratar el tema, ya han despedazado la mitad de tu cuerpo.

—Se han comido a hombres más valientes que tú y que yo —respondió Bill.

—¡Deja de lamentarte de una vez! Me estoy cansando de tus tonterías.

Henry se volvió enojado hacia otro lado, y se sorprendió de que Bill no respondiera con alguna otra frase airada, teniendo en cuenta que se molestaba fácilmente en cuanto se le hablaba con dureza. Durante un buen rato, antes de dormirse, Henry reflexionó sobre la actitud de su compañero, y, mientras sus párpados caían pesadamente rendidos por el sueño, una idea clara se le fijaba en su mente: «Bill está terriblemente asustado. No me cabe la menor duda. Tendré que animarle por la mañana».

3. *El aullido del hambre*

EL DÍA COMENZÓ CON BUENOS AUGURIOS. DURANTE LA noche ningún perro había desaparecido y emprendieron el camino hacia el silencio, la oscuridad y el frío con la mejor disposición. Bill parecía haber olvidado sus negros presentimientos de la noche anterior, e incluso estuvo bromeando con los perros, pero, hacia el mediodía, un obstáculo en el camino hizo que volcara el trineo.

Fue un momento difícil. El trineo, boca abajo, había quedado atrapado entre un tronco de árbol y una roca. Tuvieron que desatar a los perros para ponerlo de pie. Mientras los dos hombres permanecían inclinados, Henry notó que Una Oreja intentaba escaparse.

—¡Eh, Una Oreja, quieta! —gritó, poniéndose en pie y tratando de cerrarle el paso.

Pero Una Oreja echó a correr por la nieve, en la que iba dejando sus huellas. Allí fuera le esperaba la loba. Cuando se acercó a ella, el perro aumentó sus precauciones. Fue animando el ritmo de su marcha, hasta convertirlo en un paso lento y afectado, y luego se detuvo. La observó cuidadosamente, como dudando, pero con deseo. Ella parecía sonreírle, enseñándole los dientes de una manera más agradable que amenazadora. Como jugando, avanzó unos pasos hacia él, y luego se detuvo. Una Oreja se acercó más, todavía alerta y con cautela, la cabeza levantada y erguidas las orejas y el rabo.

Trató de olerle el hocico, pero ella lo esquivó juguetona y coqueta. Cada vez que el perro avanzaba, la loba retrocedía. Poco a poco ella le alejaba de la segura compañía de los hombres. Por un instante, como si una advertencia hubiera despertado vagamente su inteligencia, el perro volvió la cabeza, y contempló el trineo volcado, a sus hermanos de tiro y a los hombres que le llamaban a gritos. Pero cualquier idea que acudió a su mente fue disipada por la loba, que se le acercó, olisqueó su hocico durante unos minutos, y reanudó su tímida retirada ante los renovados avances del perro.

Entre tanto Bill se acordó del rifle, que se encontraba debajo del trineo volcado. Y, cuando Henry pudo ayudarle a levantarlo, Una Oreja y la loba estaban tan cerca el uno de la otra y tan alejados los dos de los hombres, que resultaba arriesgado efectuar el disparo.

El perro comprendió su error demasiado tarde. Antes de que los hombres pudieran explicárselo, le vieron darse la vuelta y echar a correr hacia ellos. Aparecieron entonces en ángulo recto, como para cortarle la retirada, una docena de lobos grises y escuálidos, que avanzaban con rapidez por la nieve. En un abrir y cerrar de ojos desaparecieron la timidez y las ganas de jugar de la loba. Y con un gruñido se arrojó sobre Una Oreja. Éste, con un movimiento brusco, se la quitó de encima y, al ver que tenía cortada la retirada, pero proponiéndose llegar al trineo, cambió de dirección, intentando describir un círculo a su alrededor. Cada vez aparecían más lobos, que se unían a la caza. La loba se mantenía a corta distancia de Una Oreja.

—¿A dónde vas? —preguntó Henry de pronto, cogiendo a su compañero por un brazo.

Bill se soltó con un movimiento brusco.

—No pienso aguantar esto —gritó—. No devorarán nuestros perros, si yo puedo evitarlo.

Con el rifle en la mano se dirigió hacia el bosque de arbustos, que bordeaba el camino. Su propósito era muy claro. Tomando el trineo como centro del círculo que Una Oreja describía con su huida, se proponía cortarle el paso en un punto, antes de que se le acercaran los lobos. Con su rifle, a plena luz del día, era posible asustarlos y salvar al perro.

—¡Oye, Bill! —gritó su compañero, al verle alejarse—. ¡Ten cuidado, no te arriesgues sin necesidad!

Henry se sentó en el trineo y esperó. No podía hacer nada. Bill había desaparecido de su vista. Una Oreja tan pronto aparecía como desaparecía entre la maleza y los desperdigados grupos de árboles. Henry pensó que el perro estaba perdido. El animal se daba cuenta del peligro en que se encontraba, pero corría por el círculo de mayor diámetro, mientras que los lobos le perseguían por el menor. Era muy difícil imaginarse que Una Oreja pudiera sacar tanta ventaja a sus perseguidores, que pudiera cruzar el círculo de los lobos antes que ellos y refugiarse en el trineo.

Ambas líneas se acercaban con rapidez a un mismo punto. En algún lugar de la nieve —Henry lo sabía, pero no podía verlo, porque unos árboles se lo impedían— iban a encontrarse inexorablemente los lobos, Bill y el perro. Todo ocurrió rápidamente, antes de lo que había pensado. Oyó un disparo y seguidamente otros dos en rápida sucesión, y entonces se dio cuenta de que Bill se había quedado sin munición. Oyó entonces gran algarabía y reconoció la voz de Una Oreja, que gemía de dolor y de terror, y la de un lobo, cuyo aullido denunciaba que estaba gravemente herido. Eso fue todo. Cesaron los aullidos y los quejidos. Sobre la tierra desolada cayó otra vez el silencio.

Siguió sentado en el trineo durante mucho tiempo. No necesitaba ir a ver lo que había ocurrido. Lo sabía tan bien como si hubiera ocurrido ante sus ojos. Se levantó y con rapidez sacó el hacha del trineo, pero volvió a sentarse y así permaneció sentado, reflexionando, con los dos últimos perros que le quedaban, acurrucados a sus pies y temblando de miedo.

Por fin, se levantó con aire cansino, como si las fuerzas hubieran abandonado su cuerpo. Enganchó los dos perros al trineo y se pasó por los hombros una de las correas para ayudarlos. No llegó muy lejos. En cuanto comenzó a oscurecer, acampó y se preocupó de preparar un buen montón de leña. Dio de comer a los perros, preparó y tomó su cena e hizo la cama muy cerca del fuego.

Pero el destino no le iba a dejar disfrutar mucho tiempo de aquel lecho. Antes de que pudiera cerrar los ojos, los lobos se habían acercado demasiado. Ya no tenía que forzar la vista para distinguirlos. Estaban todos formando un estrecho círculo alrededor suyo y del fuego y podía contemplarlos perfectamente a la luz de la fogata. Sentados, arrastrándose sobre el vientre, avanzando y retrocediendo, pero siempre al acecho. Aquí y allá podía distinguir un lobo, acurrucado como un perro, disfrutando del sueño que le estaba negado a él.

Mantuvo vivo el fuego, pues comprendía que ésta era la única separación entre la carne de su cuerpo y los afilados colmillos de los lobos. Los dos perros se encontraban muy cerca de él, uno a cada lado, acurrucados a sus pies, buscando su protección, aullando a veces y enseñando desesperadamente los dientes, cuando un lobo se aproximaba más de la cuenta. En esos momentos, cuando los perros gruñían, se inquietaba el círculo, los lobos se ponían en pie e intentaban acercarse, mientras un coro de aullidos se elevaba a su alrededor. Pronto volvía la calma y aquí y allá un lobo reanudaba su interrumpido sueño.

Pero el círculo tendía sin cesar a cerrarse sobre él. Poco a poco, pulgada a pulgada se acercaba un lobo por aquí y otro por allá, hasta que el círculo se estrechaba y las fieras se colocaban a una distancia que casi podían alcanzarlo de un salto. Entonces Henry cogía palos encendidos y se los arrojaba a los lobos. Y, cuando un palo alcanzaba a una fiera atrevida, la manada se retiraba entre aullidos de rabia y de miedo.

Por la mañana el hombre se encontraba ojeroso y agotado con los ojos desorbitados por falta de sueño. En la oscuridad preparó el desayuno, y a las nueve, cuando levantó el día y las lobas se retiraron, se puso a preparar lo que durante las largas horas de la noche había planeado. Cortó unos árboles jóvenes y, atando sus troncos a los de otros árboles cercanos, levantó una especie de plataforma. Usando las correas del trineo a manera de polea, y con la ayuda de los perros, colocó el ataúd encima del andamio.

—Han devorado a Bill y es posible que hagan lo mismo conmigo, pero nunca te alcanzarán a ti, muchacho —dijo, dirigiéndose al cadáver que yacía en aquel sepulcro aéreo.

Luego siguió su camino, y ahora tras un trineo que avanzaba con más rapidez por la aligeración de la carga y porque los perros tiraban con más brío, convencidos de que su única salvación estaba en alejarse de allí y llegar cuanto antes al fuerte McGurry. Los lobos les perseguían ahora abiertamente, trotando tranquilamente detrás del trineo o avanzando con la lengua fuera, con sus escuálidos lomos, mostrando las costillas en cada movimiento. Estaban extremadamente delgados y parecía que la piel era una simple bolsa vacía extendida sobre el esqueleto, cuyos músculos semejaban correas. Estaban tan flacos, que a Henry le parecía un milagro que pudieran mantenerse en pie y no cayeran exhaustos en la nieve.

No se atrevió a seguir su viaje hasta que no fuera completamente de noche. Al mediodía, no sólo el sol calentaba el horizonte por el sur, sino que elevaba por encima de aquella línea su mitad superior, pálida y dorada. Para Henry fue todo un signo. Los días empezaban a ser más largos y regresaba el sol. Pero, apenas recibida con alegría su presencia, el sol desapareció y Henry acampó. Todavía quedaban algunas horas de claridad grisácea y de penumbra crepuscular, que utilizó para cortar una enorme cantidad de leña.

Por la noche llegó el horror. No sólo crecía la audacia de los lobos, sino que la falta de sueño empezaba a dejar sentir sus efectos sobre Henry. Acurrucado cerca de la hoguera, con una manta sobre los hombros, el hacha entre las piernas y un perro a cada lado, cabeceaba hasta dormirse, en contra de su voluntad. En una ocasión se despertó y vio frente a sí, a menos de cuatro metros, a uno de los lobos, un gran animal gris, uno de los más grandes. Mientras lo observaba, la bestia se estiró como un perro cansado, bostezando perezosamente y mirándolo con ojos codiciosos, como si Henry fuera sólo una apetitosa comida, que muy pronto sería devorada.

La misma certeza parecía compartir el resto de la manada. Henry contó hasta veinte animales, que le miraban hambrientos o que dormían sosegadamente sobre la nieve. Le parecían chiquillos alrededor de una mesa, en la que estuviera preparada la comida y que sólo esperaban el permiso para empezar. ¡Él era la comida! Se preguntó cuándo y cómo empezaría el banquete.

Mientras amontonaba leña sobre el fuego, descubrió una forma nueva de mover su cuerpo, que nunca antes había sentido. Observó sus músculos en movimiento y se interesó por el inteligente mecanismo de sus dedos. A la luz de la hoguera cerró lenta y repetidamente el puño, todos los dedos a la vez, luego uno por uno, extendiéndolos todo lo posible o haciendo como si agarrara algo. Estudió las uñas y se pinchó las puntas de los dedos, unas veces con mucha delicadeza, otras más enérgicamente, calibrando la intensidad de la sensación nerviosa producida. Todo aquello le fascinaba; de pronto se sintió atraído por aquella materia viva que actuaba de forma tan bella y delicada. Entonces echó una mirada de miedo al círculo de lobos, que le acechaban expectantes y, con la velocidad del rayo, comprendió que aquel cuerpo maravilloso, aquella materia viva, no era más que un trozo de carne, una presa que desgarrarían y despedazarían con sus agudos colmillos aquellos animales hambrientos a los que serviría de alimento como otros animales le habían servido a él. De pronto se despertó de una especie de sueño, que era casi una pesadilla, y vio frente a él, a menos de dos metros, a la loba roja. Estaba echada en la nieve y le observaba con mirada inteligente. A sus pies los dos perros aullaban y enseñaban los dientes, pero a ella parecía no importarle su presencia. Miraba al hombre y, durante algún tiempo, éste sostuvo la mirada. La de la loba no tenía nada amenazador. Le observaba simplemente con curiosidad, pero él sabía que ese sentimiento provenía de un hambre igualmente intensa. Él era el alimento y su presencia excitaba en ella las sensaciones gustativas. Con la boca abierta, la saliva escurriendo por ambos lados y la lengua paseándose por el hocico, parecía disfrutar de un placer anticipado.

El hombre sintió un estremecimiento causado por el miedo. Rápidamente alcanzó una astilla para arrojársela. Pero, antes de que lograra hacerlo, la loba saltó hacia atrás, poniéndose a salvo. Entonces Henry se dio cuenta de que aquel animal estaba familiarizado con que le arrojasen cosas. Mientras saltaba, la loba había mostrado los colmillos hasta la raíz y, como por arte de magia, había trocado su tranquila mirada de curiosidad por una fiera expresión de animal carnívoro que le hizo temblar. El hombre contempló su propia mano, en la que aún estaba el palo encendido, y observó el inteligente mecanismo de los dedos que la sostenían, cómo se ajustaban a todas las asperezas de la superficie, encorvándose por encima y por debajo de la áspera madera, y cómo el meñique, que estaba demasiado cerca de la parte que ardía de la madera, se apartaba automáticamente, para esquivar el dolor, hacia un lugar más frío. Y en el mismo instante le pareció ver aquellos sensibles y frágiles dedos desgarrados por los blancos colmillos de la loba. Nunca hasta ese momento, en que su suerte era tan adversa, había sentido tanto cariño por su cuerpo. Durante la noche ahuyentó con el fuego a los hambrientos lobos. Cuando, vencido por el sueño, cabeceaba, a pesar de su voluntad de resistir, le despertaban los aullidos de sus propios perros. Llegó el día, pero por primera vez la luz no consiguió ahuyentar a los lobos. Inútilmente esperó a que se fueran. Permanecieron en círculo alrededor suyo y del fuego, mostrando tal seguridad y arrogancia, que el hombre sintió que desfallecían sus fuerzas, apenas comenzado el día.

Hizo un desesperado intento para llegar al camino. Pero en cuanto abandonó la protección del fuego, el más audaz de los lobos se lanzó sobre él, aunque sin alcanzarlo. El hombre se salvó por haber retrocedido a tiempo, antes de que las mandíbulas de la fiera se cerrasen de golpe a una distancia de casi quince centímetros de su muslo. El resto de la manada intentó atacarlo, y fue necesario arrojar palos encendidos a derecha e izquierda para mantenerlos a distancia.

Ni siquiera a plena luz del día se atrevió a abandonar el fuego para cortar más leña. A unos seis metros había un tronco de pino. Casi empleó medio día en acercar el fuego hasta allí, pero siempre con un palo ardiendo en la mano para arrojarlo, en caso de necesidad, contra sus enemigos. En cuanto llegó al árbol, estudió el bosque que le rodeaba para hacerlo caer de tal manera que le pillara cerca la parte en la que abundara la leña.

La noche fue una repetición de la anterior, excepto que el sueño se convirtió en una necesidad imperiosa. Los gruñidos de los perros iban perdiendo firmeza y eficacia. Además, como lo hacían todos a un tiempo, sus sentidos, ya aturdidos por el cansancio, no notaban la diferencia de timbre o de intensidad. Se despertó sobresaltado. La loba se encontraba a menos de un metro de distancia. En un acto reflejo y sin que la loba se diese cuenta, le lanzó un puñado de brasas a la boca, abierta en un bostezo. El animal retrocedió, aullando de dolor, mientras Henry disfrutaba con el olor a carne y pelo quemados, mientras la loba, sacudiendo la cabeza y aullando rabiosamente, se alejaba a unos cinco metros.

Pero esta vez, antes de adormilarse de nuevo, se ató a la mano derecha un palo de pino ardiendo. Sus ojos se cerraban unos minutos, pues le despertaba el calor de la llama sobre su piel. Durante muchas horas repitió este procedimiento. Cada vez que la llama le despertaba, hacía retroceder a los lobos, arrojándoles palos encendidos, echaba más leña al fuego y de nuevo se ataba una rama de pino en la mano. Todo funcionó bien, hasta que una vez no sujetó bien la madera al brazo y, cuando cerró los ojos, la astilla se le cayó al suelo.

Soñó. Creyó que se encontraba en el fuerte McGurry. Se sentía cómodo, pues era un lugar agradable. Jugaba a las cartas con el jefe de la factoría. También soñó que los lobos rodeaban el fuerte. Aullaban delante de las puertas. Algunas veces él y el jefe dejaban de jugar para reírse de los inútiles esfuerzos de los lobos por querer entrar. Tan extraño era el sueño, que le pareció oír un ruido, como de algo que se derrumbase. Había caído la puerta. Veía a los lobos que entraban corriendo en el salón del fuerte. Saltaban directamente sobre el jefe y sobre él. Al ceder la puerta, el ruido producido por sus aullidos se había intensificado de manera estruendosa. En su sueño algo aparecía como emergiendo de la sombra, sin saber qué, pero que le perseguía y que le hacía llegar sus aullidos.

Y entonces se despertó y descubrió con no poca sorpresa que el peligro era auténtico. Se oían los aullidos y gemidos. Los lobos atacaban. Los dientes de uno se habían clavado en su brazo. De forma instintiva se inclinó sobre el fuego, mientras sentía una profunda dentellada que le desgarraba la pierna. Empezó una enconada lucha alrededor del fuego; sus fuertes manoplas le protegieron las manos, por lo menos durante algún tiempo. Empezó a tirar astillas en todas direcciones, hasta que el campamento adquirió el aspecto de un volcán.

Pero aquella situación no podía durar mucho tiempo. Se le formaron ampollas en el rostro, el fuego había destruido ya sus cejas y pestañas y el calor en los pies se hacía insoportable. Con un puñado de brasas en cada mano saltó al otro lado de la fogata. Los lobos habían retrocedido. Por los lugares donde habían caído las brasas, la nieve se derretía silbando. De vez en cuando, un lobo, que se retiraba a grandes saltos y aullando salvajemente, delataba que había pisado uno de aquellos carbones encendidos.

Echando las teas encendidas sobre los enemigos más cercanos, el hombre se quitó sus manoplas ya quemadas, arrojándolas a la nieve y pateó con fuerza el suelo para desentumecerse. Habían desaparecido los dos últimos perros. Sabía muy bien que sólo habían sido un plato más de una prolongada comida en la que el Gordito había sido el aperitivo y él mismo posiblemente iba a convertirse en el postre.

—¡Aún no me habéis vencido! —gritó salvajemente, mientras sacudía los puños, amenazando a las fieras.

La manada entera se agitó al oír su voz; se produjo un gemido general y la loba se acercó furtivamente hasta muy poca distancia de él, observándolo con una mirada de inteligente ansiedad.

Poniendo en práctica una nueva idea que se le había ocurrido, extendió el fuego formando un amplio círculo, en cuyo centro se acurrucó, con el saco de dormir bajo su cuerpo, para protegerse contra la nieve. En cuanto desapareció detrás de aquel muro de llamas, los lobos se acercaron con curiosidad al borde del fuego para saber lo que le había sucedido. Hasta ahora les había sido imposible traspasar la barrera del fuego, por lo que se echaron a tierra formando un círculo muy cerca de las llamas, como hacen muchos perros, parpadeando, bostezando y estirando los flacos cuerpos ante aquel calor al que no estaban acostumbrados. La loba encogió sus patas y con la nariz alzada hacia la luna empezó a aullar. Uno tras otro los lobos comenzaron a hacerle coro, hasta que todos, echados y con la nariz hacia el cielo, lanzaron el grito del hambre.

Llegó el amanecer y con él la luz del día. El fuego ardía tenue y había que proveerse de más leña. Henry quiso salir de su círculo de fuego, pero los lobos salieron a su encuentro. Las ascuas les obligaban a apartarse, pero ya no retrocedían. En vano intentó hacerles perder terreno. Cuando el hombre renunció a su empresa y volvió a encerrarse en su defensa de fuego, un lobo saltó hacia él, pero falló en el salto y fue a dar con las cuatro patas en las brasas. Gritó de terror al mismo tiempo que enseñaba, rabioso, los dientes, y se alejó apresuradamente para poner sus patas en la nieve.

El hombre se sentó sobre sus mantas. Su cuerpo, doblado a partir de las caderas, se curvaba hacia delante. Tenía los hombros caídos; la cabeza inclinada sobre las piernas, indicaba que había abandonado la lucha. De vez en cuando levantaba la mirada para observar el fuego, que daba las últimas boqueadas. El círculo de llamas y de brasas se rompía en segmentos, que dejaban amplios claros entre ellos. Estos claros se hicieron cada vez más grandes y los segmentos en llamas disminuyeron.

—Ahora podéis entrar y devorarme en cualquier momento —murmuró el hombre—. Sea lo que sea, voy a dormir.

Se despertó una vez, y, en uno de los espacios libres de fuego, vio frente a sí a la loba, que le contemplaba con mirada ansiosa.

Volvió a despertarse un poco más tarde, aunque a él le parecieron horas. Se había producido un misterioso cambio tan extraño, que se despertó inmediatamente. Algo había sucedido. Al comienzo no lo pudo entender. Pero no tardó en descubrirlo; los lobos habían desaparecido. Lo único que quedaba de ellos eran las huellas en la nieve, que mostraban desde qué corta distancia habían abandonado el asalto. El sueño volvió a apoderarse de él. De nuevo iba a hundir la cabeza entre las rodillas, cuando se levantó de un salto.

Se oían gritos de seres humanos, las sacudidas de los trineos, el ruido familiar de los correajes y los aullidos nerviosos de los perros. Cuatro trineos se dirigían desde el río hasta el campamento. En un instante, media docena de hombres rodearon al hombre que se encontraba dentro de la agonizante hoguera. Le sacudían y trataban de despertarlo a golpes. Él les miraba como si estuviera borracho, mientras farfullaba con una voz extraña y amodorrada:

—La loba roja… Primero, vino a comer con los perros… Después, se los comió… Y después devoró a Bill.

—¿Dónde está lord Alfred? —vociferó uno de los hombres a su oído, sacudiéndolo violentamente.

Henry movió la cabeza lentamente.

—No, a ése no se lo comió… Está descansando en un árbol del último campamento.

—¿Muerto?

—Muerto y en una caja —contestó Henry, y, con un gesto brusco, se soltó de la mano de aquel inquisidor, que le tenía cogido por el hombro.

—¡Oiga usted! Déjeme en paz… Estoy agotado… Buenas noches a todos…

Sus ojos parpadearon y se cerraron. Su barbilla se hincó en el pecho y, mientras trataban de echarlo sobre las mantas, sus ronquidos ya se elevaban hacia el aire frío.

Pero, además, se oía otro ruido. Era débil y sonaba lejos, a mucha distancia. Era el aullido de los lobos hambrientos, que trataban de encontrar el rastro de otra presa, ya que habían perdido al hombre.

SEGUNDA PARTE

1. *La batalla de los colmillos*

LA LOBA HABÍA SIDO LA PRIMERA EN OÍR LOS GRITOS DE los hombres y los aullidos de los perros que tiraban de los trineos. La primera en alejarse del círculo del mortecino juego, en el que se había refugiado nuestro hombre. Los lobos no querían abandonar una presa a la que habían dado caza, por lo que permanecieron unos minutos por los alrededores, hasta asegurarse del origen de los ruidos. Cuando advirtieron la causa, se alejaron, siguiendo a la loba.

A la cabeza del grupo iba un gran lobo gris, uno de los jefes de la manada. Él dirigía a los demás, tras los pasos de la loba, quien enseñaba los dientes o atacaba a los más jóvenes, cuando trataban de adelantársele y el que aceleró el paso, cuando divisó a la loba, que trotaba sin prisa sobre la nieve.

Ella se dejó alcanzar, como si fuera una posición que le perteneciese por derecho, y adoptó su paso al de la manada. Él no le enseñaba los dientes, cuando ella se ponía delante. Por el contrario, parecía mostrar una especie de afecto hacia ella, quizá excesivo, pues el lobo se le acercaba demasiado, y, cuando lo hacía, ella le enseñaba los colmillos. Tampoco era extraño que ella le clavara los dientes en la paletilla; ni siquiera entonces él se irritaba. Se limitaba a echarse a un lado, correr hacia delante y saltando de una manera extraña, como si fuera un campesino enamorado, que no sabe comportarse.

Era el único problema que le ocasionaba ser líder de la manada. La loba tenía otros. Al otro lado corría un lobo viejo y flaco, con cicatrices por las numerosas peleas en que había tomado parte. Siempre se colocaba a su lado derecho, lo que se explica, si se tiene en cuenta que sólo le quedaba el ojo izquierdo. También él solía acercarse a ella, volverse hasta que su hocico lleno de cicatrices tocaba el cuerpo de la loba, sus paletillas o su pescuezo. Al igual que el compañero que corría a su izquierda, ella contestaba a aquellas atenciones con sus dientes; pero, cuando los dos se las prodigaban al mismo tiempo, se sentía acorralada por ambos flancos y tenía que alejar a los dos amantes con tarascadas, y mantener el paso de la manada, fijándose por donde iba. En esos momentos ambos compañeros enseñaban los dientes y se gruñían por encima del cuerpo de la loba. Habrían luchado, pero el amor y la mutua rivalidad debían ceder ante el hambre de la manada.

Después de cada rechazo, cuando el viejo lobo se apartaba de los afilados colmillos del objeto de su deseo, chocaba con un joven lobo de tres años, que corría a su derecha, por la parte del ojo desaparecido. Este lobezno ya había alcanzado su tamaño adulto, y, a pesar del estado de debilidad y de hambre de la manada, poseía una fuerza y una valentía superiores a las del resto. No obstante corría sin que su cabeza sobrepasara la paletilla del viejo Tuerto. Cuando se atrevía a ir por delante del viejo lobo, cosa que ocurría rara vez, un mordisco le obligaba a retroceder a su posición anterior. A veces por el contrario, caminaba lenta y cautelosamente detrás de ambos, hasta situarse entre el viejo líder de la manada y la loba. Esto desembocaba en una doble y a veces triple demostración de resentimiento. Cuando la loba enseñaba los dientes, el viejo líder se volvía rápidamente sobre el joven intruso. A veces ella se unía a él, y otras, el líder más joven, que la acompañaba por el otro costado, se unía a los dos.

Entonces, teniendo que enfrentarse con tres salvajes dentaduras, el lobezno se detenía repentinamente apoyándose en sus cuartos traseros, con las patas anteriores rígidas, el hocico amenazador y el pelo erizado. Esta confusión en la vanguardia de la manada llevaba siempre confusión de la retaguardia. Los lobos que venían detrás chocaban con el lobezno, expresando su disgusto con enérgicos mordiscos en los costados y en las patas traseras. Él se buscaba el problema, pues el mal humor y la falta de alimento van siempre juntos, pero con la ilimitada fe de la juventud insistía en repetir la maniobra cada cierto tiempo, aunque nunca conseguía más que confusión y desconcierto.

Si hubieran tenido alimento, habría habido riñas y amor, pero la manada se habría disgregado. Pero la situación era desesperada. Estaban flacos por el hambre prolongada. Corrían a una velocidad menor que la corriente. En la zaga se arrastraban los débiles, los más jóvenes o los más viejos. En vanguardia marchaban los fuertes. Pero todos parecían más esqueletos ambulantes que lobos. Sin embargo, exceptuando a los que no tenían fuerzas para correr, los movimientos de los animales que formaban el resto de la manada no mostraban cansancio y parecían efectuarse sin esfuerzo. Los músculos nudosos parecían fuentes inagotables de energía. Detrás de cada contracción muscular, que se parecía a la de un mecanismo de acero, venía otra y otra, aparentemente sin fin.

Aquel día corrieron muchas millas. Trotaron durante toda la noche. La luz del día siguiente les encontró aún corriendo. Atravesaban la superficie de un mundo muerto y helado. Nada vivo se movía. Sólo ellos seguían su interminable viaje por aquel mundo inerte. Sólo ellos poseían vida y seguían buscando otras cosas vivas para devorarlas y sobrevivir.

Cruzaron una docena de pequeños riachuelos, en unas tierras bajas, antes de encontrar lo que buscaban. Se toparon con renos. Primero apareció un macho enorme. Aquí había carne y vida, y no estaba defendida por el fuego ni por misteriosos proyectiles en llamas. Conocían la cornamenta ramificada y las anchas pezuñas de aquella bestia y se olvidaron de su acostumbrada precaución y cautela. Fue una batalla breve pero dura, feroz. El corpulento macho se veía acosado por todos lados. Pero les hizo frente y con hábiles movimientos de sus cascos les desgarraba e incluso partía por la mitad sus cráneos. Los pisoteaba o los despedazaba con sus cuernos. En su desesperada lucha, los aplastaba contra la nieve. Pero fue vencido y cayó, mientras la loba le desgarraba la garganta y otros dientes se le clavaban en otras partes, devorándolo vivo, antes de que sus últimos esfuerzos hubieran cesado o antes de que le hubieran asestado el golpe mortal.

Ahora había alimento en abundancia. El reno pesaba más de ochocientas libras —veinte libras de carne para cada uno de los cuarenta y tantos lobos—. Pero, si sorprendente fue su ayuno, cuando no tenían qué comer, también resultaba así cómo lo devoraban ahora. En poco tiempo sólo unos pocos huesos esparcidos fue cuanto quedó de la enorme bestia que pocas horas antes había hecho frente a la manada. Los lobos se dedicaron a dormitar y a descansar. Con los estómagos llenos, empezaron las riñas y los altercados entre los más jóvenes de la manada, lucha que continuó durante unos días, hasta que el grupo se dispersó. Había pasado el hambre. Se encontraban en una zona de abundante caza y, aunque todavía cazaban juntos, lo hacían con más precauciones, arrinconando a una hembra preñada o un macho cojo de alguna de las manadas que encontraban en su camino.

Pero llegó un día en que, en esta tierra de abundancia, la manada se dividió en dos bandos, que siguieron caminos distintos. La loba, el líder joven a su izquierda y el Tuerto a su derecha, dejaron que la mitad de la manada se dirigiera por el Mackenzie hacia abajo, por los lagos, hacia el este. Lo que quedaba de la manada iba disminuyendo de día en día. Por parejas, macho y hembra, los lobos iban desertando. A veces los agudos dientes de sus adversarios expulsaban a uno de los machos viejos. Al final sólo quedaron cuatro: la loba, el líder joven, el Tuerto y el ambicioso lobezno.

Para entonces la loba había desarrollado un carácter feroz. Sus tres aspirantes llevaban la marca de sus dientes, pero ninguno de los tres respondía a sus ataques. Se limitaban a retirar sus paletillas de sus feroces dentelladas y trataban de aplacar su rabia, moviendo el rabo y dando pasitos cortos. En su orgullo, el lobezno fue el más audaz. Atacó al Tuerto por el lado que no veía y le destrozó una oreja. Aunque el viejo Tuerto sólo veía por un lado para oponerse a la astucia y a la fuerza del lobezno, tenía la sabiduría que proporcionaban largos años de vida. El ojo que le faltaba y las cicatrices de su hocico revelaban la clase de experiencia que poseía. Había sobrevivido a tantas batallas, que ni por un momento dudaba de lo que tenía que hacer.

La lucha empezó limpiamente, pero no terminó así. Es imposible saber lo que habría sucedido, si el tercer lobo no se hubiera unido al viejo para atacar juntos al lobezno y despedazarlo. De ambos lados atacaban sin misericordia los colmillos del que hasta hacía poco tiempo era su compañero. Se habían olvidado de los días en que habían cazado juntos, de las piezas que había cobrado la manada, de la hambruna que habían sufrido. Aquello pertenecía al pasado. Ahora se trataba del deseo, de algo más cruel y terrible que conseguir alimento.

Mientras tanto la loba, la causa de todo, satisfecha, tendida sobre las patas posteriores, observaba. Aquél era su día, que no era común, cuando se erizaban las crines, chocaban los colmillos o se desgarraba la carne que cedía, todo por poseerla.

El lobezno, que había iniciado su primera aventura en los campos del amor, perdió la vida en el intento. A ambos lados de su cuerpo se erguían sus dos rivales. Observaban a la loba, que estaba sentada en la nieve sonriendo. Pero el viejo caudillo era sabio, muy sabio, en el amor incluso más que en la batalla. El joven líder volvió la cabeza para lamerse una herida en la paletilla. Su cuello, vuelto hacia su rival, se mostraba al descubierto. Con su ojo único el viejo lobo vio su oportunidad. Saltó como una flecha y cerró los colmillos. Fue un mordisco largo, desgarrante y profundo. Al clavarse, los dientes segaron la yugular. Después retrocedió.

El joven líder aulló terriblemente, pero su chillido quedó cortado con un golpe de tos. Sangrando y tosiendo, herido ya de muerte, saltó sobre el viejo, y luchó mientras se le escapaba la vida, las piernas débiles, la luz del día apagándose en sus ojos y unos golpes y saltos cada vez más cortos.

Entre tanto la loba seguía echada y sonreía. Se alegraba de una manera vaga por la batalla, pues así es el amor del bosque, la tragedia del sexo en el mundo de la naturaleza, tragedia que sólo lo era para los que mueren. En cambio, para los que sobreviven no es tragedia, sino un logro y un triunfo.

Cuando el joven líder cayó en la nieve y ya no se movió, el Tuerto se dirigió hacia la loba. Su comportamiento denotaba una mezcla de triunfo y cautela. Esperaba un rechazo y se sorprendió cuando la loba no le mostró los dientes enojada. Por primera vez le recibía con agrado. Se restregaron los hocicos y hasta condescendió en saltar y retozar con él como si fuera un cachorro. Él, a pesar de sus años y de su experiencia, se comportó de igual manera y hasta quizá con un poco más de embobamiento.

Ya estaban olvidados los rivales vencidos, y aquella historia de amor escrita con sangre en la nieve; olvidados, excepto en una ocasión, en que el Tuerto se detuvo a lamerse las heridas. Fue entonces cuando sus belfos se entreabrieron como si fuera a enseñar los dientes, se le erizaron los pelos del cuello y se enderezó para saltar, afirmando las patas en la nieve para tener mejor apoyo. Pero lo olvidó en seguida, y saltó detrás de la loba, que tímidamente le invitaba a correr por los bosques.

Después corrieron uno junto al otro, como buenos compañeros que hubieran llegado a un entendimiento. Transcurrieron los días y seguían juntos, cazando y matando, para compartir la comida. Después de algún tiempo la loba empezó a dar muestras de intranquilidad. Parecía buscar algo que no podía hallar, se sentía atraída por las cavidades que había debajo de los árboles caídos y perdía mucho tiempo husmeando las grietas de las rocas. El viejo Tuerto no compartía su interés, pero la seguía de buena gana, y, cuando su búsqueda en algún lugar era muy larga, se echaba al suelo y esperaba hasta que ella volvía a seguir el camino.

No se quedaron mucho tiempo en un sitio, sino que recorrieron toda la comarca, hasta llegar otra vez al río Mackenzie, por el que bajaron lentamente, abandonándole a menudo para cazar por las orillas de sus afluentes, pero volviendo siempre a él. A veces se encontraban con otros lobos, a menudo en parejas, pero nadie demostraba alegrarse del encuentro o deseo de integrar otra vez una manada. Varias veces se toparon con lobos solitarios. Siempre eran machos, que insistían en unirse a la loba y al Tuerto, a quien no le gustaba la idea. Y, cuando ella se arrimaba a su paletilla y enseñaba los dientes, los solitarios aspirantes retrocedían con el rabo entre las piernas y proseguían sus andanzas.

Una noche de luna, mientras corrían por el silencioso bosque, el Tuerto se detuvo de repente. Levantó el hocico, el rabo se puso tieso y olfateó el aire detenidamente. Tenía un pie en el aire, como acostumbran los perros. No quedó satisfecho y siguió husmeando, intentando comprender el mensaje que el aire le traía. Un olfateo bastó a su compañera, que se le adelantó para convencerle de que no había peligro. El Tuerto la siguió, aunque todavía dudaba, y se detenía de vez en cuando para considerar más cuidadosamente aquella señal.

Ella avanzó cautelosamente hasta el fin de un espacio abierto en medio de los árboles. Allí permaneció sola. Entonces, el Tuerto, arrastrándose, alerta los sentidos, irradiando suspicacia por cada uno de sus hirsutos pelos, se le unió. Permanecieron juntos observando, escuchando y oliendo.

Hasta sus oídos llegó el ladrido de perros que se peleaban y reñían, los gritos guturales de varios hombres, las voces más agudas de mujeres coléricas y una vez el lloriqueo intenso y quejoso de un niño. A excepción de los grandes bultos de las tiendas y de las llamas del fuego, interrumpidas por los movimientos de los cuerpos interpuestos o por el humo que ascendía lentamente en el aire, era poco lo que podía verse. Pero hasta sus narices llegaban los millares de olores de un campamento indio, cuya historia era incomprensible para el Tuerto, pero de la que la loba conocía todos los detalles.

Ella se sentía extrañamente conmovida y olfateaba una y otra vez con complacencia. Pero el viejo dudaba todavía. No disimuló su aprensión y echó a correr, invitándola a seguirle. Ella volvió la cabeza y tocó su cuello con el hocico, tratando de tranquilizarlo y volvió a mirar otra vez el campamento indio. Una nueva expresión de ansiedad aparecía en su cara, pero no era de hambre. Sentía un fuerte impulso, no de avanzar, sino de acercarse a aquel fuego, de pelearse con los perros, de evitar y seguir los titubeantes pies de los hombres.

El Tuerto se movía impacientemente a su lado. La loba empezó a sentir nuevamente aquel desasosiego y comprendió la urgente necesidad de encontrar lo que buscaba desde hacía días. Se volvió y corrió hacia el bosque, con gran satisfacción de su compañero, que iba un poco delante, hasta que ambos se sintieron protegidos por los árboles.

Mientras avanzaban silenciosos como sombras, a la luz de la luna, fueron a parar a un sendero. Husmearon las huellas en la nieve, que eran muy recientes. El Tuerto cautelosamente corría en cabeza con su compañera pisándole los talones. Las plantas de sus pies desparramadas, en contacto con la nieve, parecían de terciopelo. En medio de la blancura el Tuerto captó un vago movimiento de algo blanco. Su forma de andar deslizándose había sido engañosamente rápida, pero no podía compararse con la velocidad a la que corría en esos momentos. Ante él saltaba aquella débil mancha blanca que había descubierto.

Galopaban por un estrecho sendero, flanqueado por árboles jóvenes, a través de los cuales podía divisar el final del sendero, que se apreciaba gracias a la luz de la luna. El viejo Tuerto alcanzó rápidamente aquella forma blanca que volaba. Ganaba distancia saltando con agilidad. Se encontraba ya prácticamente debajo de ella: bastaría un solo salto para que sus dientes se hincasen en ella. Pero no llegó a saltar. Aquella forma blanca ascendió verticalmente, transformándose en una liebre que brincaba y rebotaba, realizando una danza fantástica por encima del lobo y sin volver nunca a tierra.

El Tuerto retrocedió de un brinco atemorizado y se acurrucó en la nieve, mostrando amenazadoramente los dientes a aquella cosa que metía miedo y que no podía entender. Pero la loba se le adelantó con actitud de frialdad. Se detuvo un momento y luego saltó, tratando de alcanzar la liebre bailarina. También ella subió muy alto, pero no tan alto como la presa, por lo que sus dientes se cerraron en el aire con un ruido metálico. Repitió otras dos veces la tentativa. Su compañero había abandonado lentamente su posición horizontal y la observaba. Comenzó a mostrarse descontento por los repetidos fracasos de la loba, y él mismo dio un enorme salto. Sus dientes se cerraron sobre la presa, haciéndola descender al suelo con él. Pero al mismo tiempo se oyó un ruido sospechoso, como de algo que se rompe, y entonces observó el Tuerto con asombrados ojos que uno de los jóvenes árboles se le echaba encima. Sus dientes dejaron escapar la presa y retrocedió para librarse de aquel extraño peligro, contrayendo los belfos y dejando al descubierto los colmillos, a la vez que su garganta emitía sonidos roncos, y el pelo se le erizaba de miedo y de rabia. En ese momento el árbol volvió a erguirse y la liebre volvió a quedar danzando de nuevo en el aire.

La loba se enfureció. Hundió sus colmillos en el cuello de su compañero para demostrar su reprobación, y el Tuerto, aterrorizado y desconociendo el origen de este nuevo ataque, volvió ferozmente los dientes contra ella, tanto, que le desgarró el hocico. Para ésta era igualmente inesperado que él se defendiera de sus ataques, por lo que devolvió el golpe, denotando su indignación con aullidos y mordiscos. El Tuerto descubrió su error y trató de apaciguarla. Pero ella estaba empeñada en castigarlo duramente, hasta que el Tuerto se dio por vencido, y, en sus intentos de calmarla, empezó a dar vueltas, manteniendo la cabeza lejos de sus dientes, aunque recibiendo varias mordeduras en la paletilla.

Entre tanto la liebre seguía danzando en el aire, por encima de ellos. La loba se echó en la nieve. El Tuerto, más asustado que su compañera que de la amenaza que pudiera encerrar aquella extraña presa, saltó otra vez sobre la liebre, y mientras caía a tierra con la presa entre sus dientes, no apartaba la vista del árbol. Como antes, le siguió hasta el suelo y se echó a tierra esperando el inminente golpe, erizado el pelo, pero sin soltarla. El golpe no llegó.

El árbol seguía balanceándose encima de él. Se movía cuando él lo hacía. El Tuerto gruñía a aquel extraño árbol tanto como se lo permitía la presa que tenía entre los dientes. Si el lobo no se movía, el árbol no se agitaba, por lo que dedujo que lo mejor era quedarse quieto. Mientras tanto, la sangre tibia de la víctima producía un gusto agradable en la boca. Fue su compañera quien le liberó de la situación incómoda en que se encontraba. Le quitó la liebre de entre los dientes y, mientras el árbol oscilaba amenazadoramente sobre ella, con los dientes le cortó la cabeza a la presa. Inmediatamente el árbol se enderezó, después de lo cual ya no los molestó más, permaneciendo en la posición erguida que debe tener todo árbol que sea digno de ese nombre. Entre la loba y el Tuerto devoraron la caza que aquel misterioso árbol había puesto a su disposición.

Había otros senderos y bosquecillos, en los cuales las liebres están colgadas en el aire. La pareja se las comió todas. La loba abría la marcha, mientras el Tuerto la seguía observando y aprendiendo el arte de robar trampas, arte que le sería muy útil en el futuro.

2. *El cubil*

DURANTE DOS DÍAS LA LOBA Y EL TUERTO MERODEAron por las cercanías del campamento indio. El lobo se mostraba preocupado e inquieto, aunque el campamento atraía a su compañera, que no quería alejarse. Pero, cuando, una mañana, en el aire retumbó el estampido de un disparo de rifle y la bala se incrustó en el tronco de un árbol, a pocos metros de la cabeza del Tuerto, no dudaron más y se alejaron a paso rápido, de manera que, en muy poco tiempo, se abrió una gran distancia entre ellos y el peligro.

No fueron muy lejos; sólo un par de días de correría. La necesidad de la loba de encontrar lo que estaba buscando se convirtió en imperiosa. Estaba muy pesada y no podía galopar. Una vez, mientras perseguía a una liebre, que en condiciones normales habría sido fácil presa para ella, tuvo que detenerse y echarse al suelo para descansar. El Tuerto se le acercó, pero, cuando le tocó cariñosamente el cuello con su hocico, la loba se abalanzó sobre él con tal rapidez y fiereza, que tuvo que retroceder, tambaleándose, mientras hacía esfuerzos grotescos por escapar a sus dientes. El carácter de la loba era ahora más brusco que nunca; en cambio, el Tuerto cada día se mostraba más paciente y solícito.

Por fin, ella encontró lo que buscaba. Fue unos cuantos kilómetros aguas arriba de un arroyo, que en verano desemboca en el Mackenzie, pero que entonces estaba helado desde la superficie hasta el fondo rocoso: muerta corriente de helada blancura desde el manantial hasta la desembocadura. La loba trotaba fatigosamente con su compañero por delante, cuando alcanzó una de las orillas de la ribera. Se volvió y la recorrió lentamente. Las tormentas y los deshielos de la primavera habían socavado la roca, y en cierto lugar una pequeña fisura se había convertido en una cueva.

Se detuvo a la entrada de la cueva y miró detenidamente las paredes. Recorrió por ambos lados la base del muro, donde su abrupta masa se elevaba sobre el paisaje de líneas más suaves. Volvió a la cueva y atravesó su estrecha boca. A unos tres pies tuvo que avanzar a rastras, pero después se ensanchaban las paredes, formando una cámara circular de casi seis pies de diámetro. La altura del techo apenas sobrepasaba su cabeza. Estaba seco y acogedor. La loba lo examinó con mucho cuidado, mientas el Tuerto, que había vuelto sobre sus pasos, permanecía en la entrada y la observaba pacientemente. Ella dejó caer la cabeza, con el hocico dirigido hacia abajo, hacia un punto cercano a sus patas muy juntas, alrededor del cual dio varias vueltas; después, con un resoplido de cansancio, que era casi un gruñido, encorvó el cuerpo, estiró las patas y se dejó caer, con la cabeza hacia la entrada. El Tuerto, que mantenía las orejas tiesas, la sonreía, y más allá, perfilado contra la blanca luz, ella podía distinguir su rabo, se movía alegremente. Sus orejas, con movimientos cariñosos, se movían hacia delante y hacia atrás mientras abría la boca y extendía apaciblemente la lengua, con lo que quería expresar que estaba contenta y satisfecha.

El Tuerto tenía hambre. Aunque se había tumbado a la entrada de la cueva y tenía sueño, sólo lograba conciliarlo durante breves instantes. Se mantenía despierto con las orejas atentas al luminoso mundo que se extendía más allá de la caverna, donde el sol de abril brillaba entre la nieve. Cuando podía dormitar, llegaban hasta sus oídos los débiles murmullos de ocultas corrientes de agua, que le llevaban a levantarse y a escuchar atentamente. Volvía el sol y con él despertaba la tierra del Norte, que le llamaba. La vida empezaba a agitarse de nuevo. La primavera se sentía en el aire. Llegaba hasta él la sensación de lo que crecía bajo la nieve, de la savia que ascendía por los troncos de los árboles, de los capullos que rompían la capa de hielo que aún los cubría.

Dirigió ansiosas miradas a su compañera, que no demostraba ninguna intención de levantarse. Miró hacia fuera y media docena de pinzones de las nieves cruzaron por delante de su campo visual. Pareció como si quisiera levantarse, echó una nueva mirada a su compañera, se tiró al suelo y se durmió otra vez. Un canto agudo y débil llegó hasta sus oídos. Una o dos veces, semidormido, se rascó el hocico con una de las patas delanteras. Luego se despabiló. En la misma punta de su nariz un mosquito solitario revoloteaba con su cansino zumbido. Era un ejemplar adulto, que había pasado todo el invierno en un tronco seco y que se había despertado al sentir el calor del sol. Ya no podía desoír la llamada del mundo. Además, tenía hambre.

Se arrastró hasta su compañera y trató de obligarla a que se levantara. Pero ella se limitó a mostrarle los dientes. El lobo salió solo hacia aquel mundo iluminado por el sol para encontrarse con la nieve blanda bajo sus pies, que le dificultaba el caminar. Se dirigió río arriba, por el cauce congelado, donde la nieve, protegida del sol por los árboles, todavía estaba dura y cristalina. Permaneció ocho horas fuera de la cueva y, cuando volvió, tenía más hambre que la que le impulsó a salir. Encontró caza, pero no pudo capturarla. Rompió la capa de nieve que se fundía y se restregó en la tierra, mientras allá arriba las liebres bailaban más inalcanzables que nunca.

Se detuvo sorprendido a la entrada de la cueva. Extraños y débiles sonidos salían de su interior. No procedían de su compañera y, sin embargo, le eran vagamente familiares. Se arrastró cautelosamente hasta el interior, donde fue recibido por la loba con un gruñido de advertencia. Lo escuchó sin perturbarse, aunque obedeció manteniendo una cierta distancia; pero siguió interesándose por aquellos extraños sonidos, que parecían débiles sollozos ahogados.

Su irritada compañera le advirtió que se alejara, por lo que se agazapó a la entrada, donde se quedó dormido. Cuando llegó la mañana y una débil luz invadió la cueva, se dedicó a buscar el origen de aquellos extraños ruidos, remotamente familiares. Los aullidos de advertencia de su compañera encerraban una nueva nota de celo, por lo que tuvo mucho cuidado en guardar una distancia prudencial. Sin embargo, descubrió, cobijados entre sus patas y a lo largo de su cuerpo, cinco pequeños seres vivos, muy frágiles e indefensos, que emitían débiles gemidos y cuyos ojos no se abrían a la luz. El lobo se sorprendió. No era la primera vez en su larga vida de lucha, de la que había salido siempre victorioso, que ocurría eso. Había sucedido muchas veces, aunque siempre había sido una sorpresa para él.

Su compañera le miraba con ansiedad. De vez en cuando emitía un gruñido ronco. Y, a veces, cuando le parecía que él se aproximaba demasiado, el gruñido se convertía en su garganta en un aullido amenazador. La loba no recordaba que algo semejante le hubiera ocurrido, pero su instinto, que era la experiencia de todas las madres lobas, le traía el recuerdo de lobos que habían devorado a sus semejantes, incapaces de defenderse, poco después de nacer. Aquello se manifestaba en ella como un miedo cerval a que el lobo se acercara demasiado a observar los lobeznos, de quienes era su progenitor.

Mas no había peligro. El viejo Tuerto sentía la intensidad de un impulso, el instinto que aparece en todos los padres de lobos. Ni se extrañaba de aquel sentimiento ni trataba de analizarlo. Estaba allí, impregnando todo su ser. Y lo más natural del mundo era que, obedeciendo a aquel impulso, se alejara de su cría y fuera en busca del alimento del que vivirían.

A una distancia de ocho o diez kilómetros de la cueva el río se bifurcaba y los dos arroyuelos corrían entre las montañas casi en ángulo recto. Siguiendo el de la izquierda, encontró huellas frescas. Las olfateó y vio que eran tan recientes, que se apresuró a agacharse y a observar en la dirección en que desaparecían. Entonces deliberadamente se volvió y siguió el brazo derecho. Las huellas eran mayores que las de sus pies, y sabía que encontraría poco alimento, si las seguía.

A casi un kilómetro de distancia, siguiendo el afluente de

la derecha, su sensible oído captó el ruido que hacían unos colmillos al roer algo. Se acercó furtivamente a aquella presa y vio que era un puerco espín, que afilaba sus dientes en la corteza de un árbol. El Tuerto se acercó cautelosamente, pero sin grandes esperanzas. Conocía aquella especie, aunque nunca la había encontrado tan al norte. Nunca en su larga vida le había servido de alimento. Pero había aprendido hacía tiempo que existe algo que se llama la ocasión o la oportunidad, por lo que siguió acercándose. Era imposible decir lo que podría suceder, pues, cuando se trata de seres vivos, en general, no hay regla posible.

El puerco espín se enrolló sobre sí mismo formando una bola, de la cual irradiaban en todas direcciones largas y afiladas agujas, que impedían el ataque. En su juventud, el Tuerto se había acercado demasiado a olisquear una bola idéntica, aparentemente inerte, y con la cola le atacó repentinamente y le golpeó en el hocico. Durante semanas llevó clavada una de sus agujas, como una llama lacerante, hasta que, por fin, se desprendió por sí sola. Por todas estas razones se echó en el suelo cómodamente, manteniendo el hocico a una distancia de treinta centímetros. Aguardó así, sin mover un músculo. Era imposible prever. Podía ocurrir cualquier cosa. Era posible que el puerco espín aflojara sus defensas, dándole la oportunidad de abrirle de un zarpazo su tierno y desprotegido vientre.

Pero, después de esperar media hora, se levantó, gruñó rabioso en dirección de aquella bola inmóvil y se alejó. Había esperado y perdido demasiado tiempo, confiado en que un puerco espín se desenrollara para seguir vigilando. Siguió por el desvío de la derecha, siempre aguas arriba. Pasaba el día y no conseguía resultado alguno en su caza.

La intensidad del instinto paterno que se había despertado en él era cada vez mayor. Tenía que encontrar alimento. Por la tarde se topó con una gallinácea. Saliendo de un bosquecillo, se encontró cara a cara con esa tan poco inteligente ave, que se encontraba sobre un tronco, a menos de treinta centímetros de su nariz. Ambos se miraron. El ave intentó alzar el vuelo, pero el lobo tuvo tiempo de abatirla con un golpe de sus patas, echarse sobre ella y agarrarla con los dientes, mientras el ave intentaba escabullirse entre la nieve. En cuanto sus dientes se acercaron a la carne tierna y mordió los frágiles huesos, empezó a devorarla, siguiendo su natural instinto. Entonces recordó, volvió sobre sus pasos y emprendió el viaje de regreso con la gallinácea en la boca.

A unos dos kilómetros de distancia del punto de bifurcación de los arroyos, mientras corría con paso aterciopelado como una sombra que se deslizara furtivamente, observando todo detalle del paisaje, volvió a encontrar las grandes huellas que había descubierto aquella mañana. Como el rastro seguía el mismo camino que él llevaba, se dispuso a hacer frente al animal en algún punto del arroyo.

Deslizó la cabeza por detrás de una roca, donde comenzaba una de las poco frecuentes curvas muy pronunciadas del arroyo, y sus ojos vieron que se trataba del autor de las huellas, una hembra grande de lince. Estaba tumbada, como había estado él mismo horas antes, frente a la encogida bola de espinas. Si antes el Tuerto había sido una sombra que se deslizaba, ahora era su espíritu. Se arrastró y dio un rodeo, hasta encontrarse muy cerca de los dos, del lado opuesto al viento.

Se tumbó en la nieve, poniendo junto a él la presa que llevaba. Sus ojos atravesaron la espesura, vigilando aquel juego de vida que se desarrollaba ante él: la espera del lince y la espera del puerco espín, cada uno luchando por la vida. Era intensa la curiosidad que despertaba aquel juego, que para el lince consistía en devorar y para el puerco espín en no ser devorado. Mientras, el Tuerto, el viejo lobo, echado sobre la nieve, representaba también su parte en el juego, esperando algún extraño capricho de la suerte que pudiera ayudarle en la caza, que era su modo de subsistir.

Pasó una media hora, una hora, y nada sucedía. En lo que

respecta a sus movimientos, aquella bola espinosa podría ser una piedra. En cuanto al lince, se podría decir que estaba convertido en piedra. El Tuerto parecía muerto. Sin embargo, los tres animales sentían la tensión de la vida tan intensamente, que era casi doloroso. Quizá nunca estuvieron tan llenos de vida como en aquel momento, en que parecían carecer de ella. El Tuerto se movió ligeramente y observó con interés creciente. Algo iba a ocurrir. Al fin el puerco espín creyó que su enemigo se había retirado. Lentamente, con gran cautela, fue desenrollando aquella coraza impenetrable. No se impacientó lo más mínimo. Lentamente, muy lentamente, la bola de agujas se enderezaba y se extendía. El Tuerto, que seguía vigilando, sintió que se le humedecía la boca y que se le caía la baba, involuntariamente excitada por la carne viva que se ofrecía ante él como una comida bien servida.

No había terminado de desenrollarse, cuando el puerco espín descubrió a su enemigo. En aquel mismo instante atacó el lince. El golpe fue como un relámpago. La pata, con sus rígidas uñas como garras, le alcanzó en el indefenso vientre y volvió a su sitio con un movimiento fulminante y bárbaro. Si el puerco espín hubiera estado enteramente desenrollado, o si no hubiera descubierto a su enemigo una fracción de segundo antes de recibir el golpe, la garra del lince habría escapado ilesa; pero un movimiento lateral de la cola hundió sus afiladas agujas en la pata antes que el lince pudiera retirarla.

Todo pasó en una fracción de segundo: el ataque del linde, el contraataque del puerco espín, el chillido de agonía de éste, el aullido de dolor y de sorpresa del lince. El Tuerto se había medio incorporado con la excitación, erguidas las orejas y con el rabo fiero temblando. El lince perdió la paciencia. Se tiró salvajemente sobre lo que le había herido. Pero el puerco espín, que seguía gruñendo, con el vientre deshecho, intentando débilmente enrollarse otra vez, sacudió de nuevo el rabo; otra vez el lince aulló de dolor y de sorpresa. Se echó hacia atrás, estornudando, mientras su nariz, cubierta de agujas, parecía un monstruoso alfiletero. Se rascó el hocico con las patas, tratando de desprender aquellos agudos dardos, lo hincó en la nieve y lo frotó contra las ramas, mientras se movía hacia todos lados en un verdadero ataque de dolor y de miedo. Estornudaba continuamente; tan violentos y rápidos eran los movimientos de su corto rabo, que parecía que se le iba a caer en cualquier momento. Abandonó su movimiento espasmódico y teatral y se quedó quieto un momento. El Tuerto no lo perdía de vista. Ni siquiera el lobo pudo evitar que involuntariamente y de repente se le erizaran todos los pelos, cuando, sin previo aviso, el lince saltó por el aire, al tiempo que emitía un maullido largo y terrorífico. Luego se alejó con el rabo erguido, sin dejar de chillar a cada salto que daba.

Sólo cuando sus maullidos se perdieron en la distancia, el Tuerto se atrevió a abandonar su escondite. Caminaba con pasos delicados, como si la nieve fuera una alfombra con agujas de puerco espín, dispuestas a perforarle las patas. El animal herido le recibió con furiosos gruñidos y rechinando los dientes. Había conseguido enrollarse otra vez, pero no de manera tan compacta como antes, pues su musculatura estaba demasiado desgarrada para eso. El lince se había dividido casi en dos mitades y sangraba profundamente.

El Tuerto lamió la nieve empapada de sangre, la paladeó y la degustó en la boca. Aquello le servía de alivio, ya que su hambre se había intensificado; pero era demasiado viejo para dejar de lado las preocupaciones. Se echó al suelo y esperó, mientras el puerco espín rechinaba los dientes y gruñía y emitía débiles sonidos, que parecían sollozos. Después de un tiempo, el Tuerto notó que las espinas se estaban ablandando y que todo su cuerpo era presa de un gran temblor. Éste desapareció de pronto. Los dientes rechinaron de manera desafiante por última vez. Luego todas las agujas cayeron y el cuerpo se relajó y no se movió más.

El Tuerto, nervioso y dispuesto a saltar hacia atrás a la menor señal de peligro, estiró el puerco espín en toda su longitud y lo colocó sobre el lomo. No había sucedido nada. Con seguridad estaba muerto. Lo miró intensamente durante un momento, le hincó los dientes con cuidado y se dirigió río abajo, llevando o arrastrando al puerco espín, con la cabeza hacia un lado para no herirse con las púas. Recordó algo, dejó caer su presa y se dirigió al lugar donde había dejado la gallinácea. No dudó ni un instante. Sabía lo que tenía que hacer y lo hizo, comiéndose el pájaro. Volvió y recogió otra vez su carga.

Cuando arrastró el objeto de su caza dentro de la cueva, la loba lo examinó, volvió hacia él el hocico y le lamió ligeramente la paletilla. Pero de inmediato le advirtió que se alejara de los cachorros, mostrándole los dientes de una manera que era menos áspera de lo habitual y que encerraba más una disculpa que una amenaza. Su miedo instintivo al padre de su progenie comenzaba a desaparecer. El Tuerto se estaba comportando como corresponde a un lobo padre y no manifestaba ningún deseo de devorar aquellas vidas tiernas que ella había traído al mundo.

3. *El cachorro gris*

ERA MUY DISTINTO DE SUS HERMANOS Y HERMANAS, CUYO pelaje mostraba el color rojizo que habían heredado de la madre, mientras que él, el único de la manada, se parecía a su padre. Era el único cachorro gris de la camada. Pertenecía a la verdadera raza de los lobos; de hecho, era idéntico al viejo Tuerto, pero con una única excepción: tenía dos ojos en lugar de uno como su padre.

Aunque los ojos del cachorro gris se habían abierto no hacía mucho tiempo, ya podía ver con claridad. Mientras permanecieron cerrados, había utilizado los otros sentidos: el tacto y el olfato. Conocía muy bien a sus dos hermanos y a sus dos hermanas. Había empezado a retozar con ellos de una manera torpe e insegura, e incluso a reñir; su pequeña garganta vibraba con un sonido extraño, como si se raspase algo (precursor del aullido), cuando empezaba a enfurecerse. Mucho antes de que se abrieran sus ojos, había aprendido por el tacto, por el sabor y por el olfato, a conocer a su madre: fuente de ternura y de alimento líquido y caliente. Ella tenía una lengua cariñosa y acariciadora, que le calmaba cuando se la pasaba por su pequeño y blando cuerpo y que le inducía a apretarse contra ella y a dormitar.

La mayor parte del primer mes de su vida se la había pasado durmiendo. Pero ahora, que ya podía ver bastante bien, y que permanecía despierto durante más tiempo, comenzaba a entender su mundo mucho mejor. Su mundo era oscuro, pero él no lo sabía, pues no conocía otro. Estaba iluminado muy débilmente, pero sus ojos no habían necesitado adaptarse a otra luz. Era muy pequeño: sus límites eran los muros de la cueva, pero, como no sabía que existiera algo fuera de ella, no se sintió angustiado por los estrechos confines de su existencia.

Muy pronto descubrió que una de las paredes de su mundo era distinta a las demás. Era la entrada de la cueva y la fuente de luz. Había descubierto que era diferente a las otras mucho tiempo antes de tener otros pensamientos o deseos conscientes. Antes de que sus ojos se abrieran y la contemplaran, había ejercido una irresistible atracción sobre él. La luz que provenía de aquel hueco golpeaba sus párpados semicerrados y sus ojos y sus nervios ópticos habían reaccionado con destellos parecidos a rayos, de un color intenso y extrañamente placentero. La vida de su cuerpo, de cada fibra de su cuerpo, la vida que era su misma sustancia, algo completamente distinto a su existencia personal, tendía hacia esa luz de la misma manera que la estructura sutil de la planta le induce a buscar el sol.

Siempre, desde el comienzo, incluso antes de que apareciera la conciencia de la vida, se había arrastrado hacia la entrada de la cueva. A sus hermanos y hermanas les había ocurrido lo mismo. Durante aquel periodo ninguno se arrastró hacia los rincones oscuros de la cueva. La luz les imantaba como si fueran plantas. La estructura química de la vida que les movía exigía la luz como una condición de su existencia. Sus cuerpecillos de cachorros se arrastraban ciegamente, impulsados por una energía química, como los sarmientos de la vid. Más tarde, cuando cada uno desarrolló una personalidad y adquirió conciencia de sus impulsos y apetitos personales, aumentó la atracción que sobre ellos ejercía la luz. Siempre se arrastraban hacia ella, y siempre su madre tenía que llevarlos de vuelta.

Así el cachorro gris aprendió a conocer otras particularidades de su madre, además de la lengua suave y acariciadora. Al intentar insistentemente alcanzar la luz, descubrió que ella poseía un hocico, con el que le empujaba de un golpe otra vez hacia atrás; más tarde descubrió que tenía una pata, que le echaba al suelo y le hacía rodar con un movimiento rápido y bien calculado. Así aprendió a conocer el dolor y, cuando éste era más intenso, aprendió a evitarlo, primero no incurriendo en riesgo de castigo, y, segundo, arrastrándose y retirándose. Eran acciones conscientes y los resultados de sus primeras conclusiones sobre el mundo. Antes de aquello, retrocedía automáticamente ante el peligro, de la misma manera que se arrastraba automáticamente hacia la luz. Después, retrocedía ante el dolor, porque sabía que hacía daño.

Era un pequeño cachorro fiero, lo mismo que sus hermanos y hermanas. Era de esperar, pues era carnívoro. Provenía de una raza que mataba para comer y que se alimentaba de carne. Sus padres no comían otra cosa. La leche que había mamado, cuando su vida era todavía una llama vacilante, era carne transformada directamente en alimento. Ahora, cuando ya tenía un mes, cuando apenas hacía una semana que había abierto los ojos, él empezaba a comer carne, carne que la loba digería a medias y luego regurgitaba para alimentar a sus cinco cachorros, que ya exigían demasiado de sus pechos. Pero, además, él era, con mucho, el peor de la camada. Podía emitir un áspero gruñido, más fuerte que el de los otros cuatro. Sus imponentes rabietas eran mucho más terribles que las de sus hermanos y hermanas. Fue el primero que aprendió el truco para hacer rodar a cualquiera de los otros cuatro con un astuto zarpazo. Y fue el primero que aprendió a agarrar a otro cachorro de una oreja y a tirar y a arrastrar y a gruñir con las mandíbulas bien apretadas. Y, desde luego, fue el que más trabajo dio a su madre, cuando la loba trataba de impedir que toda la camada escapara por el agujero por donde entraba la luz.

Día a día crecía la fascinación que el cachorro gris sentía por la luz. Continuamente emprendía largas exploraciones hacia la abertura de la cueva, hasta una distancia de un metro de su madre, quien siempre le hacía retroceder. Pero él no sabía que eso era una entrada. No sabía nada de entradas o pasadizos por los que uno va de una parte a otra. No conocía ningún otro sitio y muchísimo menos un camino para llegar hasta allí. Para él la entrada de la cueva era un muro, un muro de luz. Lo que representa el sol para los que habitan fuera de la cueva, era para él la entrada luminosa de su mundo. Le atraía como la vela encendida atrae a una polilla. Continuamente intentaba alcanzarla. La vida que tan rápidamente se desarrollaba en él le impulsaba continuamente a acercarse al muro de luz. La vida que llevaba dentro sabía que era el camino hacia el exterior, el camino que estaba predestinado a emprender. Pero no sabía nada de eso, ni siquiera que existía algo más allá.

Había algo raro en aquella pared de luz. Su padre (ya le reconocía como uno de los habitantes de su mundo, criatura muy parecida a su madre, que dormía cerca de la luz y que traía la carne) tenía la costumbre de caminar en dirección a aquel cerco luminoso y desaparecer. El cachorro gris no lo comprendía.

Aunque su madre nunca le permitía que se aproximara a aquel muro de luz, había explorado todos los otros, y su hocico se había topado con algo duro, que causaba dolor. Después de varias aventuras, se olvidó de las paredes. Sin pensar mucho en ello, aceptó la desaparición de su padre por el muro luminoso como una peculiaridad de su progenitor, así como la leche y la carne semidigerida eran peculiaridades de su madre.

De hecho, el cachorro gris no era muy dado a pensar, por lo menos como piensan los hombres. Aunque su cerebro funcionaba de una manera algo nebulosa, sus conclusiones eran tan nítidas y diferenciadas como aquellas a las que llegan los hombres. Tenía un modo típico de aceptar las cosas, sin preguntarse por qué y para qué. En realidad, era una especie de clasificación. Nunca le preocupaba saber por qué ocurría una cosa. Para él era suficiente que ocurriera. Por ejemplo, después de chocar varias veces su hocico contra los muros, aceptó como un hecho inevitable que no desaparecería a través de ellos. De la misma manera aceptaba que su padre sí pudiera hacerlo. Pero no le inquietaba el deseo de saber dónde residía la diferencia entre su padre y él. Ni la lógica ni la física formaban parte de sus esquemas mentales.

Como la mayor parte de las criaturas del bosque, muy pronto experimentó lo que era el hambre. Llegó un momento en que no sólo cesó el suministro de carne, sino que se agotó la leche de su madre. Al principio, los cachorros gimotearon y se quejaron, pero la mayor parte del tiempo durmieron. Pronto se vieron reducidos a una especie de coma, causada por el hambre. Ya no hubo más riñas ni peleas entre ellos, ya no se oían sus pequeñas disputas, ni sus intentos de gruñir. Cesaron las expediciones de descubrimientos hacia el muro de luz. Los cachorros dormían, mientras la vida que había en ellos vacilaba y se apagaba.

El Tuerto estaba desesperado. Recorría largas distancias y dormía muy poco en la cueva, que ahora se había convertido en un lugar triste y sombrío. También la loba abandonó la camada y se fue a buscar alimento. Durante los primeros días, tras el nacimiento de los cachorros, el Tuerto había vuelto varias veces al campamento indio, y había robado los conejos de las trampas. Pero, con el deshielo y el fluir de los arroyos, el campamento indio había cambiado de lugar, por lo que se cerró aquella fuente de abastecimiento.

Cuando revivió el cachorro gris y empezó a interesarse de nuevo por la lejana pared blanca, se dio cuenta de que el número de habitantes de su mundo había menguado. Sólo le quedaba una hermana; el resto había desaparecido. Mientras se hacía más fuerte, se vio forzado a jugar solo, pues su hermana no levantaba cabeza ni recorría la cueva. El pequeño cuerpo del lobezno se redondeaba con lo que comía, pero el alimento había llegado demasiado tarde para ella. Dormía profundamente y no era más que un esqueleto recubierto de pellejo, en el que la llama temblorosa de la vida se extinguía poco a poco hasta que, por fin, se apagó.

Entonces llegó el tiempo en que el cachorro gris no vio a su padre apareciendo y desapareciendo en el muro luminoso o echándose a dormir a la entrada de la cueva. Eso había ocurrido al final de un segundo y menos duro periodo de hambre. La loba sabía por qué no volvía el Tuerto, pero no había forma de poder explicárselo al cachorro gris. En cierta ocasión ella salió a cazar por la desviación izquierda del arroyo en el que vivió el lince y encontró huellas del Tuerto, que debían proceder del día anterior. La loba encontró al Tuerto, o mejor dicho sus despojos, al final de las huellas. Había muchos indicios de una encarnizada lucha y de la retirada hacia su cueva, con los honores del vencedor, del lince. Antes de alejarse, la loba había encontrado su cubil, pero, como parecía que el lince se encontraba en el interior, no se atrevió a entrar.

Después de aquello, la loba evitó el afluente izquierdo, cuando iba de caza. Sabía que en la cueva del lince había una camada y que ese animal es una peligrosísima criatura, de pésimo carácter y luchador terrible. Posiblemente media docena de lobos podría obligar a un lince a refugiarse en un árbol, bufando erizado, pero era algo muy distinto que un lobo solo hiciera frente al lince, especialmente cuando se sabía que tenía una camada hambrienta que alimentar.

Pero el bosque es el bosque, la maternidad es la maternidad, siempre dispuesta a proteger a su prole, sea allí o en la civilización. Llegaría el día en el que la loba, por el bien de su cachorro, tendría que aventurarse por el afluente izquierdo, en cuyas rocas encontraría el cubil y la furia del lince.

4. *La pared del mundo*

ANTES DE QUE SU MADRE COMENZASE A ABANDONAR el cubil en busca de alimento, el cachorro había aprendido bien la ley por la que estaba prohibido acercarse a la entrada. No sólo le había sido inculcada repetida y enérgicamente por el hocico y las patas de su madre, sino también por el instinto del miedo, que se estaba desarrollando dentro de él. Nunca, en su corta vida en la cueva, había encontrado nada que le produjera ese sentimiento. Sin embargo, el miedo ya existía en él. Llegaba hasta él, desde sus más remotos ancestros a través de millares de vidas. Era una herencia que había recibido directamente del Tuerto y de la loba; pero a ellos también les habían llegado generaciones anteriores de lobos. ¡El miedo! El legado del bosque del que ningún animal puede escapar ni cambiar por alimento.

Así, pues, el cachorro gris conoció el miedo, aunque no sabía de qué estaba hecho. Es probable que él lo aceptara como una de las restricciones de la vida, puesto que había aprendido que existían tales limitaciones. Había conocido el hambre, y, cuando no pudo satisfacerla, comprendió que existía una restricción. El duro obstáculo de los muros de la cueva, el brusco empujón del hocico de su madre, el rotundo golpe de su pata, el hambre insatisfecha de varios periodos de escasez le habían hecho caer en la cuenta de que no todo era libertad en el mundo, de que la vida estaba sujeta a limitaciones y a restricciones que eran verdaderas leyes. Obedecerlas significaba librarse del dolor y buscar la felicidad.

No razonó sobre la cuestión como los seres humanos. Se limitó a clasificar las cosas en dos tipos: las que hacen daño y las que no lo hacen. Después de eso se centró en evitar las primeras —las restricciones y limitaciones—, para poder gozar de las satisfacciones y recompensas de la vida.

Así, obedeciendo a la ley establecida por su madre y a la otra de aquella cosa desconocida y sin nombre, el miedo, se mantuvo alejado de la entrada de la cueva, que seguía siendo para él un muro de blanca luz. Cuando su madre estaba ausente, pasaba la mayor parte del tiempo durmiendo; durante los intervalos en los que estaba despierto, se mantenía silencioso, ahogando los lamentos que le cosquilleaban la garganta, luchando por hacerse sonoros.

Una vez, estando recostado pero despierto, oyó un sonido extraño procedente de la blanca pared. No sabía que era un carcayú, que estaba fuera, temblando de miedo ante su propia audacia y que olisqueaba cautelosamente cuanto había en la cueva. El cachorro sabía sólo que el olfateo era extraño, algo que no había clasificado aún, desconocido y terrible, pues lo desconocido es uno de los elementos que provocan el miedo.

El pelo de la espalda se le erizó, pero silenciosamente. ¿Cómo iba a saber que la cosa que husmeaba era una de aquellas ante las cuales debe erizarse el pelo? No procedía de ningún conocimiento anterior; sin embargo, era la expresión visible del miedo que sentía y del que no tenía ninguna explicación en su vida. Pero el miedo iba acompañado de otro instinto: el de ocultarse. El cachorro estaba aterrorizado, echado en el suelo, sin hacer ningún ruido o movimiento, helado, petrificado hasta la inmovilidad, aparentemente muerto. Cuando volvió su madre, gruñó al sentir el olor del animal intruso, se metió corriendo en la cueva y lamió y acarició al cachorro con insólita demostración de afecto. Y el cachorro comprendió que había escapado a un gran peligro.

Pero en su interior se desarrollaban otras fuerzas, la mayor de las cuales era el crecimiento. El instinto y la ley exigían que obedeciera. Pero el crecimiento reclamaba desobediencia. El miedo y su madre le empujaban a que se alejara del muro blanco. El crecimiento equivalía a la vida, y la vida está destinada a correr hacia la luz. No había ninguna posibilidad de frenar aquella vida tumultuosa que hervía en él, que se acrecentaba con cada bocado de carne que tragaba, con cada inhalación que entraba en sus pulmones. Finalmente, un día, impulsado por la fuerza vital, dejó de lado el miedo y la obediencia a su madre, y el cachorro se arrastró hacia la entrada.

A diferencia de otros muros que había conocido, éste parecía retroceder a medida que avanzaba. Ninguna superficie dura chocaba contra su tierno y pequeño hocico, que él proyectaba por delante de él con sumo cuidado. La materia del muro parecía tan permeable e inconsistente como la luz. Y, como ante sus ojos tenía la apariencia de una forma, penetró en lo que había sido un muro para él y se bañó en la sustancia de la que estaba hecho.

Era desconcertante. Se arrastraba a través de lo que él creía sólido. La luz era cada vez más brillante. El miedo le llevaba a retroceder, pero el crecimiento le obligaba a seguir avanzando. De pronto se encontró en la boca de la cueva. El muro, dentro del que había creído encontrarse, retrocedió súbitamente ante él a infinita distancia. La luz se había vuelto dolorosamente brillante y él quedó deslumbrado por ella. De igual modo le mareaba la abrupta y tremenda extensión del espacio. Automáticamente, sus ojos comenzaron a adaptarse a la intensidad de la luz, enfocándose para acomodarse a la creciente distancia de los objetos. Al principio, el muro parecía haber desaparecido de su campo visual. Volvió a distinguirlo, pero a una distancia notable. También había cambiado su apariencia. Era un muro confuso, compuesto por los árboles que crecían a orillas del arroyo, por las montañas, que se elevaban por encima de los árboles y por el cielo que estaba aún más alto que las montañas.

Aparecía otra vez lo terrible y lo desconocido. Se echó a la entrada de la cueva y contempló el mundo que se presentaba ante él. Puesto que era desconocido, le era hostil. Se le erizó el pelo, su hocico se contrajo, como si pretendiera mostrar los dientes y gruñir a aquel mundo feroz, que le intimidaba. Su misma insignificancia y temor le inducían a desafiar y a amenazar al universo entero.

Nada sucedió. Continuó observando, y tan grande era su interés, que se olvidó de los gruñidos. Incluso se olvidó del miedo. En aquel momento, el crecimiento había derrotado al terror, disfrazándose de curiosidad. Empezó a notar la existencia de objetos cercanos —una parte del río, libre de hielos, que centelleaba a la luz del sol; el pino semidestruido, que se encontraba al pie de la colina, y esta misma, que se levantaba hasta él y que terminaba a unos sesenta centímetros por debajo de la parte inferior de la entrada de la cueva en que se encontraba acurrucado.

El cachorro gris había vivido hasta ahora en un suelo totalmente llano. No había experimentado nunca el dolor de una caída. No sabía lo que significaba caer, por lo que dio un paso con audacia en el vacío. Sus patas traseras todavía se apoyaban a la entrada de la cueva, así que cayó hacia delante de cabeza. La tierra le golpeó duramente en el hocico, lo que le indujo a aullar quejumbrosamente. Empezó a rodar por la pendiente. El pánico se apoderó de él. Al fin lo desconocido le había atrapado, dominándole sin consideración, y se preparaba a herirle terriblemente. El miedo había sustituido al crecimiento. El cachorro se quejaba igual que cualquier otro cachorro atemorizado.

Lo desconocido iba a herirlo de una manera terrible e inimaginable, por lo que gemía y gritaba sin cesar. Era algo muy distinto a quedarse agazapado, petrificado de miedo, mientras lo desconocido esperaba fuera. Ahora aquello que no tenía nombre le había asido fuertemente entre sus garras. El silencio no le serviría de nada. Además, no era el miedo, sino el terror lo que le agitaba.

Pero la pendiente era cada vez menos pronunciada, y su base estaba cubierta de hierba. Allí el lobezno perdió velocidad. Cuando se detuvo, lanzó un último grito de agonía y después una exclamación prolongada y temblorosa. Además, de la manera más natural, como si se hubiera limpiado ya mil veces en su vida, procedió a desprender con la lengua el lodo que le manchaba.

Después se sentó y miró a su alrededor con la misma atención que lo haría el primer hombre que aterrizara en Marte. El lobezno había cruzado el muro que le separaba del mundo; lo desconocido lo había soltado y se encontraba allí sin daño alguno. Pero el primer terrícola que llegase a Marte se sentiría menos extraño que el cachorro. Sin ninguna experiencia previa, sin ninguna advertencia sobre su existencia, se encontró a sí mismo como un explorador de un mundo completamente nuevo.

En aquel momento, en que lo desconocido, tan terrible, lo había dejado escapar, olvidó que lo desconocido encerraba peligros. Sólo era consciente de la curiosidad de lo que le rodeaba. Inspeccionó la hierba que había debajo de él, las plantas que crecían un poco más allá, el tronco semidestruido del pino que se encontraba en el límite de un espacio abierto entre los árboles. Una ardilla, que corría alrededor de la base del tronco, cayó sobre él, dándole un gran susto. Se agazapó de miedo y gruñó. Pero la ardilla tenía tanto miedo como él. Se subió al árbol, y, desde aquella posición de seguridad, le respondió chillando de forma salvaje.

Esto aumentó el valor del cachorro y, aunque el pájaro carpintero, que se encontró a continuación, le dio otro susto, prosiguió confiadamente su camino. Tal era su confianza, que, cuando un nuevo pájaro chocó audazmente con él, el cachorro lo alcanzó con su pata juguetona. El resultado fue un fuerte picotazo en el hocico, que indujo al cachorro a tirarse al suelo y a gritar. El ruido fue tan intenso, que el pájaro, asustado, decidió poner tierra por medio, echándose a volar.

Pero el cachorro estaba aprendiendo. Su mente nebulosa había ya establecido una clasificación. Existían cosas vivas y otras que no lo eran. Además convenía precaverse de las primeras. Las cosas inanimadas permanecen siempre en el mismo lugar, pero las vivas se desplazan, resultando imposible predecir lo que harán. Lo que se podía esperar de ellas era lo inesperado, para lo cual había que estar siempre en guardia.

Sus movimientos eran muy torpes. Se caía sobre los arbustos y sobre las cosas. Una rama, que él se imaginaba que se encontraba muy lejos, le golpeaba en el momento menos pensado, dándole en el hocico o arañándole en las costillas. La superficie distaba de ser uniforme. Muchas veces se equivocaba y se caía de bruces sobre la nariz, o sus patas se enredaban en los obstáculos. Había guijarros que se daban la vuelta debajo de sus pies, cuando los pisaba. Y de ellas aprendió que no todas las cosas que carecían de vida se encontraban en el mismo estado de equilibrio estable que su cueva, y que las cosas inertes de pequeñas dimensiones eran más propensas que las grandes a caer o a dar vueltas. Aprendía con cada fracaso. Cuanto más caminaba, mejor lo hacía. Empezaba a acomodarse a sí mismo. Estaba aprendiendo a calcular sus propios movimientos musculares, a conocer sus limitaciones físicas, a medir la distancia entre los objetos y entre éstos y él mismo.

Tenía la suerte del principiante. Nacido para ser cazador de carne, aunque no lo sabía, tropezó con ella a la salida de su cueva y en su primer viaje de exploración por el mundo. Por pura casualidad encontró el nido cuidadosamente oculto de una gallinácea. Cayó en él. Había estado tratando de caminar a lo largo del tronco de un pino caído. Bajo sus pies cedió la corteza podrida; y con un aullido de desesperación se hundió en el redondo agujero, estrellándose contra la hojarasca y los tallos de un pequeño arbusto, y en el corazón de aquél, en el suelo, se encontró entre siete polluelos de gallinácea.

Hicieron ruido, y al principio se asustó de ellos. Pero después se dio cuenta de que eran muy pequeños, y se envalentonó. Se movían. Puso sus patas sobre uno de ellos, lo que contribuyó a que aceleraran sus movimientos. Esto era una fuente de placer para él. Olió a uno y se lo metió en la boca. El polluelo se agitaba y le hacía cosquillas en la lengua. Al mismo tiempo el cachorro sintió sensación de hambre. Se le cerraron las mandíbulas. Crujieron los frágiles huesos del ave y la sangre cálida le llenó la boca. Le gustaba. Era carne, la misma que le traía su madre, sólo que estaba viva entre sus dientes, y, por tanto, le gustaba más. Se comió aquel polluelo y no paró hasta devorar toda la nidada. Se relamió de la misma manera que lo hacía su madre y salió del arbusto.

Se encontró con un torbellino de plumas. Le desorientaron y le cegaron la velocidad del ataque y los golpes de las furiosas alas. Escondió la cabeza entre las patas y gimió. Arreciaron los golpes. La madre de los polluelos estaba furiosa. Pero entonces el cachorro empezó a compartir ese sentimiento. Se levantó, gruñendo e intentando golpearlo con las patas. Hundió sus dientecillos en una de las alas y la desgarró con todas sus fuerzas. El pájaro luchó contra él, propinándole un diluvio de golpes con el ala que le quedaba libre. Era su primera batalla. Se

COMILLO BLANCO

sentía ufano. Olvidó toda la impresión que le había hecho lo
desconocido. Ya no tenía miedo de nada. Estaba luchando, desgarrando algo vivo, que le golpeaba. Además, era alimento. Se
sentía poseído del deseo de matar. Acababa de destruir pequeñas cosas vivas. Ahora estaba empeñado en hacer lo mismo
con una cosa viva grande. Estaba demasiado ocupado y era demasiado feliz para percatarse de ello. Se exaltaba y enardecía
de una forma nueva y más intensa que cualquiera otra de las
que había conocido antes.

Siguió prendido al ala, mientras gruñía entre sus dientes
fuertemente apretados. El pájaro le arrastraba fuera del bosquecillo y, cuando se volvió, tratando de arrastrarlo otra vez hacia dentro, él tiró del ave, sacándola de la vegetación. Y durante
todo el tiempo el ave continuaba gritando y golpeándolo con
el ala, mientras las plumas volaban, cayendo como la nieve. La
intensidad emotiva del cachorro era tremenda. Brotaba en él
toda la sangre luchadora de su estirpe. Esto era la vida, aunque
no lo supiera. Empezaba a comprender el sentido de su existencia en el mundo: matar las cosas vivas y luchar para poder
hacerlo. Justificaba su existencia, lo más que se puede hacer
en la vida, pues ésta alcanza su intensidad máxima cuando re-
aliza aquello para lo que ha sido creada.

Después de algún tiempo, el pájaro dejó de luchar. El cachorro no había soltado el ala: ambos estaban en el suelo y se
miraban fijamente. Él intentó gruñir de forma amenazadora y
feroz. El pájaro le picoteó el hocico, que ya había salido bastante mal parado de aventuras semejantes. Retrocedió, pero sin
soltarlo. El pájaro siguió picoteándolo una y otra vez. De los
estremecimientos, el cachorro pasó a los gemidos. Trató de retirarse del alcance del ave, olvidando que, como ella no soltaba su presa, él la arrastraría tras de sí. Sobre su afligido hocico
cayó un nuevo diluvio de picotazos. El deseo de lucha decre-
ció en él y, abandonando a aquel pajarraco, dio la vuelta y echó
a correr en una vergonzosa derrota.

68

Se tumbó a descansar al otro lado del bosquecillo, cerca del extremo donde crecían los últimos árboles, con la lengua fuera, el pecho agitado y jadeante y el hocico todavía dolorido, lo que le obligaba a seguir quejándose. Mientras permanecía tirado allí, sintió de repente que algo terrible iba a sucederle. De nuevo se apoderó de él la sensación de lo desconocido, e instintivamente se guareció en el bosque. Una ráfaga de aire pasó cerca de él y un largo cuerpo alado se deslizó silenciosamente como un símbolo de mal agüero. Un halcón, descendido del azul del cielo, estuvo a punto de alcanzarlo.

Mientras yacía entre los arbustos, tratando de recobrar el aliento y sin perder de vista nada de lo que ocurría, la gallinácea revoloteó sobre el nido al otro lado del claro. Por la pérdida que acababa de sufrir, no prestó la menor atención al rayo alado que caía del cielo. Pero el cachorro sí lo vio, y fue una advertencia y una enseñanza para él. Observó el veloz descenso del halcón, el roce de su pequeño cuerpo a ras del suelo, su ataque sobre la gallinácea, el grito de dolor y de miedo de ésta y la forma veloz en que el halcón ascendió, llevándosela.

Pasó algún tiempo antes de que el cachorro abandonara su refugio. Había aprendido muchas cosas. Las cosas vivas eran el alimento, y resultaban buenas para comer. Pero algunas, demasiado grandes, podrían ser dañinas. Era mejor comerse las cosas vivas pequeñas, como los polluelos, y dejar los grandes. A pesar de todo, sentía la llamada de la ambición, el deseo de continuar su pelea con aquella ave, sólo que el halcón se la había llevado. Es posible que hubiera otras. Lo comprobaría.

Por un sendero resbaladizo bajó hasta el río. Era la primera vez que veía agua. Parecía ofrecer una excelente superficie para trotar sobre ella; por lo menos era bastante lisa. Echó a andar audazmente sobre la capa líquida, pero se hundió, aullando de terror, envuelto en lo desconocido. Estaba fría. El cachorro abrió la boca, respirando agitadamente. El líquido entró en sus pulmones en lugar del aire, que era lo que siempre había llegado allí con cada movimiento respiratorio. El ahogo que sintió fue como una agonía. Para él equivalía a eso. No tenía un conocimiento consciente de la muerte, pero, como todos los animales del bosque, la conocía instintivamente. Para él era el mayor de los males, la misma esencia de lo desconocido, la suma de los terrores, la mayor e inimaginable catástrofe que podía pasarle, sobre la cual nada sabía y todo lo temía.

Volvió a la superficie y el aire vivificador entró a raudales por su boca abierta. No volvió a hundirse. Como si hubiera sido una vieja costumbre suya, empezó a mover las patas y a nadar. La orilla se encontraba a un metro de distancia, pero llegó a ella de espaldas, y lo primero que observaron sus ojos fue la orilla opuesta, hacia la cual empezó a nadar inmediatamente. El arroyo no era muy caudaloso, pero en aquel punto se ensanchaba hasta alcanzar varios metros. En la mitad de su travesía le alcanzó la corriente y le arrastró aguas abajo. Aquel torbellino en miniatura en la mitad del arroyo trabó sus movimientos y no le permitió nadar. Las aguas eran muy turbulentas en aquel tramo. Unas veces estaba en el fondo, otras salía a flote, pero siempre sus movimientos eran violentos, volcándole, dándole vueltas o golpeándole contra alguna roca. Y chillaba con cada roca contra la que se daba. Su avance se convirtió en una serie de alaridos, de cuyo número se podría deducir el de las rocas contra las que se iba golpeando.

Más allá, el rápido formaba un remanso, y allí, capturado por el remolino, fue llevado suavemente hasta la orilla, depositado con el mismo cuidado en un montón de piedras. Se arrastró enérgicamente hasta quedar fuera del alcance del líquido y se tiró al suelo. Había aprendido algo más sobre el mundo. El agua no era algo vivo y sin embargo se movía. Parecía tan sólida como la tierra, pero carecía de su firmeza. Dedujo que las cosas no son siempre como parecen. El miedo que sentía el cachorro por lo desconocido era parte de su herencia, que se había reforzado con la experiencia. A partir de aquel momento, el cachorro desconfiará siempre de las apariencias, bajo las que se camuflaba la verdadera naturaleza de las cosas. Primero debería conocer la realidad de una cosa antes de depositar su fe en ella.

Aquel día el destino le reservaba otra aventura más. De repente se acordó de que en el mundo existía algo que era su madre. Y entonces sintió el deseo de estar cerca de ella más que ninguna otra cosa. No sólo sentía cansancio en su cuerpo, por las aventuras que le habían sucedido, sino que también su pequeño cerebro se sentía cansado. En todos los días de su vida no había trabajado tan duramente como en aquél. Además, tenía sueño. Así que se dedicó a buscar su cubil y a su madre, experimentando al mismo tiempo un sentimiento de soledad y de impotencia.

Atravesaba penosamente un grupo de arbustos, cuando oyó un agudo chillido de intimidación. Ante sus ojos pasó un relámpago de color amarillo. Vio a una comadreja, que se alejaba de él a saltos. Era una cosa viva pequeña, y por eso no tuvo miedo. Entonces, ante sus mismos pies distinguió una cosa viva extraordinariamente pequeña, de unos pocos centímetros de largo: una comadreja joven, que, desobediente como él mismo, había salido en busca de aventuras. Intentó apartarse del cachorro, que le hizo dar vueltas con un movimiento de sus patas. Emitió un ruido extraño y molesto, y al instante aquel destello amarillo reapareció ante sus ojos. Oyó de nuevo el grito de intimidación, y, en el mismo instante, recibió un golpe en el cuello y sintió que los agudos dientes de la madre de la comadreja cortaban su carne.

Mientras aullaba y gimoteaba y se arrastraba hacia atrás, vio que la madre se alejaba con su cría y desaparecía en el bosque cercano. Todavía le dolía la dentellada en el cuello, pero más herido estaba su orgullo. Se sentó y se quejó en voz alta. La madre era tan pequeña y tan feroz… Aún tenía que aprender que, a pesar de su tamaño y de su peso, la comadreja es uno de los más feroces, rencorosos y terribles asesinos del bosque. Pero pronto ese conocimiento formaría parte de su acervo de experiencias.

Aún seguía quejándose cuando reapareció la madre. No le atacó de improviso, ya que su hijo estaba a salvo. Se acercó cautelosamente, por lo que el cachorro tuvo ocasión de observar su cuerpo flexible como el de una serpiente, y su cabeza erguida, impaciente también, como la de una serpiente. Su grito agudo y amenazador hizo que al cachorro se le erizaran los pelos y que le gruñera a manera de advertencia. Ella se acercaba cada vez más. Dio un salto, mucho más rápido de lo que podía percibir la vista inexperta del cachorro, de cuyo campo visual desapareció. De inmediato la comadreja se prendió de su cuello, clavando los dientes en su pelo y en su carne.

Al principio el cachorro aulló e intentó luchar, pero era muy joven; aquél era su primer día en el mundo, por lo que su voz sólo pareció un sollozo y su lucha un intento de escapar. La comadreja no soltaba lo que tenía entre sus dientes. Seguía agarrada, intentando morder con más fuerza para llegar hasta la gran vena por donde corría la sangre de la vida del cachorro. La comadreja es un animal adicto a la sangre y prefiere siempre sorberla en la fuente misma de la vida.

El cachorro habría muerto, y nos habríamos quedado sin tema para este libro, si la loba no hubiera llegado saltando entre los arbustos. La comadreja dejó escapar al cachorro y atacó a la madre, intentando, con la velocidad del rayo, prenderse de su cuello, y, aunque falló, sus dientes se encajaron en la mandíbula de la loba, que sacudió la cabeza como si fuera un látigo, consiguiendo que su enemiga se soltara y volara por los aires. Mientras caía a tierra, las mandíbulas de la loba se cerraron en torno al flaco y amarillo cuerpo. La comadreja encontró la muerte entre las quijadas de la loba.

El cachorro disfrutó de otra muestra de afecto por parte de su madre. La alegría de la loba por verlo de nuevo parecía aún mayor que la suya por haber sido hallado. Le acarició con el hocico y le lamió las heridas que le habían hecho los dientes de la comadreja. Después, entre los dos, madre y cachorro, devoraron a la bebedora de sangre, volvieron a la cueva y se echaron a dormir.

5. *La ley de la carne*

EL CACHORRO CRECÍA RÁPIDAMENTE. DESCANSÓ DOS días y se aventuró a abandonar otra vez la cueva. En esta aventura tropezó con la cría de comadreja cuya madre le sirvió de alimento, y vio que el animalito correría la misma suerte. Pero en este segundo viaje el cachorro no se perdió. Cuando se cansó, volvió a la cueva, donde durmió. Después salía todos los días, recorriendo distancias cada vez mayores.

Empezó a tener conciencia de su fuerza y su debilidad y a saber cuándo podía ser audaz y cuándo debía obrar con cautela. Se dio cuenta de que siempre era útil tener cuidado, excepto cuando, seguro de su propia intrepidez, se abandonaba a sus pequeñas rabietas o impulsos. Cada vez que se topaba con una gallinácea perdida se convertía en un demonio furioso. Siempre reaccionó de la misma forma salvaje que lo hizo ante el alboroto de la ardilla que se había encontrado por primera vez en el pino semidestruido. Ver un arrendajo le producía casi siempre una rabia furiosa, pues nunca pudo olvidar los picotazos en la nariz que recibió del primer animal de esa especie con que se topó.

Pero incluso, a veces, el arrendajo le era indiferente, cuando se sentía en peligro al ver a un cazador. Nunca olvidó al halcón, y su sombra le hacía esconderse en el bosquecillo más cercano. Ya no andaba de cualquier manera ni vagaba sin dirección fija, sino que empezaba a imitar el paso de su madre, sigiloso y furtivo, que aparentemente parecía sin esfuerzo, aunque se deslizaba con una rapidez que era tan engañosa como imperceptible. En lo que respecta al alimento, la suerte le había acompañado sólo al principio. Los siete polluelos de la gallinácea y la joven comadreja eran cuanto había podido matar hasta entonces. Su deseo de matar aumentaba de día en día y acariciaba hambrientas fantasías con respecto a la ardilla, que alborotaba tan volublemente y que siempre avisaba a todo el bosque de que el cachorro gris se acercaba. Los pájaros volaban y la ardilla lograba subirse a los árboles, por lo que el lobezno sólo podría atacarla por sorpresa, cuando estuviera en el suelo.

Tenía un profundo respeto por su madre. Ella podía conseguir alimento y no dejaba de traerle su ración. Además, no temía nada. No se le ocurrió pensar que su falta de temor se basaba en la experiencia, en la sabiduría. Aquello le suponía una impresión de potencia. Su madre representaba la fuerza. A medida que crecía la sintió en las severas advertencias de sus patas, aunque también la reprobación de su hocico dejaba paso al ataque de sus colmillos. Por esta razón, también la respetaba. Ella le obligaba a obedecer, y cuanto más crecía el cachorro menor era el aguante de la madre.

Llegó de nuevo el hambre, y el cachorro, de forma más consciente, experimentó una vez más su dentellada. La loba enflaquecía buscando alimento. Rara vez dormía en la cueva, y pasaba la mayor parte del tiempo siguiendo, en vano, el rastro de alimento. El hambre no duró mucho, pero fue muy rigurosa. El cachorro ya no encontraba leche en los pechos de su madre, ni recibía de ella su acostumbrado trozo de carne.

Antes el cachorro se había dedicado a la caza por distracción, por placer. Ahora, que lo había decidido por necesidad, no encontraba nada. Sin embargo, su fracaso aceleró su madurez. Estudió con mucho cuidado las costumbres de la ardilla e intentó con habilidad acercarse sigilosamente a ella y sorprenderla. Acechó a los roedores y trató de hacerles salir de sus cuevas. Aprendió mucho sobre las costumbres de los pájaros. Y llegó el día en que la sombra del halcón no le obligó a esconderse entre los arbustos. Se había hecho más fuerte, más listo y más confiado en sí mismo. Además, estaba desesperado. Se sentó, ante la mirada de todos, en un espacio abierto y desafió al halcón a que bajara de lo alto, pues sabía que allá arriba, surcando el espacio azul que se encontraba por encima de él, había carne, la carne que su estómago apetecía tan intensamente. Pero el halcón se negó a descender y a entablar batalla, por lo que el cachorro se arrastró hasta un bosquecillo, para lamentarse de su hambre y de su fracaso.

El hambre terminó. La loba llegó a la cueva con algo de comer; era un alimento muy raro, diferente de cuanto había cazado antes. Era uno de los hijos del lince, casi de la misma edad que el lobezno, pero no tan corpulento. Y era todo para él. Su madre ya había satisfecho el hambre en otro lugar, aunque él no sabía que lo había hecho devorando al resto de la camada del lince, ni tampoco supo de lo arriesgado de su acción. Sólo sabía que el lince de aterciopelada piel era carne y lo devoró entusiasmándose con cada bocado.

Un estómago lleno invita a la inactividad, por lo que se echó en la cueva y se quedó dormido al lado de su madre. Le despertó su gruñido. Nunca la había oído gruñir de forma tan terrible. Posiblemente, la loba nunca lo había hecho de manera tan espantosa como aquella vez. Había razón para ello, y nadie lo sabía mejor que ella. No se despoja impunemente el cubil de un lince. A plena luz del día, acurrucada a la entrada de la cueva, el cachorro vio a la madre del lince devorado. El pelo del lomo se le erizó en cuanto la vio. Allí estaba el miedo, y no hacía falta que el instinto se lo advirtiera. Por si verla no fuese suficiente, el grito de rabia de la intrusa, que empezó con un aullido y que se convirtió bruscamente en un rugido ronco, era por sí mismo suficiente para convencerlo.

El cachorro sintió la fuerza de la vida, que estaba dentro de él; se levantó y, poniéndose al lado de su madre, gruñó valientemente. Pero ella le rechazó para su vergüenza, colocándole tras de sí. Gracias a que el techo de la cueva era muy bajo, el lince no podía entrar y, cuando pretendía arrastrarse hacia dentro, la loba saltaba sobre la intrusa y a mordiscos la obligaba a desistir. El cachorro vio muy poco de la batalla. Se produjo una tremenda confusión de gruñidos, bufidos y chillidos. Ambas se revolcaron atacándose; el lince arañando y desgarrando con sus dientes y con las garras, mientras que la loba usaba tan sólo sus colmillos.

En una ocasión el cachorro saltó y clavó los dientes en una de las patas traseras del lince. Quedó prendido a él, aullando salvajemente. Aunque nunca lo llegó a saber, el peso de su cuerpo impidió la libre acción de la pata, con lo que evitó muchas heridas a su madre. Un cambio en el desarrollo de la batalla le hizo soltar su presa y quedar debajo de ambas combatientes. En seguida las dos se separaron y, antes de que volvieran a trabarse en pelea, el lince propinó un zarpazo al cachorro, que le desgarró la paletilla, dejándole al descubierto el hueso, y lo arrojó contra la pared. Entonces, a la confusión ya existente, se añadieron los agudos aullidos de miedo y de dolor del cachorro. Pero la lucha duró tanto, que el lobezno tuvo tiempo de cansarse y experimentar un segundo acceso de coraje y al final de la batalla aún seguía prendido con los dientes en una de las patas posteriores y furiosamente gruñendo entre dientes.

El lince había muerto. Pero la loba estaba muy débil y enferma. Al principio acarició al cachorro y lamió sus heridas, pero con la sangre que había perdido desapareció su fuerza, y, durante todo el día y la noche siguiente, yació al lado de su enemiga muerta sin moverse, y sin apenas respirar. Durante una semana no salió de la cueva, excepto para beber; sus movimientos eran lentos y pesados. Al terminar aquella semana, ambos habían acabado de devorar al lince, y las heridas de la loba estaban lo suficientemente curadas como para permitirle seguir de nuevo el rastro del alimento.

La paletilla del cachorro estaba todavía rígida y le dolía; durante un tiempo cojeó por la terrible desgarradura que había sufrido. Pero el mundo parecía ahora haber cambiado. Avanzaba con una mayor confianza en sí mismo, con un sentimiento de valor, que no tenía antes de la pelea con el lince. Había observado la vida en su aspecto más terrible, había combatido, había clavado sus dientes en la carne de su enemigo y había sobrevivido. Por esto actuaba más audazmente, con un aire retador, que era nuevo en él. Ya no temía las cosas pequeñas; había desaparecido gran parte de su timidez, aunque lo desconocido nunca dejó de impresionarlo con sus misterios y horrores intangibles y siempre amenazadores.

Comenzó a acompañar a su madre en las cacerías, viendo cómo se mataba y empezando a tomar parte en ellas. Y en su simplicidad, aprendió la ley de la carne. Había dos clases de vida: la de su especie y la de las otras. La suya incluía a su madre y a él. La otra estaba integrada por todo lo que se movía y que se dividía en aquellos seres que su especie devoraba, y que se subdividía en animales que no mataban o que, si lo hacían, eran pequeños. La otra parte mataba y devoraba a su propia especie o era devorada por ella. De esta clasificación se deducía la ley. El objeto de la vida era la carne. La vida misma era alimento. La vida vivía de la vida. Existían seres que comían y otros que eran comidos. La ley era: devorar o ser devorado. Él no formulaba la ley de manera tan clara, ni establecía los conceptos ni moralizaba. Ni siquiera pensaba en la ley; solamente vivía la ley, sin pensar en ella.

Observaba que a su alrededor se cumplía la ley. Él mismo había devorado las crías de la gallinácea. El halcón se había tragado a la madre y pudo haberle engullido a él. Más tarde, cuando el cachorro se sintió más fuerte, intentó devorar al halcón. Se había comido a la cría del lince. El lince madre lo habría devorado a él, si no hubiera estado ella misma muerta y devorada. Todas las cosas vivas que veía en torno suyo cumplían la ley: él mismo no era más que una parte de ella, pues era un depredador. Su único alimento era la carne; la carne viva que corría veloz ante él o que volaba por los aires o que se subía a los árboles o que se escondía bajo tierra o que le hacía frente y luchaba con él o que invertía el juego y corría tras él.

Si el lobezno hubiera pensado como un hombre, habría definido la vida como un voraz apetito y el mundo como un lugar donde vagan una multitud de esos apetitos, persiguiendo y siendo perseguidos, cazando y siendo cazados, devorando y siendo devorados, y todo ello en un ambiente confuso, con violencia y desorden, un caos de glotonerías y de sangre regido por el azar, la ferocidad y la causalidad en un proceso sin fin. Pero el lobezno no pensaba como los hombres. Carecía de una visión amplia de las cosas. No tenía más que un propósito, pero le preocupaba sólo una idea o un deseo cada vez. Además de la ley de la carne, había muchísimas otras menores, que él debía aprender y seguir. El mundo estaba lleno de sorpresas. El aliento de la vida estaba en él, el juego de sus músculos era una fuente inagotable de felicidad. Correr detrás de la presa equivalía a experimentar intensas emociones y el orgullo de la victoria. Sus riñas y batallas eran verdaderos placeres. El mismo terror y el misterio de lo desconocido le inducían a su modo peculiar de vida.

Y había también momentos de tranquilidad y de satisfacción. Tener el estómago lleno, dormitar perezosamente al sol. Esas cosas eran el premio a sus ardores, fatigas; es más, en ellos mismos estaba encerrada su propia recompensa. Eran manifestaciones de la vida, y ésta siempre es feliz cuando se expresa a sí misma. Por ello el lobezno no sentía ninguna animadversión hacia su mundo hostil. Estaba muy vivo, muy contento y muy orgulloso de sí mismo.

TERCERA PARTE

1. *Los artífices del fuego*

EL LOBEZNO SE TOPÓ CON AQUELLO. FUE CULPA SUYA. NO había sido precavido. Había abandonado la cueva para beber. Probablemente no se dio cuenta, pues tenía mucho sueño. (Había estado cazando toda la noche y acababa de levantarse). Su descuido pudo deberse a que estaba muy familiarizado con el sendero hasta el arroyo. Lo había recorrido muchas veces y no le había pasado nada.

Descendió, pasó de largo el pino semidestruido, cruzó el espacio abierto y siguió tropezando entre los árboles. En ese momento vio y olió. Ante él, sentadas silenciosamente en cuclillas, había cinco cosas vivas, de una especie que hasta entonces nunca había visto. Fue su primera imagen de la especie humana. Ante su vista, ninguno de los cinco hombres se levantó de un salto, ni le mostraron los dientes, ni tampoco aullaron. No se movieron, sino que permanecieron sentados, silenciosos, amenazadores.

El cachorro tampoco se movió. Todos los instintos de su naturaleza le habrían inducido a huir de aquel lugar a todo correr, de no haber sido porque de repente y por primera vez se había despertado en él otro instinto contrario. Un gran miedo le dominó. Allí había una voluntad y una fuerza que estaban muy lejos de él.

El cachorro nunca había visto un hombre y, sin embargo, instintivamente tenía conocimiento de él. De modo vago reconocía en el hombre al animal que había luchado hasta obtener la supremacía sobre los demás animales del bosque. No sólo miraba al hombre con sus propios ojos, sino también con los de todos sus antepasados, con los de aquellos que, en la oscuridad, habían acechado alrededor de innumerables campamentos de invierno, con los que habían observado desde una distancia segura, ocultos entre el bosque, aquel raro animal de dos patas que era el señor de las cosas vivas. El hechizo de la herencia del cachorro, el miedo y el respeto nacidos de siglos de lucha y de la experiencia acumulada por generaciones se apoderó de él. La herencia atraía demasiado a un lobo que todavía era un cachorro. Si hubiera sido adulto, se habría escapado a todo correr. Pero era joven, por lo que se echó al suelo, paralizado por el miedo y emitió a medias la fórmula de sumisión que su especie había emitido desde la primera vez que el primer lobo vino a sentarse junto al fuego del hombre para calentarse.

Uno indio se levantó, se dirigió hacia él y se detuvo a su lado. El cachorro se agazapó aún más contra el suelo. Era lo desconocido, que por fin se materializaba en forma de carne y hueso, que se inclinaba para apoderarse de él. Involuntariamente su pelo se erizó, frunció el hocico, mostrando los pequeños colmillos. La mano, extendida sobre él como una amenaza, dudó un momento, después, el hombre habló, riéndose: *Waban wabisca ip pit tah!* («¡Mirad! Los colmillos blancos»).

Los otros se rieron estrepitosamente y animaron al que habló a levantar al lobezno. A medida que la mano se acercaba cada vez más, una lucha de instintos se desarrollaba dentro del animal. Experimentaba dos grandes impulsos: someterse o luchar. La acción, por la que se decidió, fue un término medio: hizo las dos cosas. Se sometió hasta que la mano estuvo exactamente encima de él. Después luchó, enseñando los dientes con la velocidad de un relámpago e hincándolos profundamente en la mano. Inmediatamente recibió un golpe en la cabeza, que le hizo dar una vuelta completa. Entonces todo su deseo de lucha desapareció. Se apoderaron de él su carácter de cachorro y el instinto de sumisión. Se tumbó en el suelo y se quejó. Pero el hombre al que había mordido la mano estaba muy irritado. El cachorro recibió otro golpe en la cabeza; después se levantó y continuó gimiendo con más intensidad.

Los cuatro indios se rieron aún más, e incluso el hombre al que había mordido se unió a ellos. Rodearon al cachorro y se rieron de él, mientras el animal se quejaba de miedo y de dolor. De repente el cachorro oyó algo; los indios también lo oyeron. Pero el cachorro sabía lo que era. Con un último lamento, que era casi un canto triunfal, dejó de quejarse y aguardó a que llegara su madre, feroz e indomable, que luchaba contra todo y lo mataba, y nunca tenía miedo. La loba aullaba mientras corría. Había oído el gemido del cachorro, y se apresuraba a salvarlo, y de un salto se colocó en medio de ellos. Su instinto maternal, ansioso y combativo, hizo que perdiera su natural belleza. Para el cachorro era agradable el aspecto de su rabia protectora. Emitió un breve aullido de alegría y saltó para salir a su encuentro, mientras los animales-hombres retrocedían varios pasos. La loba permaneció delante de su cachorro, haciendo frente a los hombres, con el pelo erizado mientras de su garganta se escapaba un profundo gruñido. Su rostro descompuesto mostraba una maligna expresión de ferocidad, y su gruñido fue tal, que se le arrugó el hocico, desde la punta hasta los ojos.

Entonces uno de los hombres gritó:

—¡Kiche! —fue lo que pronunció. El cachorro sintió que, al oír esa palabra, su madre debilitaba su gruñido.

—¡Kiche! —gritó el hombre otra vez, pero ahora con dureza y autoridad.

Entonces el lobezno vio que su madre, la loba, la que no tenía miedo de nada, se agazapaba, hasta que su vientre rozaba el suelo, profiriendo aullidos de reconciliación, moviendo el rabo; en una palabra, ofreciendo sumisión y no lucha. El cachorro no podía entenderlo. Estaba asombrado. Le dominó otra vez el temor al hombre. Su instinto no le había engañado; hasta su madre era una demostración de tal respeto, pues ella también se sometía a los hombres.

El hombre que había hablado se acercó a ella. Puso su mano sobre su cabeza y ella se agazapó aún más. No le mordió ni trató de hacerlo. Se acercaron, la palparon y la acariciaron, cosa que a ella no pareció molestarle. Estaban muy excitados y hacían extraños ruidos con sus bocas. Al cachorro no le parecieron señales de peligro, y se echó al lado de su madre, en señal de sometimiento, aunque sin poder evitar que de vez en cuando se le erizara el pelo.

—No es extraño —dijo uno de los indios—. Su padre fue un lobo. Es verdad que su madre era una perra, pero ¿no la ató mi hermano en el bosque tres noches seguidas, en la época de celo? O sea, el padre de Kiche era un lobo.

—Hace un año, Castor Gris, que se escapó —comentó otro de los indios.

—No es extraño, Lengua de Salmón —respondió Castor Gris—. Era época de hambre y no había comida para los perros.

—Ha vivido con los lobos —dijo el tercero de los indios.

—Eso parece, Tres Águilas —confirmó Castor Gris, posando la mano en el cachorro—. Ésta es la prueba.

El cachorro gruñó un poco, al sentir el contacto de la mano, y ésta se volvió para propinarle un manotazo. Tras esto, el cachorro ocultó sus colmillos y se agazapó sumiso, mientras la mano volvía a acariciarlo detrás de las orejas y por todo el lomo.

—Ésta es la prueba —repitió Castor Gris—. Está claro que Kiche es su madre. Pero su padre era un lobo. Por lo tanto en él hay poco de perro y mucho de lobo. Sus colmillos son blancos, por eso se llamará Colmillo Blanco. He dicho. Es mi perro. Pues, ¿no era Kiche la perra de mi hermano? ¿Y no ha muerto mi hermano?

El cachorro, que recibía de esta forma un nombre en el mundo, siguió agazapado y vigilado. Durante algún tiempo, los animales-hombres siguieron haciendo ruido con sus bocas. Entonces Castor Gris sacó un cuchillo de la vaina que colgaba de su cuello, se dirigió al bosquecillo más cercano y cortó un palo. Colmillo Blanco no le perdía de vista. Hizo un corte en cada extremo del palo y en cada agujero introdujo una tira de cuero crudo. Ató uno de los extremos al cuello de Kiche y la condujo hasta un pequeño pino, alrededor del cual ató el otro extremo.

Colmillo Blanco siguió a su madre y se echó a su lado. La mano de Lengua de Salmón le agarró y le hizo tumbarse sobre la espalda. Kiche les observaba ansiosamente. Colmillo Blanco sintió que el miedo se apoderaba otra vez de él. No pudo evitar que se le escapara un gruñido, pero no intentó morderle la mano, que se abría y cerraba, acariciaba su estómago y le hacía rodar de un lado para otro. Era ridículo e incómodo estar tirado así, patas arriba. Además, era una postura de tal impotencia, que toda la naturaleza de Colmillo Blanco la rechazaba. No podía hacer nada para defenderse. Si este animal-hombre trataba de hacerle daño, Colmillo Blanco sabía que no podría escapar. ¿Cómo podría hacerlo, teniendo las cuatro patas en el aire? Sin embargo, la sumisión se sobrepuso al miedo y se limitó a gruñir sordamente. No pudo contenerse, pero tampoco pareció importarle al hombre, que no le contestó con un nuevo golpe. Además, Colmillo Blanco sentía una inexplicable sensación de placer, mientras la mano subía y bajaba a lo largo del pecho y del vientre. Cuando le hizo volver a su posición natural, cesó de gruñir; cuando los dedos apretaron y acariciaron la base de las orejas, el placer se intensificó; y, cuando, con una última caricia, el hombre le dejó marcharse, todo el temor de Colmillo Blanco había desaparecido. Aún habría de experimentarlo muchas veces en su trato con el hombre; sin embargo, esto era una señal de compañerismo, no enturbiada por el miedo, lo que a la larga quedaría en él.

Después de un tiempo, Colmillo Blanco oyó el ruido de algo nuevo que se acercaba. Pronto lo clasificó, pues lo reconoció como peculiar de aquellos animales que se llamaban hombres. Algunos minutos más tarde apareció el resto de la tribu, que había decidido continuar el viaje. Aparecieron más hombres, mujeres y niños, que sumaban unos cuarenta, y todos con sus utensilios a cuestas. También había muchos perros, y todos, a excepción de los cachorros, iban pesadamente cargados con bolsas atadas a los lomos. Cada animal transportaba de veinte a treinta libras.

Colmillo Blanco nunca había visto perros, pero comprendió en seguida que eran de su raza, aunque ligeramente diferentes. Pero su comportamiento no se diferenció del comportamiento del lobo, en cuanto descubrieron al cachorro. A Colmillo Blanco se le erizó el pelo, mostró los dientes y gruñó frente a la oleada que se le vino encima. Poco después cayó abatido por ellos, y sintió cómo los dientes de sus atacantes se le hincaban en las carnes, a la vez que él mismo mordía y desgarraba con los suyos las patas y los vientres de sus enemigos. Se produjo un gran alboroto. Oyó los aullidos de Kiche, que trataba de defenderlo, los gritos de los hombres, el ruido de los garrotazos que repartían éstos y los aullidos de dolor de los perros.

Sólo pasaron unos pocos segundos antes de que de nuevo pudiera ponerse en pie. Y en esos momentos pudo ver a los animales-hombres, que, a garrotazos y pedradas, le salvaban de las dentelladas de los perros, que por alguna extraña razón no le reconocían como igual. Aunque no cabía en su cabeza ningún concepto claro de la justicia, con todo reconoció, a su modo, la equidad de los animales llamados hombres y comprendió que eran los autores de la ley y sus ejecutores. También apreció el poder que tenían para imponer la ley. Se distinguían de los otros animales que Colmillo Blanco había conocido en que no mordían ni se servían de garras. Reforzaban su potencia vital con la fuerza de cosas inertes, que obedecían sus mandatos. Los bastones y las piedras, dirigidos por aquellas extrañas criaturas, volaban por el aire como si estuvieran vivos, causando terribles heridas.

Para él esta potencia era inconcebible, sobrenatural, propia de dioses. Colmillo Blanco, por su naturaleza, no podía comprender nada sobre Dios; a lo sumo, podía entender que había cosas que estaban más allá de su conocimiento, pero la idea que él se formaba, y el miedo que tenía de aquellos extraños animales que se llamaban hombres, se parecía al que experimentaría un ser humano ante una divinidad que, desde lo alto de una montaña, arrojara rayos con las dos manos sobre un mundo atónito.

Se había alejado el último perro. Volvió la calma. Colmillo Blanco se lamió las heridas y pensó sobre su primer contacto con el sabor de la crueldad de la jauría y su presentación ante ella. Nunca se había imaginado que existieran otros seres de su especie, fuera del Tuerto, su madre y él. Ellos habían constituido una especie aparte, y ahora, de pronto, había descubierto muchas más criaturas, que, aparentemente, eran de su raza. Se sentía poseído de un resentimiento inconsciente contra los individuos de su misma especie que a primera vista se habían arrojado sobre él y habían intentado matarlo. De la misma manera le molestaba que su madre estuviese atada a un palo, aunque lo hubieran hecho aquellos animales superiores que se llamaban hombres. Tenía sabor a trampa, a esclavitud, a servidumbre, aunque él no supiera nada de eso. Su herencia había sido la libertad para vagar, correr o tumbarse a voluntad. Y aquí se le prohibía todo eso. Los movimientos de su madre estaban restringidos por la longitud de un palo, que también le ataba a él, pues todavía no tenía más necesidad que estar al lado de su madre.

Aquello no le gustaba. Le agradó aún menos cuando los animales que se llamaban hombres se incorporaron y emprendieron la marcha. Uno de los animales-hombres de corta edad cogió el otro extremo del palo y condujo a Kiche, en cautividad, y detrás iba Colmillo Blanco, sumamente confuso y preocupado de aquella aventura en la que se había metido.

Bajaron por el valle del río, mucho más allá de los límites a los que se había atrevido a llegar Colmillo Blanco en sus correrías, hasta que alcanzaron el punto donde el río desembocaba en el Mackenzie. Allí, donde las canoas estaban colgadas a gran altura, y donde se levantaban los secadores de pescado, se montó el campamento, y Colmillo Blanco miró a su alrededor sorprendido. La superioridad de aquellos animales llamados hombres crecía rápidamente. Había podido observar ya su dominio sobre los perros, por muy afilados que fueran sus dientes. Todo ello evidenciaba su poder. Pero lo que más suscitaba la admiración de Colmillo Blanco era su dominio sobre las cosas inanimadas, su capacidad para ponerlas en movimiento, para cambiar el aspecto del mundo.

Y esto último le preocupaba mucho. Los elevados perfiles de los postes llamaron su atención, aunque en sí mismo no tenía mucho de notable, puesto que eran obra de las mismas criaturas que hacían volar palos y piedras a mucha distancia. Pero, cuando les echaron encima paños y pieles para convertirlos en tipis [tiendas cónicas de los indios americanos], Colmillo Blanco se quedó perplejo. Su enorme tamaño le asombraba. Se levantaron a su alrededor, como si fueran alguna monstruosa forma de vida, en rápido crecimiento. Ocupaban casi toda la circunferencia de su campo de visión. Les tenía miedo. Proyectaban sobre él una sombra siniestra, y, cuando la brisa hacía que se agitaran en grandes movimientos, se agazapaba aterrorizado, manteniendo fija la vista en ellos y dispuesto a alejarse de un salto si intentaban atacarlo.

Pero pronto desapareció su miedo hacia los tipis. Vio a las mujeres y los niños que entraban y salían de ellos sin daño alguno e incluso a las perras intentando varias veces entrar y ser rechazados con palabras duras y a pedradas. Después de algún tiempo Colmillo Blanco se separó de Kiche y se arrastró cautelosamente hasta el muro del tipi más próximo. La curiosidad típica del crecimiento le inducía a ello, la necesidad de aprender a vivir y a actuar, que trae consigo la experiencia. Los últimos centímetros de distancia los recorrió con una lentitud y una precaución casi dolorosas. Los acontecimientos del día le habían preparado para que lo desconocido se le manifestase de la manera más maravillosa e inimaginable. Por fin, su nariz tocó la tela. Esperó. No ocurrió nada. Olió aquella tela extraña saturada de olor a hombre. Mordió la lona y tiró levemente. No pasó nada, aunque las zonas adyacentes se movieron ligeramente. Tiró con más fuerza. Se produjo un fuerte movimiento, que le causó gran satisfacción. Tiró más enérgica y repetidamente hasta que toda la estructura empezó a moverse. Entonces, desde dentro, los agudos gritos de una india le hicieron echar a correr, yendo a refugiarse al lado de Kiche. Después de aquello ya no volvió a sentir miedo por la masa amenazadora de las tiendas.

Instantes después volvió a separarse de su madre. El palo de la loba estaba atado a una estaca clavada en el suelo, por lo que no podía seguirle. Un joven cachorro, al que le faltaba poco para ser perro, algo más grande y naturalmente más viejo que él, se le acercó lentamente, desplegando toda la importancia de un enemigo. El nombre del cachorro, como más tarde Colmillo Blanco oyó, era Hocicos. Ya había tenido una cierta experiencia en riñas entre cachorros y era una especie de matón.

Era de la misma raza que Colmillo Blanco, y también cachorro, por lo que no parecía peligroso. Se preparó a recibirlo amistosamente. Pero, cuando el desconocido empezó a caminar con las patas tiesas y alzó los belfos, dejando al descubierto los colmillos, el lobezno hizo exactamente lo mismo. Dieron media vuelta el uno en torno al otro, tanteando el terreno, enseñando los dientes y con el pelo erizado. Esta exhibición duró varios minutos. Empezó a gustarle a Colmillo Blanco, a quien le pareció un juego agradable. Pero, de pronto, con una rapidez notable, Hocicos atacó mordiéndolo y alejándose otra vez. Le mordió en la misma paletilla en la que había hincado los dientes el lince y que todavía le dolía. La sorpresa y el dolor hicieron que Colmillo Blanco aullara; pero en seguida, en un ataque de cólera, se abalanzó sobre Hocicos, y le atacó con crueldad.

Sin embargo, Hocicos había vivido siempre en el campamento y tenía una amplia experiencia en aquellas peleas de cachorros. Sus dientecillos se hundieron tres, cuatro, seis veces en el intruso, hasta que Colmillo Blanco, aullando lastimosamente, perdió todo su orgullo y huyó buscando la protección de su madre. Fue la primera de las muchas peleas que habría de mantener Hocicos, pues fueron enemigos desde el principio, por ser completamente opuestas sus naturalezas desde el día en que nacieron.

Kiche lamió las heridas de Colmillo Blanco e intentó convencerle de que se quedara junto a ella. Pero la curiosidad le dominaba y algunos minutos más tarde se aventuró en una nueva búsqueda. Se encontró con uno de los animales llamados hombres, Castor Gris, que, sentado en cuclillas, estaba empeñado en hacer algo con unos bastones y musgo seco, esparcido en el suelo ante él. Colmillo Blanco se acercó. Castor Gris hacía unos ruidos con la boca que no le parecieron hostiles, por lo que se aproximó aún más.

Las mujeres y los niños traían más leña al lugar donde se encontraba Castor Gris. Al parecer, se trataba de un asunto importante. Colmillo Blanco se acercó hasta tocar con el hocico la rodilla del indio, tanta era su curiosidad, olvidando que aquél era uno de esos terribles animales llamados hombres. De pronto vio que entre los palos y el musgo ascendía una cosa sutil como la niebla. Entonces, en el mismo lugar, apareció una cosa viva que se retorcía y daba vueltas, de un color parecido al del sol en el cielo. Colmillo Blanco no sabía nada sobre el fuego. Le atraía, como le maravilló el muro luminoso de la cueva en los primeros días de su vida. Se arrastró hasta la llama. Oyó cómo Castor Gris se reía y sintió que aquel ruido no era hostil. Entonces su nariz tocó la llama y en el mismo instante sacó su pequeña lengua para lamerla.

Por unos instantes se quedó paralizado. Lo desconocido entre lo que emergía de los bastones y el musgo le había agarrado ferozmente el hocico y no le soltaba. Se echó hacia atrás, estallando en una asombrosa explosión de quejidos. Al oírlos, Kiche saltó gruñendo hasta la punta de su palo, poniéndose furiosa al ver que no podía acudir en su ayuda. Castor Gris se echó a reír estruendosamente, se golpeó varias veces las piernas y contó a todos los del campamento lo que había sucedido, y todos se echaron a reír. Colmillo Blanco se sentó y aulló y aulló, pareciendo aún más pequeña y lastimosa su figura en medio de los animales llamados hombres.

Era la peor herida que jamás había sufrido. La cosa viva del color del sol, que crecía entre las manos de Castor Gris, le había abrasado la nariz y la lengua. Colmillo Blanco gritaba sin parar; cada aullido suyo era saludado por un coro de carcajadas de los animales llamados hombres. Trató de calmar el dolor de la nariz con la lengua, pero, como la tenía también quemada, aquellos dos dolores unidos le produjeron uno todavía mayor; por eso gemía más desconsolado e indefenso que nunca.

Entonces sintió vergüenza. Conoció la risa y su significado. No conocemos cómo algunos animales se enteran y saben cuándo uno se burla de ellos, pero de todas formas Colmillo Blanco estaba al corriente. Se avergonzó de que los animales llamados hombres se rieran de él. Dio media vuelta y se alejó no del peligro del fuego, sino de la burla que se hundía aún más profundamente en su espíritu que la herida en la carne. Y trotó hacia Kiche, que se debatía rabiosa en el extremo del palo como un animal que se había vuelto loco, hacia Kiche, la única criatura del mundo que no se reía de él.

La luz del atardecer cayó y vino la noche. Colmillo Blanco yacía junto a su madre. Todavía le dolían la nariz y la lengua, pero estaba preocupado por un problema mayor. Sentía nostalgia de su hogar. La necesidad del silencio y de la quietud del río y de la cueva del terraplén. La vida se había llenado de demasiados seres. Había muchos de esos animales llamados hombres, mujeres y niños, que hacían ruido y le molestaban, sin contar los perros, que se peleaban continuamente y se mordían entre ellos, armando lío y creando confusión. La soledad tranquila había desaparecido. Allí, el mismo aire palpitaba de vida. Incesantemente hacía un ruido como de colmena o de nube de mosquitos. Variaba continuamente de intensidad, variaba repentinamente de tono, dañando sus sentidos y sus nervios, le hacía sentirse inquieto, desasosegado y continuamente preocupado con la sensación de que iba a pasar algo.

Observaba a los animales-hombres, que entraban, salían y se movían por el campamento. De una forma que guardaba cierta similitud con la que los hombres contemplan a los dioses que ellos mismos han creado, así observaba Colmillo Blanco a los animales-hombres que tenía delante. Eran criaturas superiores, verdaderos dioses. Para su vago conocimiento, eran tan grandes taumaturgos como los dioses lo son para los hombres. Eran criaturas que dominaban, que tenían toda clase de poderes desconocidos e imposibles, dueños y señores de lo vivo y de lo no vivo, que hacían obedecer a lo que se movía, que hacían moverse a las cosas que no se movían y que creaban la vida, una vida penetrante y del color del sol, que nacía del musgo muerto y de la madera. Eran los hacedores del fuego. ¡Eran dioses!

2. *La servidumbre*

CADA DÍA TRAÍA UNA NUEVA EXPERIENCIA A COLMILLO Blanco. Durante el tiempo que Kiche estuvo atada al palo, recorrió el campamento, indagando, investigando, aprendiendo. Conoció con rapidez las costumbres de los animales-hombres, pero su familiaridad no le llevó al desprecio. Cuanto más los conocía, más evidente le parecía su superioridad, mayor el número de sus misteriosos poderes, más fuerte la amenazadora luz de su divinidad.

Con frecuencia el hombre experimenta la desgracia de ver por tierra los dioses y derribados sus altares. Pero el lobo y el perro salvaje, que se acurrucan a sus pies, jamás han experimentado esa desdicha. A diferencia del hombre, cuyos dioses son invisibles o producto de una concepción demasiado audaz, vapores y jirones de niebla de la fantasía, que evitan el contacto con la realidad, errantes espíritus del deseo de divinidad y de poder, producto intangible del yo en el campo del espíritu, a diferencia del hombre, el lobo y el perro salvaje que se acercaron al fuego encontraron dioses de carne y hueso, tangibles, que ocupan un determinado espacio y que requieren un cierto tiempo para cumplir con un fin y con su existencia. No se necesita ningún esfuerzo de fe para creer en semejante dios. Ningún esfuerzo de voluntad puede inducir a la falta de fe. No es posible librarse de él. Ahí está en pie sobre sus dos patas traseras con un garrote en la mano, apasionado, enfurecido, capaz de amar, dios, misterio y poder en una pieza, estructura de carne, que sangra cuando se la muerde y que es tan sabrosa para comer como cualquier otra.

Eso le pasó a Colmillo Blanco. Los animales-hombres eran inequívocos dioses, de los que no se podía escapar. Como su madre, Kiche, les había prestado obediencia en cuanto oyó por primera vez que la llamaban por su nombre, él estaba dispuesto a hacer lo mismo. Les cedía el paso, como un privilegio que les pertenecía. Cuando andaban, se apartaba de su camino. Cuando le llamaban, acudía. Cuando le amenazaban, se echaba al suelo. Cuando le ordenaban que se fuera, echaba a correr, pues detrás de cualquier deseo de los hombres existía el poder para ejecutarlo, un poder que podía herir, un poder que se expresaba por sí mismo en manotazos y palos, en piedras que volaban y en latigazos que escocían.

Ellos le dominaban como a todos los demás perros. Sus actos eran simples órdenes suyas. El cuerpo de Colmillo Blanco les pertenecía para hacer con él lo que quisieran: ponerlo azul a golpes, patearlo o soportar su presencia. Tal fue la lección que muy rápidamente le hicieron aprender. Fue difícil aceptar, si se tiene en cuenta lo mucho que había en su propia naturaleza de energía y de dominio. Y, aunque le disgustaba aprenderlo, sin darse cuenta estaba aprendiendo a que le gustara. Equivalía a colocar su destino en manos de otro, a desplazar las responsabilidades de la existencia. Esto era en sí mismo compensación, ya que siempre es más fácil apoyarse en otro que permanecer sólo.

Pero aquel entregarse a sí mismo en cuerpo y alma a los animales-hombres no sucedió en un día. No podía olvidar en un instante su herencia salvaje y sus recuerdos del bosque. Muchas veces se arrastraba hasta el bosque, se paraba y escuchaba la llamada lejana de algo desconocido. Y siempre volvía desasosegado e intranquilo para gemir con suavidad y melancolía al lado de Kiche, y lamer su cara con ansia y perplejidad.

Colmillo Blanco aprendió pronto las costumbres del campamento. Conoció la injusticia y la avaricia de los perros viejos, cuando les tiraban carne o pescado. Aprendió que los hombres eran más justos, los niños más crueles y las mujeres más amables y más propicias a tirarle un trozo de carne o un hueso. Después de dos o tres dolorosas aventuras con las madres de algunos cachorros, comprendió que la mejor política consistía en dejarlas solas, en mantenerse tan lejos de ellas como fuera posible y evitar encontrarse con ellas.

Pero su ruina era Hocicos. Por ser más grande, más fuerte y de más edad, había elegido a Colmillo Blanco como objeto especial de su persecución. El lobezno ponía toda su voluntad en la pelea, pero no podía superar a su rival, pues éste era tan grande, que se convirtió en una pesadilla. En cuanto se apartaba de su madre, aparecía Hocicos pisándole los talones, mostrándole los dientes, agrediéndole y esperando que no hubiese ningún animal-hombre cerca para saltar sobre él y obligarle a pelear. Como ganaba siempre, disfrutaba muchísimo. Llegó a ser su mayor placer en la vida, a la vez que el más grande tormento para Colmillo Blanco.

Pero esto no bastó para acobardarlo. Aunque sufría numerosas heridas y salía siempre derrotado, su espíritu no se dejaba vencer. Sin embargo, se produjo un efecto negativo. Se volvió malo y hosco. Su carácter había sido salvaje desde su nacimiento, pero se tornó más salvaje aún con aquella inacabable persecución. La parte amable, juguetona e infantil que había en él encontró pocos momentos para manifestarse. Nunca jugueteó con los otros, pues Hocicos nunca lo habría permitido. En cuanto Colmillo Blanco se acercaba a ellos, lo obligaba a pelear hasta que tenía que alejarse.

Todo esto tuvo como consecuencia que a Colmillo Blanco se le arrebatara parte de su vida de cachorro y que en su comportamiento pareciese más viejo de lo que era. Como se le negaba la válvula de escape del juego, se replegó sobre sí mismo y desarrolló su inteligencia. Se volvió astuto; su tiempo libre lo dedicaba a planear tretas. Como se le impedía conseguir su porción de carne o de pescado, cuando se daba de comer a los perros del campamento, se convirtió en un pícaro ladrón. Tenía que alimentarse por su cuenta y lo hacía bien, aunque a menudo era una verdadera calamidad para las indias. Aprendió a merodear por el campamento, sin llamar la atención, a tener habilidad, a saber lo que ocurría, a verlo y oírlo todo, a razonar de acuerdo con las circunstancias y a pensar con éxito cómo encontrar medios y recursos para evitar a su implacable perseguidor.

Durante los primeros días de la persecución, jugó por primera vez a ser astuto, probando como consecuencia el sabor de su primera venganza. Como hizo Kiche cuando vivía con los lobos, atrayendo a los perros fuera del alcance de los hombres. De la misma manera Colmillo Blanco engañó a Hocicos, hasta que éste se encontró a tiro con las mandíbulas vengadoras de Kiche. Como si huyera de Hocicos, Colmillo Blanco dio vueltas alrededor de varias tiendas del campamento. Era un excelente corredor, más veloz que cualquiera de los otros cachorros de su tamaño y, por lo tanto, más que Hocicos. Pero esta vez no corrió todo lo que podía. Se mantuvo firme a una distancia de un salto de su perseguidor.

Hocicos, excitado por la persecución y la persistente cercanía de su víctima, desprendió toda precaución y se olvidó de dónde se encontraba. Cuando lo recordó, era demasiado tarde. Al correr a toda velocidad alrededor de uno de los toldos, chocó con Kiche, que estaba echada en la punta del palo. Lanzó un grito de consternación, y a continuación las mandíbulas vengadoras de la loba se cerraron sobre él. Estaba atada, pero Hocicos no pudo escapar de ella fácilmente. De un zarpazo le puso patas arriba, para que no pudiera correr, mientras le clavaba los dientes y le desgarraba las carnes.

Cuando, por fin, él pudo ponerse fuera de su alcance, se arrastró, desmelenado, herido tanto en el cuerpo como en el espíritu. Tenía el pelo revuelto a mechones, allí donde le había mordido. Se puso en pie, abrió la boca y lanzó el largo aullido de los cachorros, capaz de partir el corazón. Pero ni siquiera pudo acabarlo. Cuando estaba en la mejor parte, Colmillo Blanco se le echó encima, hundiendo los dientes en la pata trasera. Como ya no le quedaban fuerzas para pelear, echó a correr, avergonzado, su víctima pisándole los talones y acosándole hasta que llegaron a la tienda de su amo. Allí las indias acudieron en su ayuda, y Colmillo Blanco, convertido en un demonio furioso, fue rechazado a pedradas.

Llegó el día en que Castor Gris creyó que había pasado ya el peligro de que Kiche se escapase, por lo que la dejó suelta. Colmillo Blanco estaba encantado de ver a su madre libre otra vez. La acompañó por todo el campamento. Mientras permaneció a su lado, Hocicos se mantuvo a una distancia respetuosa. A Colmillo Blanco incluso se le erizó el pelo y empezó a caminar con las piernas encogidas, pero Hocicos ignoró el desafío. No era ningún tonto, y, por muchas ganas que tuviera de vengarse, decidió esperar hasta que pudiera encontrarse a solas con Colmillo Blanco.

Aquel día, más tarde, Kiche y Colmillo Blanco se acercaron al lindero del bosque que se encontraba cercano al campamento. Había llevado a su madre hasta allí, paso a paso, y, cuando ella se paró, trató de convencerla para ir más lejos. El arroyo, el cubil y los pacíficos bosques le llamaban, y él no pudo resistir su atracción. Colmillo Blanco dio unos cuantos pasos y esperó que le alcanzara su madre. Siguió corriendo, se detuvo y echó una mirada hacia atrás. Ella no se había movido. El lobato aulló lastimeramente, corrió juguetonamente hacia los primeros arbustos y volvió. Se acercó a ella, lamió su hocico y echó a correr otra vez. Se detuvo y la observó, expresando con sus ojos toda la intensidad de su deseo, que se desvaneció lentamente en él, cuando ella volvió la cabeza y miró hacia el campamento.

Algo le llamaba allí fuera, en aquel bosque. También su madre lo oyó. Pero Kiche oía también la otra llamada, más fuerte, la llamada del fuego y del hombre, la llamada a la que sólo el lobo había respondido, entre todos los animales, el lobo y el perro salvaje, su hermano.

Kiche se volvió y se encaminó despacio hacia el campamento. La atracción que el hombre ejercía sobre ella era más fuerte que el palo con el que la ataban. Los dioses, aunque ocultos e invisibles, no la dejaban partir. Colmillo Blanco se echó a la sombra de un árbol y se lamentó en voz baja. El aire estaba lleno de un intenso olor a pinos, saturado de sutiles fragancias, que le recordaban sus viejos días de libertad antes de caer en la esclavitud de los hombres. Pero todavía no era más que un cachorro algo crecido; más intensa que las voces de los hombres o del bosque era la llamada de su madre. Hasta entonces había dependido siempre de ella. Ya llegaría la hora de independizarse. Se levantó y trotó tristemente hacia el campamento, deteniéndose una y otra vez para echarse en el suelo y lamentarse y escuchar la voz que sonaba todavía desde las profundidades del bosque.

En la vida salvaje la convivencia de la madre con su cría es breve; bajo el dominio del hombre lo es todavía más. Así le pasó a Colmillo Blanco. Castor Gris tenía una deuda pendiente con Tres Águilas, que emprendía un viaje por el Mackenzie hasta el lago Great Slave. Un trozo de tela roja, una piel de oso, veinte cartuchos y Kiche fueron el pago de la deuda. Colmillo Blanco vio cómo metían a su madre en la canoa de tres Águilas e intentó seguirla. Con un golpe el indio lo tiró al suelo. La canoa se apartó de la orilla y el cachorro se echó al agua, nadando detrás de ella, sordo a los agudos gritos de Castor Gris, que le ordenaba que regresara. Colmillo Blanco desobedeció incluso al animal-hombre, al dios; tal era el terror que le inspiraba la simple idea de perder a su madre.

Mas los dioses están acostumbrados a que se les obedezca, y Castor Gris, irritado, saltó a su canoa en persecución de Colmillo Blanco. Cuando lo alcanzó, le agarró de la nuca y lo sacó del agua. Pero no lo colocó en seguida en la canoa, sino que, mientras lo sostenía con una mano, con la otra comenzó a pegarle. Y le dio una buena paliza. Su mano era dura y cada golpe hacía daño, y le dio unos cuantos.

Impulsado por los golpes que caían sobre él, de un lado y de otro, Colmillo Blanco oscilaba de aquí para allá, como un péndulo que hubiera perdido su compás. Muy diversas eran las emociones que experimentaba. Al principio se sorprendió. Luego le acometió un miedo momentáneo, mientras aullaba a cada manotazo que le propinaban. Pero en seguida se sintió poseído por la cólera. Su naturaleza libre se despertó y mostró los dientes, y gruñó sin miedo en la misma cara de aquel dios enfurecido, lo que sólo contribuyó a acrecentar la rabia del hombre. Los golpes se hicieron más abundantes, más fuertes y mucho más dolorosos.

Castor Gris siguió pegándole. Colmillo Blanco continuaba enseñando los dientes. Pero aquello no podía durar indefinidamente. Uno de los dos tenía que ceder; y lo hizo Colmillo Blanco. Nuevamente se apoderó de él el miedo. Por primera vez en su vida se sentía en las manos de un hombre. Los golpes fortuitos que había recibido hasta ahora, fueran de un palo o con piedras, eran simples caricias comparados con los que le daban ahora. Se derrumbó y empezó a gemir y a aullar. Cada golpe le arrancaba un aullido; pero el miedo se transformó en terror, hasta que, finalmente, sus quejidos se convirtieron en una sucesión continuada, no relacionados con el ritmo del castigo.

Por fin Castor Gris dejó de castigarlo. Colmillo Blanco, que todavía seguía colgado de su mano, continuó lamentándose. Esto pareció satisfacer a su amo, que lo lanzó brutalmente al fondo de la canoa. Mientras tanto, la corriente había conducido la canoa río abajo. Castor Gris agarró el remo, pero, como Colmillo Blanco le impidiera el libre juego de sus movimientos, lo apartó salvajemente de una patada. En aquel momento se despertó su naturaleza libre una vez más, y hundió sus dientes en el pie de su amo.

La paliza que había recibido antes no fue nada comparada con la que Castor Gris le propinó después. La rabia de Castor Gris era terrible, pero no lo era menos el horror de Colmillo

Blanco. El indio no sólo utilizó sus manos, sino también el pesado remo de madera. El cuerpecillo del cachorro estaba lleno de magulladuras cuando nuevamente lo arrojó al fondo de la canoa. De nuevo, pero, aquella vez a propósito, Castor Gris le propinó una patada. Colmillo Blanco no repitió el ataque sobre el pie que lo había castigado. Había aprendido otra lección de su esclavitud. Nunca, absolutamente en ninguna circunstancia, debía atreverse a morder al dios, que era su amo y señor. No debía profanar su carne con dientes como los suyos. Evidentemente ése era el mayor de los crímenes, el delito que no se podía perdonar o pasar por alto.

Al chocar la canoa con la orilla, Colmillo Blanco permaneció en el fondo de ella inmóvil y quejándose débilmente, esperando la manifestación de la voluntad de Castor Gris, que consistió en que fuera a tierra, lo que se le demostró con un golpe que le hizo volar por los aires y doler nuevamente todas sus heridas. Se arrastró temblando hasta los pies del hombre y se quedó allí quejándose débilmente. Hocicos, que había observado todo desde la orilla, le atacó, derribándolo y clavándole los dientes. Colmillo Blanco era ya incapaz de defenderse y le habría ido bastante mal de no ser por Castor Gris, que dio una patada a Hocicos, lanzándole al aire con tanta violencia, que cayó una docena de pies más allá. Así era la justicia del animal-hombre e incluso entonces, en la terrible situación en que se encontraba, Colmillo Blanco no pudo menos de sentir agradecimiento. Pegado a los talones de Castor Gris, le siguió obedientemente, aunque cojeando, hasta su tienda por todo el campamento. Así fue cómo Colmillo Blanco aprendió que los dioses se reservaban el derecho al castigo, negándoselo a las criaturas de inferior condición.

Esa noche, cuando todo estuvo en paz, Colmillo Blanco se acordó de su madre y se lamentó a gritos, tan intensamente, que despertó a Castor Gris, quien le pegó otra vez. Después de ello aprendió a lamentarse en voz baja cuando los dioses estaban cerca. Pero a veces se escapaba hasta el lindero del bosque, donde daba rienda suelta a su tristeza, aullando intensamente.

Fue durante aquel periodo cuando debió haber hecho caso a sus recuerdos del cubil y del río y haber vuelto al bosque, pero le retenía el recuerdo de su madre. Así como los animales-hombres, cuando se dedicaban a la caza, iban y volvían, ella regresaría a la aldea, al campamento, por lo que permaneció en su cautiverio esperándola.

Pero no siempre fue un cautiverio desgraciado. Había muchas cosas que le interesaban. Siempre ocurría algo. No se agotaban las cosas extrañas que hacían los dioses, y Colmillo Blanco siempre tenía curiosidad por verlas. Además, aprendió a arreglárselas con Castor Gris. Se le exigía una obediencia rígida, que no se apartara un ápice de lo ordenado, en pago de lo cual escapaba a los castigos y se le dejaba vivir.

Todavía más: el mismo Castor Gris le echaba de vez en cuando un trozo de carne y le defendía de los otros perros, que querían quitárselo. Ese trozo de carne era muy valioso. Por alguna extraña razón, valía más que una docena de trozos que le hubiera dado cualquier india. Castor Gris nunca lo acariciaba. Tal vez era el poder de su mano, su justicia, o las cosas de que era capaz, lo que infundía respeto a Colmillo Blanco. La verdad es que empezaba a tejerse un cierto lazo de afecto entre él y su orgulloso amo.

De forma solapada y por escondidos caminos, así como por el poder de las piedras, los palos y los manotazos de Castor Gris, los eslabones de la cadena de esclavitud de Colmillo Blanco fueron cerrándose sobre él. Las cualidades de su raza, que, en un principio, hicieron posible que sus antepasados buscaran refugio al lado de los fuegos de los hombres, eran cualidades capaces de desarrollarse. De hecho estaban desarrollándose en él, y la vida del campamento, sumida como estaba en la pobreza, sin darse cuenta, le era cada vez más querida. Pero Colmillo Blanco era inconsciente de ello. Sólo reconocía a Kiche, la esperanza de su regreso y el deseo irrefrenable, tan intenso como el hambre, por la vida en libertad que había sido la suya en otro tiempo.

3. *El proscrito*

HOCICOS SIGUIÓ SIENDO SU MALA SOMBRA, POR LO QUE Colmillo Blanco se volvió más astuto y feroz de lo que le correspondía por naturaleza. El salvajismo era parte de su naturaleza, pero llegó a un grado tal, que excedió su herencia. Aun entre los animales-hombres adquirió reputación de malo. Donde quiera que se organizara algún jaleo dentro del campamento, una lucha, una disputa o simplemente que una india gritara porque le habían robado la carne, estaban seguros de que Colmillo Blanco directa o indirectamente estaba involucrado. Los indios no se preocupaban del porqué de su conducta: les bastaba ver los efectos, que eran bastante malos. Era un ladrón que se deslizaba furtivamente, que armaba siempre jaleos y que fomentaba las peleas. Las indias enfurecidas le decían que era un lobo, que no servía para nada y que iba a acabar mal, mientras él no las perdía de vista, preparado para esquivar cualquier proyectil que le arrojaran.

Él mismo comprendió que era un proscrito en aquel campamento. Todos los perros jóvenes seguían a Hocicos. Existía una diferencia entre ellos y Colmillo Blanco. Tal vez veían en él lo indómito de su raza y sentían instintivamente la enemistad que el perro casero experimenta por el lobo. Pero fuera como fuese, todos se unían a Hocicos para perseguirle y, una vez aliados contra él, tuvieron muy buenas razones para seguir unidos. Cada uno de ellos había sentido, de vez en cuando, los dientes de Colmillo Blanco. Y, dicho sea de paso, él siempre daba más mordiscos de los que recibía. Hubiera podido derrotar a muchos de ellos peleando uno contra uno, pero se le negaba este derecho. El comienzo de una disputa así era la señal para que acudieran todos los perros jóvenes del campamento y se lanzaran contra él.

Que la muchedumbre le odiase le enseñó dos cosas: cómo cuidar de sí mismo, cuando le atacaban muchos, y cómo infligir el mayor daño posible a un solo perro en el más corto espacio de tiempo. Aprendió muy bien que mantenerse en pie en medio de un grupo hostil significaba la vida. Llegó a ser como un gato en su habilidad para mantenerse sobre sus patas, incluso los perros adultos podían empujarle violentamente hacia un lado o hacia atrás con el impacto de sus cuerpos, y hacia atrás o de costado iría por el aire o se arrastraría por el suelo, pero siempre se mantenía sobre sus patas y siempre caía de pie sobre la madre tierra.

Cuando los perros luchan, siempre existen unos preliminares del verdadero combate —gruñidos, pelo erizado y andares rígidos—. Colmillo Blanco aprendió a omitir todo eso. Cualquier pérdida de tiempo significaba un aumento de atacantes. Él debía hacer rápidamente su trabajo y echar a correr. Así que aprendió a no avisar de sus intenciones. Atacaba, mordía y desgarraba en el mismo instante, sin aviso, antes que su enemigo pudiera prepararse para recibirle. Así aprendió a infligir daño con rapidez e intensidad. Un perro, sorprendido cuando no estaba en guardia, al que se le desgarra el lomo o se le hace trizas una oreja, es un animal casi vencido.

Además, era muy fácil derribar a un perro cogido por sorpresa; y un perro derribado de esa forma expone invariablemente la parte blanda del cuello, el punto débil donde se destruye la vida. Colmillo Blanco lo sabía muy bien. Era algo que había recibido por herencia de muchas generaciones de lobos. El método de Colmillo Blanco, cuando tomaba la ofensiva, consistía en lo siguiente: primero, encontrar solo a uno de los perros jóvenes; segundo, sorprenderlo y derribarlo; tercero, atacar con sus dientes las partes blandas del cuello.

Como todavía no había llegado a la edad adulta, sus mandíbulas no eran ni tan grandes ni tan fuertes como para que su ataque fuera mortal. Sin embargo más de un perro joven andaba por el campamento con una herida en el cuello como recuerdo de las intenciones de Colmillo Blanco. Un día, al encontrarse con uno de sus enemigos, que estaba solo en el lindero del bosque, se las ingenió, después de derribarle repetidamente y de atacarle a la garganta, para cortarle la yugular, y así dejarle sin vida. Aquella noche se produjo un gran alboroto en el campamento. Muchos habían sido testigos de la hazaña de Colmillo Blanco, algunos contaron lo sucedido al dueño del perro muerto, las mujeres recordaron los casos de robo de carne que se le achacaban y muchas voces furiosas exigieron de Castor Gris que se castigara al culpable. Pero el indio se mantuvo en la puerta de su vivac, dentro del cual había encerrado a Colmillo Blanco y se negó a autorizar la venganza que le exigía la tribu. Hombres y perros lo odiaban. Durante esta fase de su desarrollo nunca tuvo un momento de seguridad. El diente de cada perro y la mano de cada hombre estaban contra él. Los de su raza le recibían mostrando los dientes; los dioses, con maldiciones, palos y pedradas. Vivía en tensión. Siempre estaba en vilo, dispuesto a atacar, harto de que le atacasen, vigilando con un ojo los posibles proyectiles, dispuesto a obrar rápida y fríamente, a atacar como un rayo con los dientes o retroceder, gruñendo amenazadoramente.

En cuanto a los gruñidos, podía emitirlos de manera más terrible que cualquier otro perro, joven o viejo, del campamento. La intención del gruñido es advertir o asustar, y se requiere buen criterio para saber cuándo hay que usarlo. Colmillo Blanco tenía una idea muy clara de cómo y cuándo hacerlo. En su gruñido ponía todo lo que era violento, malvado y horrible. Contraía la nariz con violentos espasmos, se le erizaba el pelo en repetidas oleadas, sacaba y volvía a sacar la lengua como si fuera una serpiente; gachas las orejas, con los ojos llameantes, contraídos los labios para dejar al descubierto los colmillos, todo ello podía obligar a detenerse a la mayoría de sus asaltantes; a detenerse durante unos instantes, que, si no estaba en guardia, eran vitales para pensar y determinar su táctica de ataque. Pero con frecuencia esa tregua se alargaba tanto que el ataque no se producía. Y, delante de más de uno de los perros adultos, el gruñido de Colmillo Blanco le había dado la oportunidad para una honrosa retirada.

Puesto que era un animal proscrito, en lo que respecta a la manada de los perros jóvenes, sus métodos sanguinarios y su éxito en la lucha eran el precio que los otros debían pagar por haberle perseguido. Como no le dejaban caminar a su lado, se produjo un hecho curioso: él no permitía que ningún perro abandonara la formación. Los perros jóvenes le temían y no se atrevían a andar solos, quizá porque tuvieran miedo de sus emboscadas y de sus ataques en solitario. Exceptuando Hocicos, todos los demás se apretujaban para protegerse contra el terrible enemigo que se habían creado. Un cachorro que anduviera solo por la orilla del río equivalía a un cachorro muerto o a un cachorro que volvería al campamento con agudos aullidos de dolor y de miedo, mientras huía del lobezno que le había atacado.

Pero las represalias de Colmillo Blanco no cesaron ni siquiera después de que los perros jóvenes aprendieron a conciencia que no podían ir solos. Los atacaba cuando estaban solos y ellos hacían lo mismo cuando se encontraban en grupo. Su presencia era suficiente para que corrieran tras él; en esas ocasiones le salvaba su velocidad. Pero ¡ay del perro que se adelantaba a sus compañeros en la persecución! Había aprendido a volverse rápidamente, a atacar al perro que se encontraba a gran distancia del grueso de sus atacantes y abrirlo en canal antes de que pudieran llegar los otros. Esto sucedía con frecuencia, pues, una vez que estaban lanzados contra él, los perros eran propensos a olvidar las precauciones más elementales, cosa que no le ocurría a Colmillo Blanco. Mientras corría, miraba furtivamente hacia atrás, siempre dispuesto a dar la vuelta con la velocidad de un torbellino y a derribar al perseguidor, que, celoso, se había adelantado a los otros.

Los perros jóvenes tienen que jugar, y por las exigencias de la situación entendieron su juego como un remedio de la guerra. Así fue cómo la persecución de Colmillo Blanco se convirtió en la máxima diversión: juego mortal y siempre serio. Por otra parte, como era el más ligero de todos, no temía arriesgarse en ningún terreno. Durante el tiempo en que había esperado en vano el regreso de su madre, los perros le persiguieron muchas veces por los bosques que rodeaban el campamento, sin alcanzarlo nunca. Sus gritos advertían a los otros de su presencia, mientras corría solo, con patas que semejaban terciopelo, cual sombra que se movía entre los árboles, como lo habían hecho sus padres antes que él. Además, tenía una relación más íntima con el bosque que ellos y conocía mucho mejor sus secretos y estratagemas. Un truco predilecto de Colmillo Blanco era meterse en una corriente de agua, con lo cual sus perseguidores perdían la pista, y ocultarse en cualquier bosquecillo cercano, mientras los gritos de los otros perros resonaban a su alrededor.

Detestado por los de su especie y por los hombres, indomable, continuamente perseguido, persiguiendo a su vez sin descanso a los demás, el crecimiento de Colmillo Blanco fue rápido y unilateral. En él no podía crecer la bondad o el afecto, cosas de las que no tenía ni idea.

El código que había aprendido era muy sencillo: obedecer a los fuertes y oprimir a los débiles. Castor Gris era fuerte y divino, por lo que Colmillo Blanco le obedecía. Pero el perro que era más joven o más pequeño que él era débil y había que aniquilarlo. El crecimiento de Colmillo Blanco se efectuaba exclusivamente en el sentido de la fuerza. Para poder hacer frente al peligro constante de que lo hirieran o de que lo mataran, se desarrollaron mucho sus cualidades predatorias y protectoras. Se volvió más rápido en sus movimientos que los otros perros, más veloz en su carrera, más astuto, más escurridizo, más ágil, más esbelto, con músculos y nervios de acero; más resistente, más cruel, más feroz, más inteligente. Tuvo que convertirse en todas esas cosas, pues, de no ser así, no habría podido mantenerse o sobrevivir en aquel ambiente hostil en que se hallaba.

4. *La senda de los dioses*

AL TERMINAR EL AÑO, CUANDO LOS DÍAS SE ACORTARON y se dejaron sentir las primeras heladas, Colmillo Blanco tuvo una oportunidad de recuperar su libertad. Durante varios días reinó en el campamento una actividad inusitada. El campamento de verano iba a ser desmantelado, y la tribu, con bultos y equipaje, se preparaba para la temporada de caza. Colmillo Blanco lo observaba todo con expresión ilusionada y, cuando comenzaron a desmontar las cabañas y cargaban las canoas de la orilla, lo entendió. Algunas embarcaciones habían desaparecido ya aguas abajo.

Casi de forma deliberada decidió quedarse. Esperó una ocasión para escaparse del campamento con dirección a los bosques. En la corriente, donde el hielo empezaba a formarse, hizo desaparecer sus huellas. Se deslizó hasta lo más denso del bosque y aguardó. El tiempo pasaba y él durmió, aunque de forma intermitente, algunas horas. Le despertó la voz de Castor Gris, que le llamaba por su nombre. Había otras voces. Colmillo Blanco podía oír la de la mujer de Castor Gris y la de Mit-sah, su hijo, que le ayudaban a buscarlo.

Colmillo Blanco temblaba de miedo. Aunque sintió el impulso de salir de su escondite, se resistió. Después de un rato ya no se oyeron los gritos, que se perdían a lo lejos, por lo que salió de la espesura para gozar del éxito de su empresa. La noche caía, y durante un rato estuvo jugueteando entre los árboles. De repente se sintió solo. Se echó al suelo para pensar con calma, escuchando el silencio del bosque, que le molestaba. El que nada se moviera o hiciera ruido le pareció siniestro. Sentía que el peligro, invisible e insospechado, estaba en acecho. Desconfiaba de los enormes troncos de los árboles y de las oscuras sombras, en las que podía ocultarse todo tipo de cosas peligrosas.

Hacía frío. No había ninguna cabaña donde cobijarse. Sentía que se le helaban los pies, por lo que los mantuvo en movimiento. Arqueó el peludo rabo para protegerlos y, al mismo tiempo, tuvo una visión. No había nada de extraño en ello. En su memoria, dentro de sí, mediante una serie de representaciones mnemónicas veía el campamento, las chozas y las llamas del fuego. Oyó las voces chillonas de las indias, y las de los hombres, graves y malhumoradas, así como los aullidos de los perros. Tenía hambre y recordó los trozos de carne o de pescado que le habían arrojado. Donde se encontraba ahora no había carne, sino un silencio amenazador, que no era comestible.

El cautiverio le había suavizado. La irresponsabilidad le había debilitado. Se había olvidado de proveer sus necesidades. La noche abría su negra boca alrededor de él. Sus sentidos, acostumbrados al bullicio del campamento, al efecto continuo de colores y sonidos sobre la vista y el oído, estaban inactivos. No había nada que ver u oír. Se esforzaba por captar cualquier interrupción del silencio y la inmovilidad de la naturaleza. Estaban paralizados por la inactividad y por la sensación de que algo terrible iba a ocurrir.

Aterrorizado, dio un brinco. Una cosa enorme y amorfa corría hacia él. Era la sombra de un árbol iluminado por la luna, que las nubes habían ocultado hasta ese momento. Recuperó la calma y aulló suavemente, pero luego dejó de hacerlo en el acto, temeroso de que el sonido pudiera atraer la atención de los peligros que le acechaban.

Un árbol, que se contraía con el frío de la noche, produjo un ruido intenso, exactamente por encima de él. Aulló de miedo. El pánico lo invadió y echó a correr locamente hacia el campamento. Le invadió el deseo incontenible de encontrarse bajo protección y en compañía del hombre. Sentía en sus narices el olor del humo que se desprendía del campamento. Sonaban intensamente en sus oídos los ruidos y los gritos de las chozas. Cruzó el bosque y el claro alumbrado por la luz de la luna, donde no había sombras, ni tinieblas. Pero ninguna aldea apareció ante sus ojos. Lo había olvidado. Los indios se habían ido de allí.

Detuvo de repente su loca carrera. No había ningún lugar en el que pudiera refugiarse. Se arrastró por todo el campamento abandonado, husmeando los montones de basura y los restos de objetos, que los dioses habían abandonado. Se hubiera alegrado de recibir en aquel momento un diluvio de piedras, arrojadas por cualquier india irritada, o golpes de la furiosa mano de Castor Gris, o un ataque de Hocicos y de toda la jauría de perros chillones y cobardes.

Se acercó al lugar donde había estado la cabaña de Castor Gris. En el centro del lugar que había ocupado. Señaló hacia la luna con la punta de la mano. Se sentó. Su garganta se movió sacudida por espasmos rígidos, se le abría la boca y con un grito que partía el corazón expresó su soledad y su miedo, su dolor por Kiche, todo lo que había sufrido, sus miserias, así como su temor al sufrimiento y a los peligros que el futuro pudiera reservarle. Era el largo y tétrico aullido del lobo, que sale del fondo de la garganta y que Colmillo Blanco emitía por primera vez.

La llegada del día hizo desaparecer sus temores, pero aumentó su sensación de soledad. La tierra yerma, que poco antes había estado llena de vida, imponía su soledad de forma enérgica sobre Colmillo Blanco. No tardó mucho tiempo en decidirse. Se lanzó hacia el bosque y siguió la orilla del río durante todo el día, sin reposo. Sus músculos de acero no conocían el cansancio. E incluso, cuando éste llegó, su heredada resistencia le indujo a acrecentar su esfuerzo y permitió que su cuerpo exhausto siguiera adelante.

Donde el río se despeñaba por los rápidos, subió las altas montañas que lo bordeaban. Cuando se encontraba con arroyos que desembocaban en el río, buscaba un paso o los atravesaba a nado. A menudo marchó por encima de la débil capa de hielo que empezaba a formarse; más de una vez cedió bajo su peso y tuvo que luchar por su vida en la corriente helada. Nunca perdía de vista su objetivo: encontrar el rastro de los dioses, que probablemente habrían abandonado el río y se habrían internado tierra adentro.

Colmillo Blanco era más inteligente que la mayoría de su especie. Sin embargo, su clarividencia no era tan fina como para pensar en la otra orilla del Mackenzie. ¿Qué pasaría si el rastro de los dioses continuaba por aquella orilla? Más tarde, cuando hubiese viajado y conocido más cosas, cuando tuviese más años y adquirido mayor sabiduría, probablemente podría percibir esa posibilidad. Pero estaba lejos el día en que llegaría a tener esa capacidad mental. En aquel instante corría a ciegas y la única orilla que entraba en sus cálculos era la que seguía en aquellos momentos.

Trotó toda la noche, tropezando en la oscuridad con contratiempos y obstáculos que dilataban su viaje, pero que no podían detenerlo. A mediados del segundo día había corrido sin parar durante treinta horas. Sus músculos de hierro empezaban a ceder. Sólo la resistencia de su cerebro le permitía continuar. Hacía cuarenta horas que no comía y sentía debilidad. Las constantes inmersiones en el agua fría comenzaban a producir su efecto. Su preciosa piel estaba cubierta de barro. Las anchas almohadillas de sus patas, llenas de heridas, sangraban. Empezaba a cojear y se sentía peor cada hora que pasaba. Para empeorarlo, se oscureció el cielo y empezó a nevar. Era una nieve pura, húmeda, deshecha, pegajosa, que se resbalaba bajo sus pies; que le ocultaba el paisaje por el que avanzaba y que cubría las irregularidades del terreno, de manera que su recorrido fuera aún más difícil y doloroso.

Castor Gris pretendía acampar aquella noche en la otra ribera del Mackenzie, pues por allí andaba la caza. Pero, en la orilla cercana, poco antes del anochecer, un reno, que había bajado a beber, había sido descubierto por Klu-kuch, la mujer de Castor Gris. Si no hubiese bajado a beber, si Mit-sah no hubiera cambiado el rumbo por la nieve, si Klu-kuch no le hubiera visto y si Castor Gris no le hubiera matado de un certero disparo, todos los hechos posteriores habrían sido distintos. Castor Gris no estaría acampado en aquel lado del Mackenzie y Colmillo Blanco habría seguido de largo, para morir o para hallar a sus salvajes hermanos de raza, convirtiéndose en uno de ellos: un lobo más hasta el final de su vida.

La noche cayó. La nieve era cada vez más densa, y Colmillo Blanco, tratando de reprimir sus aullidos y cojeando, se topó con un rastro reciente en la nieve. Tan reciente era, que inmediatamente reconoció su naturaleza. Estremecido de entusiasmo, abandonó la ribera de la corriente y se internó en el bosque. Llegaron a sus oídos los ruidos característicos del campamento. Vio el fuego, en el que Klu-kuch cocinaba algo, y a Castor Gris, sentado en cuclillas, que mordía un trozo de carne, grasienta y cruda. ¡En el campamento había carne fresca!

Colmillo Blanco presentía una buena paliza. Se echó al suelo y se le erizó el pelo, cuando pensó en ello. Siguió avanzando. Temía y le repugnaban los golpes que veía venir, pero sabía, al mismo tiempo, que podía disfrutar del fuego, de la protección de los dioses y la compañía de los perros, de sus enemigos, pero compañía al fin, que podía satisfacer su instinto gregario.

Se acercó al fuego, arrastrándose. En cuanto Castor Gris lo vio, dejó de masticar el sebo. Colmillo Blanco siguió agazapándose lentamente, humillado por la vileza de su degradación y sumiso. Se arrastró hacia Castor Gris, cada centímetro que avanzaba era más doloroso y más lento. Finalmente se encontró a los pies de su amo, al que se entregó total y voluntariamente. Por su propia voluntad se había acercado al fuego del hombre para que él lo dominase. Colmillo Blanco temblaba esperando el castigo que caería sobre él. La mano que estaba por encima de su cuerpo se movió. Colmillo Blanco se encogió involuntariamente, esperando el golpe, que nunca llegó. Miró hacia arriba. ¡Castor Gris cortaba el trozo de carne en dos! Muy despacio y con recelo, Colmillo Blanco primero lo olfateó y después empezó a devorarlo. Castor Gris ordenó que le trajeran comida y le defendió de los otros perros mientras comía. Después, agradecido y satisfecho, Colmillo Blanco se echó a los pies de Castor Gris, contemplando el fuego que le calentaba, mientras los ojos se le cerraban de sueño, seguro de que a la mañana siguiente estaría no recorriendo algún sitio solitario del bosque, sino en el campamento de los animales-hombres, a los cuales se había rendido y de los que dependería de ahora en adelante.

5. *El pacto*

MUY ENTRADO EL MES DE DICIEMBRE CASTOR GRIS inició un viaje por el Mackenzie, aguas arriba. Le acompañaban su hijo y su mujer. Él mismo dirigía uno de los trineos, tirado por perros que había conseguido por canje o que le habían prestado. Un segundo y más pequeño trineo lo dirigía Mit-sah, que era arrastrado por cachorros. Era más un juguete que otra cosa, pero, sin embargo, hacía la felicidad de Mit-sah, a quien le parecía que empezaba a hacer un trabajo de hombres. También estaba aprendiendo a dirigir a los perros y a adiestrarlos a la vez que los mismos cachorros se acostumbraban al correaje. Además, aquel trineo, al parecer de juguete, prestaba sus servicios, pues transportaba casi 200 libras de enseres domésticos y de alimentos.

Colmillo Blanco había observado muchas veces cómo los perros tiraban de los trineos, así que no se preocupó mucho la primera vez que le ataron a él. Alrededor de su cuello colocaron una especie de collar cubierto de musgo, unido por dos correas a un arnés que le cruzaba el pecho y el lomo, y al que se sujetaba finalmente la larga correa, mediante la cual tiraban del trineo.

Había siete cachorros en el equipo. Los otros habían nacido el mismo año, pero tenían ya nueve y diez meses, mientras que Colmillo Blanco sólo tenía ocho. Cada perro estaba atado al trineo por una correa. No había dos cuerdas de la misma longitud, y la diferencia entre unos y otros era por lo menos comparable al cuerpo de un perro. El trineo no tenía rieles, sino que era una superficie muy lisa, de corteza de abedul, que en su extremo anterior se curvaba hacia arriba, para no hundirse en la nieve. Esta construcción permitía que el peso de la carga quedara distribuido sobre la mayor superficie de nieve, ya que ésta tenía la resistencia del cristal y era muy frágil. Para mantener el mismo principio de amplia distribución de la carga, los perros formaban una especie de abanico, por lo que ninguno pisaba las huellas de otro.

Además, la formación en abanico tenía otra ventaja. Las correas de diferente longitud impedían que los perros se echasen sobre los que marchaban delante de ellos. Para que un perro atacara a otro habría sido necesario que lo hiciera a aquél cuya cuerda fuera más corta, en cuyo caso se habrían encontrado ambos animales frente a frente y al alcance del látigo de quien los conducía. Pero la ventaja más peculiar estaba en que, para que un perro pudiera alcanzar a otro, tenía que tirar más enérgicamente del trineo, y cuanto más corría el vehículo tanto más inalcanzable era el animal delantero. Así el perro que iba a la zaga nunca podía alcanzar al que estaba delante de él. Cuanto más rápido corriera, más correría el perseguido y tanto más ligeramente correrían todos los perros. De esta forma, el trineo avanzaba más rápido, y así era como, con ingeniosa estratagema, aumentaba el hombre su dominio sobre los animales.

Mit-sah se parecía mucho a su padre, y poseía buena parte de su veterana sabiduría. En el pasado había observado cómo Hocicos perseguía a Colmillo Blanco, pero, por aquel tiempo, el primero pertenecía a otro indio, por lo que nunca se había atrevido más que a arrojarle alguna piedra de vez en cuando. Pero ahora era suyo y comenzó a vengarse de él, poniéndole en la punta de la correa más larga. Aquello hizo que Hocicos fuera el líder, lo cual era aparentemente un honor, pero en realidad le eximió de todo honor, ya que, en lugar de ser el matón y el amo del grupo, encontró que todos los perros lo odiaban y lo perseguían.

Como corría a la cabeza, los otros no veían de él sino el rabo peludo y las patas traseras, menos feroces e intimidadoras que sus pelos erizados o sus brillantes colmillos. Por otra parte formaba parte de la naturaleza de los perros que, al verlo correr, sintieran ganas de perseguirlo y creyeran que huía de ellos.

Una vez que el trineo comenzó su marcha, el grupo echó a correr detrás de Hocicos, que sólo terminó con la llegada de la noche. Al principio Hocicos, furioso y celoso de su autoridad, pretendió dar vueltas y hacer frente a sus perseguidores, pero, en cuanto hacía el menor ademán, Mit-sah hacía restallar su látigo, de diez metros de largo, sobre su hocico, lo que le obligaba a dar media vuelta y a correr. Hocicos podía enfrentarse a todos los perros juntos, pero no al látigo, todo lo que podía hacer era mantener tensa la larga correa a la que estaba atado y los flancos lejos de los dientes de sus compañeros.

Con todo, en la mente del indio se ocultaba una argucia mayor. Para que los perros no dejaran de perseguir a su líder, Mit-sah le favorecía abiertamente, lo que avivaba el odio y los celos de los demás. En presencia de todos, Mit-sah daba carne a Hocicos y sólo a él, lo que los volvía locos. Ellos se agitaban inquietos de un lado a otro a distancia del látigo, mientras Hocicos devoraba la carne protegido por el látigo de Mit-sah. Si no había carne, mantenía a los otros animales a distancia y fingía que se la daba.

Colmillo Blanco se acostumbró de buena gana al trabajo. Había recorrido una distancia mayor que los otros perros para entregarse a la voluntad de los dioses y había aprendido muy bien que era inútil oponerse a su voluntad. Además, la persecución de que había sido objeto por parte de los de su especie había hecho que aquello le importara menos que el hombre. No había aprendido a depender de su especie por compañerismo. También se había olvidado de Kiche; sus emociones, o lo que quedaba de ellas, se expresaban en la fidelidad con que servía a los dioses, a los que había aceptado como amos. Así, pues, trabajaba mucho, aprendía la disciplina y era obediente. Su actividad se caracterizaba por la fidelidad y la buena voluntad. Son éstos los rasgos esenciales del lobo y del perro vagabundo, cuando han sido domesticados, y que Colmillo Blanco poseía en alto grado.

Había un cierto compañerismo entre Colmillo Blanco y los otros perros, que consistía en compartir las peleas y la enemistad. Nunca había aprendido a jugar con ellos. Sólo sabía luchar, y era lo que hacía, devolviéndoles centuplicados los mordiscos que le proporcionaron a él, cuando Hocicos era el matón de los cachorros. Pero Hocicos ya no era su caudillo, excepto cuando huía delante de sus compañeros al final de la correa, con el trineo avanzando a toda velocidad por detrás. En los campamentos se mantenía cerca de Castor Gris, de su mujer o de su hijo. No se aventuraba a separarse de los dioses, pues ahora estaban en contra suya los colmillos de todos los perros, experimentando hasta la saciedad la misma persecución de que él hizo objeto en otros tiempos a Hocicos.

Con la caída de Hocicos pudo haberse convertido en el líder de los perros, pero era demasiado hosco y solitario para eso. Tan sólo atacaba a sus compañeros de equipo, y, si no, no les hacía ni caso. Se apartaban de su camino en cuanto se presentaba. Ni el más audaz de ellos se atrevía a disputarle su trozo de carne. Por el contrario, la devoraban apresuradamente por miedo a que Colmillo Blanco se la quitase, pues éste conocía muy bien la ley: oprimir al débil y obedecer al fuerte. Comía su ración de carne lo más rápido que podía. Y, ¡ay del que no hubiera terminado! Un aullido, un relampagueo de colmillos y el perro tendría que ir a contar su indignación a las mudas estrellas, que no podían consolarlo, mientras Colmillo Blanco daba buena cuenta de su pasto.

A pesar de ello, de vez en cuando, algún perro se rebelaba, pero se sometía rápidamente. Así Colmillo Blanco se mantenía en buena forma. Tenía celos del aislamiento en que él mismo se había colocado y, a veces, luchaba por mantenerlo. Pero esas peleas eran de corta duración. Era demasiado rápido para los otros perros. Los desgarraba y hería antes de que pudieran reaccionar; los derrotaba antes de que hubieran empezado a pelear.

Tan rigurosa como la disciplina que mantenían los dioses al tirar del trineo era la que mantenía Colmillo Blanco entre sus compañeros. Nunca les permitía nada. Les obligaba a tenerle respeto sin desfallecimiento. Entre ellos podían hacer lo que quisieran. Eso no le interesaba. Pero sí le interesaba que le dejaran en paz en su aislamiento, que se apartaran cuando se mezclaban entre ellos y que reconocieran siempre su dominio. Bastaba que los otros pusieran tiesas las patas, levantaran el labio superior o erizaran un solo pelo, para que se arrojase sobre ellos sin misericordia y sin remisión, convenciéndoles rápidamente del error que habían cometido.

Era un monstruoso tirano. Su dominio era tan riguroso como el acero. Oprimía a los débiles como si se tratara de una venganza. No en vano, cuando era un simple cachorro, se había expuesto a una lucha despiadada por vivir, cuando su madre y él, solos y sin ayuda, se valieron por sí mismos y sobrevivieron en el feroz ambiente del bosque. No en balde había aprendido a caminar suavemente cuando pasaba alguien que podía más que él. Oprimía al débil, pero respetaba al fuerte. Y en el curso del largo viaje con Castor Gris se deslizó suavemente entre los perros adultos, en los diferentes campamentos de los animales-hombres.

Transcurrieron los meses. Proseguía el viaje de Castor Gris. La fuerza de Colmillo Blanco se fue desarrollando por las largas horas de camino y el esfuerzo constante arrastrando el trineo. Por otra parte, parecía que en lo mental había llegado también a ser adulto. Poseía un conocimiento total del mundo en el que vivía. El mundo, tal y como lo veía, era feroz y brutal, un mundo sin color, un mundo en el que no existían las caricias, los afectos y la extraña dulzura del espíritu.

No sentía ningún afecto por Castor Gris. Es verdad que era un dios, pero una divinidad muy salvaje. Colmillo Blanco aceptaba voluntariamente su predominio, que se basaba en una inteligencia superior y en el empleo de la fuerza bruta. Ha-

bía algo en el carácter de Colmillo Blanco que hacía deseable
la sujeción a otro, pues de otra manera no habría vuelto del
bosque para someterse. En su naturaleza existían rincones que
nadie había explorado. Una palabra amable, una caricia de parte de Castor Gris habría podido llegar hasta ellos, pero el indio no hacía esas cosas. No era su modo de ser. Su predominio
se basaba en el salvajismo con que mandaba, con que ejercía
justicia, usando un palo, castigando una falta con el dolor de
un golpe y premiando los méritos no con la amabilidad, sino
dejando de pegar.

Por eso Colmillo Blanco no conocía la felicidad que podía
encerrar para él la mano del hombre. Por otra parte, no le gustaban esas manos, sino que recelaba de ellas. Es cierto que muchas veces daban carne, pero a menudo administraban golpes.
Las manos eran cosas de las que había que precaverse. Arrojaban piedras, manejaban palos, garrotes y látigos, administraban
golpes y porrazos y, cuando le tocaban, era para herirle. En al-
deas extrañas había conocido las manos de los niños y sabía que
eran crueles. Uno de ellos, que apenas podía caminar, casi le
deja tuerto. Estas experiencias le hicieron desconfiar de todos
los niños. No los podía soportar. En cuanto se acercaban con
sus manos siniestras, se alejaba.

En un poblado, junto al lago Great Slave, mientras se quejaba de la maldad de las manos de aquellos animales llamados
hombres, modificó la ley que había aprendido de Castor Gris,
según la cual, era un crimen imperdonable morder a uno de los
dioses. En aquel poblado, como acostumbran todos los perros
en cualquier lugar, Colmillo Blanco se dedicó a deambular en
busca de comida. Un muchacho estaba cortando con un hacha
un trozo de carne congelada de reno y caían sobre la nieve algunos trocitos. Colmillo Blanco, se deslizó en busca de comida, se detuvo y se puso a comérselos. Observó que el muchacho
dejaba el hacha y agarraba un palo. Saltó y se alejó para evitar
el golpe que iba a caer sobre él. El muchacho lo persiguió; y

él, un extraño en el poblado, huyó y se metió entre dos cabañas, y se encontró arrinconado contra un terraplén.

Para Colmillo Blanco no había escapatoria. El muchacho le cerraba la única salida. Manteniendo el palo en la mano, preparado para atacar, avanzó hacia su arrinconada presa. Colmillo Blanco estaba furioso. Le hizo frente al muchacho erizando el pelo y gruñendo, profundamente herido en su sentido de justicia. Conocía la ley que regulaba el alimento. Todos los desperdicios de carne, tales como los trocitos congelados, pertenecen al perro que los descubra. Colmillo Blanco no había quebrantado ninguna ley, no había cometido ninguna falta y, sin embargo, allí estaba el muchacho dispuesto a darle una paliza. Colmillo Blanco nunca supo exactamente lo que pasó. Lo que hizo aconteció en un repentino ataque de rabia tan rápidamente, que el muchacho no lo comprendió tampoco. Todo lo que vio el joven indio fue que algo o alguien le tiró sobre la nieve y que los dientes del perro le desgarraron la mano en la que tenía el palo.

Pero Colmillo Blanco sabía que había infringido la ley de los dioses. Había clavado sus dientes en la carne sagrada de uno de ellos y lo único que podía esperar era un terrible castigo. Huyó a cobijarse entre las piernas de Castor Gris, desde donde vio al muchacho y a su familia pidiendo venganza. Pero tuvieron que irse sin verla satisfecha. Castor Gris, así como Mit-sah y Klu-kuch, defendieron a Colmillo Blanco, mientras éste escuchaba aquel altercado y observaba los gestos airados, comprendiendo que su acto estaba justificado. Así aprendió que hay dioses y dioses. Existían los suyos y los otros, y entre ambos grupos había una diferencia. Justicia o injusticia, todo era lo mismo, debía tomar las cosas de las manos de sus propios dioses. Pero no estaba obligado a aceptar una injusticia de divinidades extrañas. Tenía el privilegio de defenderse con los dientes. Esto era parte del código de los dioses.

Antes de que acabara el día Colmillo Blanco aprendió algo

más acerca de esta ley. Mit-sah, que había salido solo al bosque a recoger leña, encontró al muchacho que había sido mordido. Con él había otros chicos. Se insultaron, y, después, los chicos pegaron a Mit-sah, que lo pasó bastante mal, pues de todas partes llovían golpes. Al principio Colmillo Blanco se limitó a observar, pues se trataba de una cuestión de los dioses, que no le importaba. Luego se dio cuenta de que era Mit-sah, uno de sus dioses particulares, el atacado. No existió ningún impulso razonado que obligara a Colmillo Blanco a hacer lo que luego hizo. Un loco ataque de cólera le impulsó a saltar contra los luchadores. Cinco minutos después el bosque acogía a los muchachos que huían en todas direcciones, dejando huellas de sangre en la nieve, que demostraban la eficacia de los dientes de Colmillo Blanco. Cuando Mit-sah se lo contó a su padre, Castor Gris ordenó que se le diera carne a Colmillo Blanco, mucha carne. Y Colmillo Blanco, harto y somnoliento, junto al fuego, se dio cuenta de que la ley se había cumplido.

Con experiencias de este tipo Colmillo Blanco aprendió a conocer la ley de la propiedad y su deber de defender aquella propiedad. Entre la protección del cuerpo de su dios y la de las posesiones de su dios había sólo un paso. Y aquel paso fue el que él dio. Lo que pertenecía a su dios debía protegerlo contra todo el mundo, aunque tuviera que despedazar a otros dioses. No sólo ese acto era sacrílego, sino que además encerraba mucho peligro. Los dioses eran omnipotentes, y un perro no podía con ellos. Sin embargo Colmillo Blanco aprendió a hacerles frente sin miedo. El deber estaba por encima del miedo, y los dioses ladrones aprendieron a respetar la propiedad de Castor Gris.

Colmillo Blanco aprendió muy pronto que las divinidades que se dedican al robo son casi siempre cobardes y que intentan escapar en cuanto se da la voz de alarma. También aprendió que pasaba muy poco tiempo entre la alarma y la llegada de Castor Gris en su ayuda. Comprendió que el ladrón no huía por temor a él, sino al indio. Colmillo Blanco no anunciaba una situación de alarma con aullidos. Nunca aullaba. Su táctica consistía en atacar al intruso y clavarle los dientes. Puesto que estaba siempre de mal humor y eternamente solo, puesto que no jugueteaba con otros perros, era el más indicado para guardar la propiedad de su amo, cualidades que Castor Gris fomentaba y educaba. Consecuencia de aquello fue que se hizo aún más huraño, fiero e indomable.

Conforme avanzaban los meses, se fortalecía el pacto entre el perro y el indio. Aquél era el pacto ancestral que el primer lobo salido del bosque celebró con el hombre, idéntico al que han mantenido todos los otros lobos y perros fugitivos. Las condiciones eran muy sencillas. Ofrecía su libertad a cambio de la posesión de un dios de carne y hueso. El alimento y el fuego, la protección y la compañía eran algunas de las cosas que recibía del dios. A cambio, custodiaba su hacienda, defendía su cuerpo y le obedecía.

La posesión de un dios entraña servicio. El de Colmillo Blanco era un servicio impulsado por el deber y el respeto, pero no por el amor. Él no sabía lo que era el amor. Kiche era ya un recuerdo. Además, no sólo había abandonado el bosque y a los de su especie cuando se rindió al hombre, sino que los términos del contrato eran tales, que no podía desertar del servicio de su dios ni siquiera para seguir a Kiche, si la encontrara. Su lealtad al hombre parecía de alguna forma una ley de su naturaleza, más imperiosa que el amor por la libertad o por los de su estirpe.

6. *La hambruna*

LA PRIMAVERA LLEGABA A SU FIN CUANDO CASTOR GRIS terminó su largo viaje. Era abril y Colmillo Blanco tenía ya un año cuando entró en la aldea y Mit-sah le quitó los arneses. Aunque todavía faltaba mucho para terminar su desarrollo, Colmillo Blanco era, junto con Hocicos, el perro más grande de un año en el poblado. Tanto de su padre, el lobo, como de Kiche, había heredado estatura y fuerza, por lo que se acercaba a las dimensiones de los adultos. Pero todavía no tenía mucho cuerpo; el suyo era esbelto y alargado y su fuerza residía más en sus tendones que en los voluminosos músculos. Su pelaje era gris, como el de los lobos, y bajo todos los aspectos era un verdadero lobo. Los rasgos de perro que había heredado de Kiche aún no se reflejaban físicamente, aunque formaban parte de su estructura mental.

Vagabundeó por la aldea identificando con satisfacción a los dioses que había conocido antes de emprender el largo viaje. Había bastantes perros: cachorros como él, en período de crecimiento, y adultos, que no parecían tan grandes ni tan robustos como la imagen que recordaba. Les tenía menos miedo que antes, y caminaba permaneciendo entre ellos de forma despreocupada, para él tan nueva como agradable.

Allí estaba Baseek, un viejo perro gris, que en su juventud no tenía más que enseñar los dientes para que Colmillo Blanco se echara al suelo. De él había aprendido mucho, en cuanto a su propia insignificancia, y de él tendría ahora que aprender sobre el camino y el desarrollo que había tenido lugar en él mismo. Mientras Baseek se había ido debilitando con los años, Colmillo Blanco se había hecho más fuerte en su juventud.

Cuando estaban descuartizando a un reno recién cazado, Colmillo Blanco comprendió el cambio de sus relaciones con el mundo de los perros. Había conseguido una de las pezuñas y parte de la pata, de la cual pendía un trozo de carne. Se retiró del alboroto que producían los perros, poniéndose a cubierto de sus miradas, detrás de un bosquecillo. Estaba comiendo su parte, cuando Baseek le atacó. Sin comprender lo que hacía, saltó sobre su agresor, le desgarró la piel en dos dentelladas y saltó hasta un espacio abierto. Baseek se quedó sorprendido de la audacia y de la rapidez de su ataque. Se quedó parado, mirando estúpidamente a Colmillo Blanco, y al trozo de carne cruda y sangrante que estaba entre ellos.

Baseek ya era viejo y se había dado cuenta de que había aumentado el valor de los perros a los que antes podía atacar. Varias amargas experiencias, que tuvo que tragar sin quejarse, le habían obligado a desplegar toda su sabiduría para poder enfrentarse a ellos. En otro tiempo se habría arrojado furiosamente sobre Colmillo Blanco. Pero entonces su capacidad de lucha, que se desvanecía, no le permitía seguir ese camino. Erizó ferozmente el pelaje y echó una mirada fúnebre al trozo de carne que les separaba. Colmillo Blanco, que comenzaba a sentir el peso del miedo que le había tenido, pareció empequeñecerse y recogerse en sí mismo, mientras en su mente ideaba la forma que le permitiera retirarse de manera no muy ignominiosa.

Y justo en ese momento Baseek cometió un error. Si se hubiese limitado a mostrarse feroz y terrible, todo le habría salido bien. Colmillo Blanco, que iniciaba ya la retirada, le habría dejado la carne. Pero Baseek no quiso esperar. Creyó que la victoria era suya y se echó sobre el alimento. Cuando bajó la cabeza para olerlo, Colmillo Blanco erizó levemente el pelo. Aun entonces no habría sido demasiado tarde para que Baseek hubiera salvado la situación. Si se hubiese quedado parado delante de la carne, con la cabeza erguida y atenta, Colmillo Blanco habría terminado retirándose. Pero el olor de la carne fresca ascendía hasta las narices del más viejo y la gula le indujo a probarla.

Esto fue demasiado para Colmillo Blanco. Frescos en su

memoria los seis meses de supremacía sobre sus compañeros de trineo, no podía permanecer impasible viendo cómo otro se devoraba la carne que le pertenecía. Según su costumbre atacó sin previo aviso. Del primer mordisco la oreja derecha de Baseek quedó hecha tiras. Le sorprendió la rapidez del ataque. Pero ocurrieron otras cosas, desagradables, con la misma rapidez. Fue derribado, le mordió en la garganta y, mientras luchaba por incorporarse de nuevo, el perro joven volvió a clavarle dos veces los dientes en la paletilla. La rapidez con que ocurría todo quitaba el aliento. Intentó un ataque inútil contra Colmillo Blanco, dando una tarascada en el aire con sus mandíbulas furiosas. Un instante después los colmillos de su enemigo le rasgaron el hocico, mientras trataba de retroceder.

La situación se había invertido. Colmillo Blanco se encontraba al lado del hueso, amenazador, con todo el pelo erizado, mientras Baseek, más lejos, intentaba emprender la retirada. No se atrevía a entablar una lucha con aquel joven, cuyos movimientos tenían la rapidez del rayo, y una vez más comprendió la amargura del debilitamiento que se produce con el paso de los años. Su intento por mantener su dignidad fue heroico. Volvió las espaldas al joven y al trozo de carne, como si no merecieran su atención, y se alejó lentamente con orgullosa arrogancia. Sólo cuando estuvo fuera de la vista de su contrincante se detuvo a lamerse las heridas.

Esto supuso que Colmillo Blanco adquiriera una mayor confianza en sí mismo y más orgullo. Ya no andaba con tanto cuidado entre los demás perros, sin que esto signifique que buscara pelea. Todo lo contrario. Pero exigía que se le tuviese la consideración debida. Insistía en su derecho de que no se le molestase y en no ceder el camino a ningún otro perro. Había que tenerle en cuenta, eso era todo. No permitía ser despreciado o ignorado, como pasaba con los demás cachorros y continuaba pasando a muchos de los que habían sido sus compañeros de trineo. Se apartaban, cedían el paso a los perros adultos y les entregaban la comida, cuando les amenazaban. Pero Colmillo Blanco, insociable, solitario, de mal humor, que no miraba ni a derecha ni a izquierda, al que todos temían, de formidable aspecto, alejado de todo y extraño, era aceptado como igual por sus asombrados mayores. Pronto aprendieron a dejarle solo, a no abrir las hostilidades ni a darle muestras de amistad. Si le dejaban en paz, él no los molestaba, *modus vivendi* que todos encontraron altamente deseable, después de algunos choques.

A mediados de verano Colmillo Blanco tuvo una experiencia. Cuando se dirigía silenciosamente a husmear un nuevo tipi, que habían levantado en un extremo de la aldea, mientras él estaba fuera con los cazadores, se encontró de morros con Kiche. Se detuvo y la miró. La recordaba vagamente, pero *la recordaba*, mucho más de lo que pudiera decirse de ella. Kiche frunció el labio superior, enseñándole los dientes, su vieja mueca, y entonces el recuerdo de Colmillo Blanco fue aún más vivo. Sus olvidados días de cachorro, y todo lo que estaba asociado con aquel gruñido tan familiar, le vino de nuevo a su mente. Antes de conocer a los dioses, ella había sido el eje alrededor del cual giraba su universo. Los viejos sentimientos familiares de aquel tiempo volvieron sobre él surgiendo en su interior. Se acercó a ella muy contento, pero Kiche le recibió con afilados colmillos que desgarraron sus mejillas hasta dejar el hueso al descubierto. Él no podía entenderlo, por lo que retrocedió muy sorprendido.

Pero no era culpa de Kiche. Una loba no recuerda a sus lobeznos de un año o más, por lo que no se acordaba de Colmillo Blanco. Era un animal intruso, un extraño, y la nueva camada que tenía en ese momento le daba derecho a sentir disgusto y repeler a los intrusos.

Uno de los lobeznos se arrastró hasta Colmillo Blanco. Eran medio hermanos, pero Kiche se le echó encima, hiriéndole en el hocico por segunda vez. Retrocedió aún más. Todos los antiguos recuerdos murieron de nuevo, cayendo en la tumba de la que habían resucitado. Observó cómo Kiche lamía a su cachorro, y se detenía de vez en cuando para enseñarle los dientes. Ella ya no tenía valor para él. Había aprendido a vivir sin ella. Había olvidado su significado. En su mundo ya no había lugar para ella, de la misma manera que en el mundo de ella no lo había para él.

Todavía permanecía en pie, perplejo y atontado, olvidados los recuerdos, preguntándose el porqué de aquella situación, cuando Kiche le atacó por tercera vez, decidida a alejarlo definitivamente del lugar, y Colmillo Blanco permitió que le echara. Era hembra, y, según las leyes de su raza, no se debe luchar contra ellas. Él desconocía por completo dicha ley, pues ni era una generalización de su mente, ni algo que hubiera aprendido por experiencia. Lo conocía como un secreto que nacía, como una imposición del instinto, la misma causa que le hacía aullar a la luna y a las estrellas, durante la noche, y a temer la muerte y lo desconocido.

Los meses pasaron. Colmillo Blanco se hacía más fuerte, más pesado y más compacto, mientras su carácter se desarrollaba, siguiendo la inclinación que le imponían su herencia y el medio. Su herencia era algo así como la arcilla, pues tenía muchas posibilidades, por lo que podría darle distintas formas. El medio actuaba como modelo, dándole una forma concreta. Si Colmillo Blanco no se hubiera acercado nunca a los fuegos de los hombres, el bosque le habría convertido en un verdadero lobo. Pero los dioses le habían dado un entorno distinto, y había sido moldeado como un perro, aunque poseyera rasgos de lobo. Pero era un perro y no un lobo.

Acorde con su naturaleza y con el influjo que sobre él tenía el ambiente, su carácter adquirió una forma particular. No había posible escapatoria. Cada día era más feroz, más insaciable, más solitario, lo que significa que tenía un carácter peor. Los perros aprendían todos los días que era mejor estar en paz con él. Castor Gris le apreciaba más cada día.

Si bien las fuerzas de Colmillo Blanco, a cuyas cualidades parecía sumársele la de la fortaleza, sufrían, sin embargo, una obsesionante debilidad: no podía soportar que se rieran de él. La risa de los hombres era algo odioso. No le preocupaba que se rieran entre ellos de lo que fuera, pero en cuanto se burlaban de él se apoderaba de Colmillo Blanco una furia que lindaba con la locura. Grave, digno y sombrío, una carcajada le exasperaba hasta una locura casi ridícula. Le agraviaba y desequilibraba de tal manera, que durante muchas horas se portaba como un diablo. ¡Ay del perro que en esos momentos se le cruzara en el camino! Conocía demasiado bien la ley como para desquitarse con Castor Gris; detrás de Castor Gris estaba el pelo y la cabeza de un dios. Pero detrás de los perros sólo había espacio para correr, y hacia él escapaban, cuando Colmillo Blanco aparecía en escena enloquecido por aquella risa.

Hacia el tercer año de su vida, los indios del Mackenzie pasaron un período de hambre. En verano faltó el pescado. En el invierno el reno no acudió a sus acostumbrados pastos. Los ciervos eran escasos. Casi desaparecieron las liebres. Murieron de hambre los animales de presa. Como carecían de alimento y estaban debilitados por el hambre, luchaban y se devoraban unos a otros. Sólo sobrevivían los fuertes. Los dioses de Colmillo Blanco habían sido siempre animales de presa, que vivían de la caza. En las chozas todo eran lamentos, pues las mujeres y los niños dejaban de comer para que lo poco que quedaba fuera a parar al estómago de los cazadores, flacos y de ojos cóncavos, que recorrían inútilmente el bosque en busca de carne.

El hambre condujo a los dioses a un extremo tal, que se comían el cuero suave de sus mocasines y de sus mitones, mientras los perros se comían los arneses a sus espaldas y hasta los látigos. También los perros se devoraban unos a otros y hasta los dioses a los perros. Primero murieron los más débiles y los de menos valor. Los perros supervivientes observaban y comprendían. Algunos de los más audaces y más inteligentes abandonaron las fogatas de los hombres, que no eran ya más que mataderos, y huyeron al bosque, donde, finalmente, murieron de hambre o los devoraron los lobos.

Durante ese período de miseria también Colmillo Blanco se refugió en el bosque. Podía adaptarse mejor a esa vida que otros perros, por las enseñanzas recibidas de cachorro. Se aficionó especialmente a atacar las pequeñas cosas vivas. Se ocultaba durante horas, siguiendo los movimientos de una ardilla precavida, esperando con una paciencia tan grande como el hambre que padecía, hasta que la ardilla se aventuraba a bajar al suelo. Ni siquiera entonces hacía Colmillo Blanco un movimiento prematuro. Aguardaba hasta estar seguro de dar el golpe antes de que su presunta víctima pudiera subirse a un árbol. Entonces, y no antes, salía como un relámpago de su escondite, con la velocidad de un proyectil gris, increíblemente ligero, sin que jamás se le escapara su presa: la ardilla, que no podía huir con rapidez.

Por mucha fortuna que tuviera con las ardillas, había una dificultad que le impedía vivir y alimentarse de ellas: no había suficientes animales de esa especie, y se vio obligado a dedicarse a la caza de sabandijas, aún más pequeñas. Tan intensa llegó a ser el hambre en algunas ocasiones, que no tuvo inconveniente en mover la tierra para hacer salir a los ratones de sus cuevas. Tampoco desdeñó la oportunidad de dar batalla a una comadreja tan hambrienta como él y bastante más feroz.

Durante las peores fases del hambre se arrastraba hasta las fogatas de los dioses, pero sin aproximarse mucho. Vigilaba desde el bosque, evitando que le descubrieran y robando las trampas en las que de vez en cuando caía alguna presa. Una vez saqueó una trampa del mismísimo Castor Gris, donde había caído una liebre, mientras su amo se tambaleaba a punto de desfallecer, buscando un lugar en el que sentarse para descansar, agotado de debilidad y sin comida.

Un día Colmillo Blanco se encontró con un lobezno, flaco

y desmirriado, reducido a la mínima expresión por el hambre. Si no hubiera tenido tantas ganas de comer, habría marchado con él, tal vez habría encontrado su camino dentro de la manada, uniéndose a sus salvajes hermanos. Tal como estaban las cosas, atacó al lobezno, lo mató y se lo comió.

La suerte parecía favorecerlo. Siempre, cuando la necesidad era grande, encontraba algo que matar. Cuando estaba debilitado por el hambre, tenía la suerte de no encontrarse con animales más fuertes que él. Cuando se sintió muy fuerte, después de haberse alimentado durante dos días con un lince, una hambrienta manada de lobos lo atacó. Fue una caza larga y cruel, pero él estaba mejor alimentado, por lo que pudo correr más que ellos. Y no sólo les aventajó, sino que, dando un gran rodeo, se encontró con uno de sus agotados perseguidores.

Al fin abandonó aquella parte de la región y recorrió el valle en que había nacido. Allí, en el antiguo cubil encontró otra vez a Kiche. Siguiendo sus costumbres de antaño, había huido de las inhospitalarias fogatas de los dioses y se había refugiado allí para dar a luz a sus pequeños. De la camada sólo quedaba uno con vida, cuando Colmillo Blanco apareció, y éste no estaba destinado a vivir mucho tiempo. El lobezno no tenía ninguna posibilidad de sobrevivir al hambre.

El saludo de Kiche a su hijo no tenía nada de afectuoso, aunque a Colmillo Blanco no le importó. Ya era adulto. Sobrepasaba a su madre, así que se dio media vuelta filosóficamente, y trotó río arriba. En la desembocadura se dirigió a la izquierda, donde encontró el cubil del lince contra el que había luchado con su madre hacía mucho tiempo. Allí descansó un día.

Al comienzo del verano, en los últimos días del período de hambre, se encontró con Hocicos, que también había huido al bosque, donde a duras penas conseguía llevar una existencia miserable. Colmillo Blanco se topó inesperadamente con él. Corrían en direcciones opuestas, a lo largo de una muralla natural de piedra, cuando, al dar vuelta a un recodo, se encontraron frente a frente. Se detuvieron un instante alarmados y se examinaron con desconfianza.

Colmillo Blanco estaba en magníficas condiciones. Había tenido suerte en la caza y en la última semana se había alimentado bien. Había quedado harto de su último atracón. En cuanto vio a Hocicos, se le erizó todo el pelo. Fue un acto involuntario, la respuesta física que siempre habían producido en el pasado las persecuciones de Hocicos. Como en el pasado, en cuanto le veía se le erizaba el pelo, y había gruñido nada más verlo, en aquel momento y de forma automática tuvo idéntica reacción. Colmillo Blanco no perdió tiempo. Lo hizo de una manera rápida e instantánea. Su viejo enemigo intentó retroceder, pero Colmillo Blanco le golpeó inmisericorde, cayendo al suelo con las patas al aire, lo que aprovechó para hincarle los dientes en el cuello. No le perdió de vista ni bajó su guardia mientras duró la agonía de su enemigo, y después siguió su camino, a lo largo del muro de piedra.

Un día, poco tiempo después, se aproximó al lindero del bosque, donde una estrecha franja de tierra baja hasta el Mackenzie. Ya había pasado por allí otras veces, cuando no estaba habitado, pero ahora había un campamento. Escondido entre los árboles, se detuvo para examinar la situación. La vista, el oído y el olfato le transmitían sensaciones familiares. Era el viejo campamento, montado en otra parte. Pero era algo distinto de cuando había estado allí por última vez. Ya no se oían sollozos ni gritos. Hasta sus oídos llegaban voces de júbilo. Cuando oyó la voz enojada de una mujer, comprendió que debía tener el estómago lleno. Y en el aire flotaba el olor a pescado. Había alimento. El hambre había terminado. Valientemente salió de entre los árboles y se dirigió al campamento, a la choza de Castor Gris. El indio no estaba. Pero Klu-kuch le saludó con alegres gritos y le echó pescado. Se tumbó en el suelo y esperó a que volviera su dueño.

CUARTA PARTE

1. *El enemigo de su especie*

D E HABER EXISTIDO ALGUNA POSIBILIDAD, POR REMO-
ta que fuera, de que Colmillo Blanco se creara amigos entre los de su especie, se perdió cuando le
convirtieron en líder de los perros del trineo, porque ahora todos le odiaban; le odiaban por la ración extraordinaria que Mit-
sah le daba, por los favores reales o imaginarios que recibía y
porque siempre iba en cabeza, con su rabo peludo moviéndo-
se de un lado para otro y sus cuartos traseros en continua huida haciéndoles enloquecer.

Y Colmillo Blanco respondía a su odio en la misma medida.
Ser el líder del grupo no era nada agradable para él. Estar obligado a correr delante de los perros que ladraban sin parar, a los
que había dominado y castigado durante tres años, era más de
lo que podía aguantar. Pero debía soportarlo o morir, y la vida
que crecía en él no tenía la más mínima intención de desaparecer. En cuanto Mit-sah daba la orden de partir, los perros se echaban sobre Colmillo Blanco, gritando ansiosa y furiosamente.

Apenas podía defenderse. Si se volvía contra ellos, Mit-sah
le golpeaba con el látigo en el mismo hocico. Sólo le quedaba
correr. Le era imposible hacer frente a aquella horda con el rabo
y las patas traseras. Estas no eran armas adecuadas para hacer
frente a los despiadados colmillos de sus enemigos. Así, pues,
corría, reprimiendo su naturaleza y su orgullo con cada zanca-
da que daba, y así durante todo el día.

Uno no puede transgredir los dictados de la propia naturaleza sin que se vuelva contra sí misma. Esa inversión es como la de una uña, que debe crecer hacia fuera por su naturaleza y que, cuando lo hace en otro sentido, en forma antinatural, se convierte en algo que duele y hace daño. Así le pasaba a Colmillo Blanco. Toda su naturaleza le impulsaba a saltar sobre la jauría que aullaba detrás de él, pero era voluntad de los dioses que no lo hiciera. Detrás de la orden de los dioses estaba el látigo de tripa de reno, de más de diez metros de largo, que mordía donde tocaba. Así que Colmillo Blanco sólo pudo guardar en su interior su amargura y favorecer el desarrollo de un odio y de una maldad proporcionadas a la ferocidad y al carácter indomable de su instinto.

Si alguien detestó alguna vez a su especie, fue Colmillo Blanco. No pedía ni daba tregua. Continuamente era desfigurado y herido por los dientes de la jauría. A diferencia de la mayor parte de los jefes de perros de trineo, que, cuando se acampa y se desengancha a los animales, buscan la protección de los dioses, Colmillo Blanco la despreciaba. Recorría audazmente el campamento, castigando en la noche en compensación de lo que había sufrido durante el día. Antes de haber sido elegido líder, la jauría había aprendido a apartarse de su camino. Pero en aquellos momentos era distinto. Excitados por el largo día de persecución, dominados inconscientemente por la insistente repetición en sus cerebros de la imagen en la que Colmillo Blanco huía delante de ellos, los perros no podían apartarse de su camino. En cuanto aparecía entre ellos, siempre se producía algún alboroto. Cada uno de sus pasos era un gruñido o un mordisco. El mismo aire que respiraba estaba saturado de odio y de maldad, que servía sólo para acrecentar en él la intensidad de esos mismos sentimientos.

Nada más que Mit-sah daba la orden de pararse, Colmillo Blanco obedecía. Al principio aquello causó algunos problemas a los demás perros. Todos se echaban sobre el odiado líder, pero siempre se encontraban con idéntica respuesta. Detrás de él estaba Mit-sah con el látigo silbando en su mano. Así aprendieron los perros que, cuando se detenía el trineo por alguna orden, no había que molestar a Colmillo Blanco. Pero, cuando éste se detenía sin que Mit-sah lo hubiera ordenado, les estaba permitido echarse sobre él y destrozarlo, si podían. Después de varias experiencias, Colmillo Blanco no se detenía sin recibir órdenes. Era natural que aprendiera con rapidez, si quería sobrevivir en las condiciones extremadamente severas en las que se le permitía vivir.

Pero los perros nunca podrían aprender la lección que consistía en dejarle solo en el campamento. Todos los días, persiguiéndole o ladrándole para desafiarle, olvidaban la lección de la noche anterior, y esa noche tendrían que aprenderla otra vez para que la olvidasen de nuevo. Además, la antipatía hacia él era cada vez más consistente. Sentían que existía entre ellos y él una diferencia de raza: causa suficiente en sí misma para la hostilidad. Como él, eran lobos domesticados. Pero eran descendientes de generaciones de lobos domesticados. Gran parte de la herencia de lo salvaje se había perdido, así que para ellos el bosque era lo desconocido, lo terrible, la eterna amenaza, que luchaba sin tregua. Pero en Colmillo Blanco tanto el aspecto físico como las acciones o los instintos aún estaban adheridos a lo salvaje. Él lo simbolizaba, era su personificación, por lo que, cuando le mostraban los dientes, no hacían más que defenderse contra las potencias destructivas que acechaban en las sombras del bosque y en las tinieblas que se extendían más allá de la hoguera.

Pero hubo una lección que los perros aprendieron: estar unidos. Colmillo Blanco era demasiado terrible para que cualquiera de ellos le hiciera frente solo, por lo que luchaban contra él en formación cerrada, ya que, en caso contrario, los habría matado a todos, uno a uno, en una sola noche. Tal como se presentaron las cosas, nunca tuvo oportunidad de matar a ninguno. Podía derribar a uno, pero la jauría se le echaba encima antes de que pudiera asestar el golpe mortífero al cuello. Al primer asomo de pelea se reunía el grupo y le hacía frente. Los perros tenían sus peleas entre ellos, pero las olvidaban en cuanto se trataba de Colmillo Blanco.

Por otra parte, por mucho que lo intentaran, no podían matarlo. Era demasiado rápido, demasiado fuerte, demasiado inteligente. Evitaba los espacios cerrados y buscaba uno abierto cuando quería pelea. En cuanto a derribarlo, ningún perro de la jauría fue capaz de hacerlo. Sus patas se aferraban a la tierra con la misma tenacidad con la que él se agarraba a la vida. Por lo demás, mantenerse en pie y vivir eran sinónimos en aquella eterna guerra con la jauría, y nadie lo sabía mejor que Colmillo Blanco.

Así que se convirtió en el enemigo de su raza, lobos domesticados como eran, amansados por el fuego del hombre y cuya sombra protectora los había debilitado. Colmillo Blanco era duro e implacable, pues había sido modelado de aquella forma. Declaró una vendetta contra todos los perros tan terrible, que hasta el mismo Castor Gris, que no era más que una fiera, no podía menos de maravillarse de su ferocidad. Juraba que nunca había visto un animal parecido, y los indios de los distintos campamentos visitados coincidían con él, cuando contaban el número de perros matados.

Cuando Colmillo Blanco tenía unos cinco años, Castor Gris le llevó con él, y durante mucho tiempo se recordó el daño que había ocasionado a numerosas perras de poblados del Mackenzie, de las Rocosas y desde el Porcupine hasta el Yukon. Se complacía de la venganza de que hacía víctima a su propia especie. Eran perros comunes, que no sospechaban nada. No sabían que era un rayo aniquilador. Se le acercaban desafiantes, erizado el pelo, rígidas las patas, mientras él, que no perdía el tiempo en preparativos inútiles, iniciaba la pelea, saltando a sus gargantas, como un resorte de acero, y los destrozaba antes de que se dieran cuenta de lo que pasaba y cuando aún no se habían repuesto de su sorpresa.

Se convirtió en un entusiasta de la lucha. Economizaba sus fuerzas. Nunca gastaba su energía, ni la perdía en ceremonias preliminares. Era demasiado rápido para eso, y, si por casualidad erraba el golpe, atacaba otra vez más velozmente. Compartía el desagrado que los lobos experimentaban en la lucha cuerpo a cuerpo. No podía aguantar el contacto prolongado con otro cuerpo, pues le parecía peligroso y le volvía loco de furor. Debía estar lejos, ser libre, fuera del contacto de cualquier cosa viva. Era lo salvaje, que todavía se aferraba a él, y que afirmaba su existencia en él. La vida solitaria que había llevado desde que era cachorro acentuó este rasgo de su carácter. El peligro acechaba en los contactos. Era la eterna trampa, cuyo miedo se ocultaba en lo más profundo de su vida, entrelazado en las fibras de su carne.

En consecuencia, los perros que se encontraban con él no tenían ninguna posibilidad de escapar. Eludía sus colmillos. Los alcanzaba o los dejaba, en ambos casos salía incólume. Claro que a veces se producían excepciones. Había ocasiones en las que varios perros le atacaban antes de que pudiera huir; y otras en las que un solo perro podía herirle seriamente. Pero éstos eran gajes del oficio. La mayoría de las veces —tal era su eficacia en la lucha— escapaba sin un arañazo.

Tenía otra ventaja: medía con exactitud el tiempo y la distancia. Sin embargo, no lo hacía conscientemente, pues no calculaba esas cosas. Era algo automático. Sus ojos observaban sin deformar las cosas, y sus nervios transmitían también fielmente lo observado al cerebro. Las partes de su cuerpo estaban mejor adaptadas que las del perro medio. Todas ellas funcionaban conjuntamente de manera más suave y segura. Su coordinación era mejor, mucho mejor, a nivel nervioso, mental y muscular. Cuando sus ojos transmitían a su cerebro una imagen en movimiento, su sistema nervioso, sin esfuerzo cons-

ciente de ningún tipo, delimitaba el espacio en que debía tener lugar la acción y determinaba el tiempo necesario para re-
alizarla. Así podía evitar el salto de otro perro o el ataque de
sus colmillos y, al mismo tiempo, establecer la fracción infini-
tesimal de segundo en la que debía atacar. Su cuerpo y su cerebro eran un mecanismo casi perfecto. Y no tenía por qué ser
premiado por ello: la naturaleza había sido con él más genero-
sa que con los otros. Eso era todo.

Fue durante el verano, cuando Colmillo Blanco llegó al Yukon. Castor Gris había cruzado la región situada entre el Mackenzie y Yukon al final del invierno, dedicándose en la
primavera a cazar entre las últimas estribaciones de las Montañas Rocosas. Como, al deshacerse el hielo, era posible nave-
gar por el Porcupine, construyó una canoa y se dirigió aguas
abajo hasta desembocar en el Yukon, exactamente en el Círculo Polar Ártico. Allí se levantaba el viejo fuerte de la Compañía del Hudson, donde abundaban los indios, el alimento y
el bullicio. Era en el verano de 1898, y miles de buscadores de
oro subían por el Yukon hasta la ciudad de Dawson y la región
de Klondike. Aunque estaban todavía a cientos de millas del
punto al que se encaminaban, algunos llevaban un año de viaje, y el que menos había recorrido 8.000 kilómetros para llegar
hasta allí, pues venían del otro lado del mundo.

Allí se detuvo Castor Gris. Había oído rumores de que se
habían descubierto minas de oro. Vino con varios paquetes de
pieles y otro de mocasines y mitones elaborados con tripas de
animal bien cosidas. No se habría arriesgado a un viaje tan largo, si no hubiera esperado grandes beneficios. Pero lo que había esperado no fue nada comparado con lo que consiguió. En
sus sueños nunca creyó que pasarían del ciento por ciento,
pero, sin embargo, alcanzó el mil por ciento. Y, como era un verdadero indio, decidió quedarse para negociar lenta y cuidadosamente, aunque necesitara todo el verano y parte del invierno
para liquidar lo que tenía a la venta.

Fue en el fuerte Yukon donde Colmillo Blanco vio por primera vez hombres de raza blanca. Comparados con los indios que había conocido, eran para él otra raza de seres, una clase de dioses superiores. Le impresionaron porque poseían un poder mayor, y en el poder reside la divinidad. Colmillo Blanco no se calentó los sesos ni en su mente se formó la idea de que los dioses de piel blanca eran más poderosos. Era una sensación, nada más, pero no por ello menos intensa. En sus días de cachorro le habían impresionado, como manifestaciones de poder, los enormes bultos de las tiendas construidas por los hombres, ahora le impresionaban las casas y el inmenso fuerte hecho de imponentes troncos. Allí se veía la fuerza. Aquellos dioses blancos eran poderosos. Poseían un dominio mayor sobre las cosas materiales que los que él había conocido hasta entonces, entre los cuales el más fuerte era Castor Gris. Y, sin embargo, Castor Gris era un dios niño entre los blancos.

Con toda seguridad, Colmillo Blanco sentía aquellas cosas. No tenía conciencia de ellas. Pero los animales obran más a menudo guiados por el sentimiento que por el pensamiento, por lo que, desde aquel entonces, los actos de Colmillo Blanco se apoyaron en el sentimiento, según el cual los hombres blancos eran dioses superiores. En primer lugar desconfiaba de ellos. Era imposible predecir qué métodos desconocidos usaban para producir el terror o qué dolores desconocidos podrían causar. Sentía curiosidad por observarlos, aunque temeroso de que notaran su presencia. Durante las primeras horas se sintió contento de poder merodear y observarlas a distancia. Al ver que los perros que se le acercaban no ocasionaban mal alguno, se atrevió a acercarse más a ellos.

Por su parte, él fue objeto de gran curiosidad. Su aspecto lobuno llamó su atención y lo señalaron unos a otros. Los unos se lo mostraban a los otros. Esta acción de señalarlo con el dedo puso en guardia a Colmillo Blanco, y en cuanto trataron de acercarse retrocedió y les mostró los dientes. Ninguno pudo ponerle la mano encima, lo que no dejó de tener sus ventajas.

Colmillo Blanco rápidamente comprendió que pocos de aquellos dioses, no más de una docena, vivían allí. Cada dos o tres días llegaba un barco (otra gigantesca manifestación de poder) hasta la orilla, donde permanecía varias horas. Los hombres blancos llegaban y se iban en él. Parecía que su número era infinito. En el primer día vio más que indios en su vida. Luego continuaron llegando a la orilla, se detenían y luego reiniciaban su viaje hasta que se les perdía de vista río arriba.

Pero, si los dioses blancos eran todopoderosos, sus perros no valían mucho. Colmillo Blanco lo descubrió muy pronto, al mezclarse entre los que bajaban a tierra con sus amos. Eran de todas formas y tamaños. Algunos tenían patas cortas, demasiado cortas, y otros largas, demasiado largas. Tenían un pelo completamente distinto del suyo y algunos demasiado ralo. Ninguno sabía pelear.

Por ser enemigos de su raza, era obligación de Colmillo Blanco luchar contra ellos. Y eso hizo, y pronto tuvo una opinión de desprecio. Eran tan blancos como incapaces; hacían mucho ruido y daban vueltas tratando de hacer por la fuerza lo que él obtenía con destreza y astucia. Se echaban sobre él ladrando. Colmillo Blanco se retiraba. No sabían qué esperar de él, y, en un instante, él los atacaba tirándolos al suelo, les mordía la paletilla y los remataba con una dentellada en el cuello.

A veces el mordisco era mortal, quedando su contrincante en el barro, y al instante era asaltado y destrozado por los perros de los indios, que esperaban el final. Colmillo Blanco era listo. Sabía desde mucho tiempo atrás que los dioses se enfurecen cuando se mata a sus perros. Los hombres blancos no eran una excepción a esta regla. Por eso disfrutaba al derribar y morder la garganta de algún perro y viendo cómo poco después la jauría se echaba encima para terminar la sucia tarea. Entonces acudían corriendo los hombres blancos, descargando su rabia sobre la jauría, mientras él seguía su camino. Se paraba muy cerca observando cómo caían sobre sus compañeros los golpes, los palos, las hachas, las piedras y toda clase de armas. Colmillo Blanco era muy listo.

Pero sus amigos se volvieron listos también, a su manera, y Colmillo Blanco se volvió más listo con ellos. Ellos aprendieron que, cuando un barco de vapor arribaba a la orilla, podían divertirse. Después de atacar y matar a dos o tres perros de a bordo, los hombres silbaban a sus perros para que volvieran al barco y se vengaban de los atacantes. Un hombre blanco, que vio morir despedazado a su setter, sacó el revólver y disparó seis veces: otros tantos perros quedaron tendidos en el barro, muertos o moribundos, manifestación de poder que a Colmillo Blanco se le grabó hondamente.

Colmillo Blanco disfrutaba con todo aquello. No amaba a los de su especie y era lo bastante inteligente como para escapar al castigo. Al principio fue una diversión matar a los perros de los hombres blancos, pero más tarde se convirtió en una ocupación, pues no tenía nada que hacer. Castor Gris estaba muy atareado negociando y haciéndose rico, por lo que Colmillo Blanco tenía tiempo para pasearse por el embarcadero, con el grupo de perros indios, que tan mala fama tenía ya, esperando que atracase un barco. Después de pocos minutos, cuando los hombres blancos se reponían de su sorpresa, el grupo se disolvía. Había terminado la diversión hasta que llegara el próximo buque.

Colmillo Blanco no pertenecía a la jauría. No se mezclaba con ellos, sino que permanecía a distancia. Fiel a sí mismo, incluso los demás le temían. Cierto es que les ayudaba. Él iniciaba la pelea con el perro desconocido, mientras la jauría esperaba. En cuanto había derribado al intruso, los demás se precipitaban para rematarlo. Entonces se retiraba, dejando que la jauría aguantara el castigo de los dioses agraviados.

No exigía mucho esfuerzo iniciar la pelea. En cuanto los perros extraños bajaban a tierra, todo lo que tenía que hacer

COMILLO BLANCO

era dejarse ver, pues en cuanto lo veían se echaban sobre él. Era su instinto. Él representaba lo salvaje, lo desconocido, lo terrible, la eterna amenaza, lo que acecha en la oscuridad en torno a los fuegos del mundo primitivo, cuando ellos, echados muy cerca de las llamas, remodelaban sus instintos, aprendiendo a temer al bosque del que provenían, al que habían desertado y traicionado. De generación en generación, a través del tiempo, se había arraigado en sus naturalezas ese miedo al bosque. Y durante siglos él significó el terror y la aniquilación. Durante todo ese tiempo, sus dueños les habían dado permiso para matar a los seres que venían de él, pues, haciéndolo, se protegían a sí mismos y a sus dioses, en cuya compañía estaban.

Y así, los recién llegados desde el mundo apacible del Sur, aquellos perros que bajaban por la pasarela para pisar las tierras del Yukon no tenían más que ver a Colmillo Blanco para experimentar el irresistible impulso de echarse sobre él y matarlo. Podían ser perros que habían vivido hasta entonces en ciudades, pero el temor instintivo a lo salvaje era el mismo. No sólo veían con sus ojos a aquella criatura lobuna a plena luz del día, delante de ellos, sino que lo contemplaban con los de sus antepasados, cuya memoria, transmitida de generación en generación, afirmaba que Colmillo Blanco era un lobo y recordaban su ancestral enemistad.

Todo aquello propiciaba que los días de Colmillo Blanco fueran más placenteros. Si los perros extraños se arrojaban sobre él en cuanto lo veían, tanto mejor para él y peor para ellos. Si le consideraban presa legítima, él podía hacer lo mismo.

No en vano había abierto los ojos por primera vez en una cueva solitaria y había luchado por primera vez contra el lince y otros animales. No en balde Hocicos y los otros perros de la jauría habían amargado los primeros años de su vida. Pudo haber sido de otra manera y, en tal caso, él habría sido distinto. Si no hubiese existido Hocicos, habría pasado los primeros años de su vida con los otros perros y habría crecido más como un perro, desarrollando su afecto hacia ellos. Si Castor Gris hubiera sido capaz de afecto o de amor, habría podido sondear la naturaleza de Colmillo Blanco y despertar en él muchas buenas cualidades. Pero no fue así. Creció Colmillo Blanco hasta convertirse en lo que era: hosco, solitario, cruel y fiero, el enemigo de toda su raza.

2. *El dios loco*

EN EL FUERTE YUKON VIVÍA UN REDUCIDO NÚMERO DE hombres blancos, que residían allí desde hacía bastante tiempo. Se llamaban a sí mismos *masas agrias*, de cuyo título se enorgullecían. Y sólo sentían desdén por los otros hombres, nuevos en aquellas tierras. Los hombres que llegaban a la orilla desde los barcos eran todos recién llegados. Eran conocidos como los *chechaquos*, nombre que no les gustaba nada. Eran los que preparaban el pan con levadura. Esta era la odiosa diferencia entre ellos y los *masas agrias*, que elaboraban el pan sin ella, porque no la tenían.

Todo esto no viene al caso. Los habitantes del fuerte despreciaban a los recién llegados y se alegraban en cuanto les ocurría algún percance. Les divertían especialmente los estragos que Colmillo Blanco y sus mal afamados compañeros hacían entre los perros recién llegados. En cuanto atracaba un vapor, los habitantes del fuerte se ponían de acuerdo para bajar al desembarcadero y observar el divertido espectáculo. Lo aguardaban con tanta impaciencia como los perros indios, y no les pasaba inadvertido el salvaje y astuto papel que desempeñaba Colmillo Blanco.

Pero había entre ellos un hombre que disfrutaba particularmente. Echaba a correr al oír el primer silbido de la sirena del barco, y, cuando la última pelea había terminado, y Colmillo Blanco y la jauría se habían dispersado, volvía al fuerte con expresión de pesadumbre. A veces, cuando algún delicado perro, que venía del Sur, lanzaba su grito de agonía entre los dientes de la jauría, aquel hombre era incapaz de contenerse: saltaba y gritaba de júbilo. Su mirada, perspicaz y ansiosa, se clavaba siempre en Colmillo Blanco.

Los otros hombres del fuerte le llamaban el *Guapo*. Ninguno conocía su nombre de pila. En toda la región era conocido como *Guapo* Smith. Sin embargo, era cualquier cosa menos guapo, era la antítesis de la belleza. Era feo. La naturaleza había sido avara de sus favores con él. Para empezar, era esmirriado de cuerpo, sobre el cual alguien había colocado, como por descuido, una cabeza diminuta, que terminaba en punta como una pera. De hecho, en su juventud, antes que sus compañeros actuales le llamaran el *Guapo*, sus amigos le conocían por el apodo de *Cabeza de alfiler*.

Por detrás, desde la punta, la cabeza descendía en un plano inclinado hasta la nuca; por delante formaba una frente baja y notablemente ancha. En este punto, como si la naturaleza hubiese lamentado su tacañería, la naturaleza había formado sus facciones con prodigalidad. Sus ojos eran grandes y entre ellos había distancia suficiente para otro par. Comparada con el resto, la cara era prodigiosa. Para disponer de espacio suficiente, la naturaleza le había dado una mandíbula saliente de enormes dimensiones, ancha y pesada, que parecía descansar sobre el pecho. Es probable que aquella apariencia fuera debida a la fragilidad de su cuello, incapaz de soportar semejante peso.

Su maxilar daba la impresión de una voluntad enérgica, pero le faltaba algo. Tal vez fuera debido al exceso. Tal vez, la mandíbula fuera demasiado grande. En todo caso, tal apariencia era falsa. En toda la región se sabía que *Guapo* Smith era el más débil y llorón de todos los cobardes. Para completar su retrato hay que decir que sus dientes eran largos y amarillentos; los dos caninos, grandes, sin proporción con los otros, sobresalían entre los finos labios como si fueran colmillos. Sus ojos eran amarillentos, de un color de nieve sucia, como si la naturaleza hubiera carecido de pigmentos y le hubiera mezclado las sobras de todos los tubos. Otro tanto sucedía con su pelo, escaso y de crecimiento irregular, del mismo color que los ojos, que se elevaba sobre su cabeza y le caía sobre la cara en desordenados mechones, que parecían crecer, sin orden ni concierto.

Dicho en pocas palabras, *Guapo* Smith era una monstruosidad, cuya justificación había que buscar en otra parte, pues él no tenía la culpa. Su barro lo habían modelado de aquella forma. Guisaba la comida para los hombres del fuerte, lavaba la ropa y hacía la limpieza. No le despreciaban, más bien le toleraban, como cualquiera toleraría a una criatura mal hecha. Además, le tenían miedo, pues su ira cobarde les hacía suponer que un día les apuñalaría por la espalda o les echaría veneno en el café. Pero alguien tenía que encargarse de hacer la comida y lavar la ropa y, a pesar de sus defectos, *Guapo* Smith sabía guisar.

Éste era el hombre que observaba a Colmillo Blanco y se complacía en su feroz habilidad y que deseaba ser su amo. Desde el principio intentó aproximarse a Colmillo Blanco, pero éste fingió ignorarlo. Más adelante, cuando sus intentos de acercamiento se volvieron más insistentes, Colmillo Blanco erizó el pelo, le mostró los dientes y retrocedió. No le gustaba aquel hombre. Tenía malos sentimientos. Colmillo Blanco sentía toda la perversidad que había en él y tenía miedo de aquella mano extendida y de sus intentos de hablar suave y cariñosamente. Por eso odiaba a aquel hombre.

Para las gentes sencillas el mal y el bien no son difíciles de entender. Lo bueno representa todas las cosas que producen paz y satisfacción y que suprimen el dolor. Por lo tanto, gustan. Lo malo representa todas las cosas que llevan desasosiego, dolor, por lo que, en consecuencia, se las odia. Colmillo Blanco sentía que *Guapo* Smith era malo. Así como de un pantano se elevan miasmas pútridos, Colmillo Blanco sentía la maldad que emanaba de aquel cuerpo contrahecho y de aquella alma deforme. Aquel sentimiento no provenía de la razón ni de los cinco sentidos, sino de otros caminos de percepción, remotos y desconocidos, gracias a los cuales Colmillo Blanco tenía la sensación de que el hombre estaba poseído por el mal, lleno del deseo de hacer daño y que, en consecuencia, era algo maligno, que era aconsejable odiar.

Colmillo Blanco se encontraba en la tienda de Castor Gris, cuando *Guapo* Smith fue a visitarle por primera vez. Al oír el imperceptible ruido de sus pisadas, antes de verlo, Colmillo Blanco supo quién llegaba y empezó a erizar el pelo. Hasta entonces, había estado cómodamente echado, pero se levantó rápidamente y, en cuanto el hombre se acercó, se alejó furtivamente, como un verdadero lobo hacia uno de los extremos del campamento. No sabía lo que hablaban entre ellos, pero vio que el hombre y Castor Gris conversaban. Una vez el hombre le señaló y Colmillo Blanco le gruñó, como si aquella mano fuera a caer sobre él, en lugar de estar, como estaba, a quince metros de distancia. El hombre se rió y, al oírle, Colmillo Blanco se encaminó hacia el bosque, donde creía estar seguro, volviendo la cabeza de vez en cuando, mientras se deslizaba suavemente sobre el suelo.

Castor Gris se negó a vender el perro. Se había hecho rico con sus negocios y no necesitaba nada. Además, Colmillo Blanco era un animal valioso, el perro más poderoso que hubiera arrastrado jamás un trineo y el mejor líder de traílla. No había otro perro como él en todo el Mackenzie y el Yukon. Sabía luchar. Había matado a otros perros con la misma facilidad con la que un hombre elimina mosquitos. Los ojos de *Guapo* Smith

brillaron al oírlo y se pasó la ansiosa lengua por los labios rese-
cos. No, Colmillo Blanco no estaba en venta a ningún precio.

Pero *Guapo* Smith conocía las costumbres de los indios. Vi-
sitó con frecuencia el campamento de Castor Gris, llevando
siempre oculta entre la ropa alguna botella de whisky o cosa
parecida, una de cuyas cualidades consiste en despertar la sed
del bebedor, y Castor Gris no se iba a librar de esa ley. Su boca
febril y su estómago convertido en una llama viva empezaron
a exigir a gritos aquella bebida ardiente. Su cerebro, que había
perdido toda lucidez, debido a aquel estimulante al que no estaba acostumbrado, fue capaz de ordenarle cualquier cosa con
tal de conseguirlo. El dinero que había obtenido de la venta
de sus pieles, mitones y mocasines comenzó a esfumarse. Desaparecía rápidamente, y cuanto más se vaciaba su bolsa tanto
más se enfurecía.

Al fin perdió la paciencia, el dinero y los bienes. No le quedaba más que la sed, algo prodigioso que crecía con cada bo-
canada de aire que respiraba cuando estaba sobrio. Entonces
Guapo Smith habló otra vez con él sobre la venta de Colmillo
Blanco; ofreció pagar el precio en botellas, no en dólares, ante
lo cual los oídos de Castor Gris se dispusieron a escuchar.

—Usted agarrar perro y llevar con usted, de acuerdo —fue
su última palabra.

Le entregaron las botellas, pero, dos días más tarde, *Guapo* Smith insistió en que Castor Gris «le agarrara perro».

Una tarde Colmillo Blanco se acercó al vivac y se tumbó en
el suelo satisfecho. El dios blanco, a quien él temía, no estaba
allí. Durante días, sus deseos de ponerle las manos encima se
habían hecho más insistentes y en ese tiempo Colmillo Blanco se había visto obligado a mantenerse alejado del campamento. No sabía qué diabólica jugarreta se proponían aquellas
manos insistentes. Sabía tan sólo que le amenazaba algún mal,
por lo que era mejor ponerse fuera de su alcance.

Pero apenas se había tumbado, cuando Castor Gris se acercó furtivamente y le colocó una correa al cuello. Se sentó al lado de Colmillo Blanco, con la punta de la cuerda en su mano. En la otra sostenía una botella, que, de vez en cuando, invertía por encima de su cabeza, con un ruido de gorgoteo.

Había transcurrido alrededor de una hora, cuando el ruido de unos pasos anunció la llegada de una persona. Colmillo Blanco lo oyó primero y se le erizó el pelo al darse cuenta de quién era, mientras Castor Gris cabeceaba estúpidamente. Colmillo Blanco intentó arrancar la correa de manos de su amo, pero los dedos, que hasta entonces no habían mantenido muy rígidamente la correa, se cerraron. Castor Gris se levantó.

Guapo Smith avanzó hacia la choza y se detuvo delante de Colmillo Blanco, que gruñó y enseñó los dientes a aquella cosa, de la que tenía miedo, mientras observaba atentamente los movimientos de las manos, una de las cuales empezó a bajar hasta él. Su gruñido adquirió una intensidad y una dureza mayor. La mano siguió bajando lentamente, mientras él se iba agachando, observándola malignamente y emitiendo gruñidos, cada vez más cortos, hasta llegar al timbre más alto. Después, la punta de la correa pasó de las manos de Castor Gris a las suyas. De repente, le mordió con la rapidez de una serpiente. La mano retrocedió, por lo que sus mandíbulas se cerraron en el aire con un ruido metálico al errar el mordisco. *Guapo* Smith estaba asustado y molesto. Castor Gris golpeó a Colmillo Blanco en la cabeza de tal manera, que el perro se agazapó en el suelo en señal de respetuosa obediencia.

Los ojos de Colmillo Blanco seguían con recelo todos los movimientos de los dos hombres. Vio alejarse a *Guapo* Smith y volver armado con un palo. Después, la punta de la correa pasó de las manos de Castor Gris a las suyas. *Guapo* Smith echó a andar. La correa se puso tirante. Colmillo Blanco se negaba a seguirle. Castor Gris le pegó para que se levantara y le siguiera. Obedeció, pero con una acometida, lanzándose sobre el intruso que intentaba arrastrarle. Smith no retrocedió, pues esperaba el ataque. Manejó bien el palo cortando el salto a mitad del camino y arrojando a Coìmillo Blanco al suelo. Castor Gris se rió ruidosamente e inclinó la cabeza en señal de aprobación. *Guapo* Smith tiró de la cuerda y Colmillo Blanco, cojeando y atontado por el golpe, le siguió.

No se le ocurrió atacar por segunda vez. Un golpe del palo fue suficiente para convencerle de que el dios blanco sabía manejarlo. Era demasiado inteligente para luchar contra lo inevitable. Siguió de mal humor a *Guapo* Smith con el rabo entre las patas, pero gruñendo entre dientes. Pero *Guapo* Smith no le perdía de vista, con el palo dispuesto.

En el fuerte, *Guapo* Smith lo ató cuidadosamente y se fue a dormir. Colmillo Blanco esperó una hora, después de lo cual mordió la correa, y a los diez segundos de nuevo era libre otra vez. No había perdido tiempo: estaba cortada transversalmente, por la distancia mínima, con un corte tan limpio como el de un cuchillo. Colmillo Blanco miró hacia el fuerte, mientras al mismo tiempo se le erizaba el pelo y gruñía. Después se dio media vuelta y se dirigió hacia la tienda de Castor Gris. No le debía ninguna lealtad a aquel dios extraño y terrible. Libremente se había dedicado al servicio del indio, a quien, según él, todavía pertenecía.

Pero lo que había ocurrido antes volvió a repetirse, con una diferencia. Castor Gris lo ató nuevamente con una correa y a la mañana siguiente lo entregó a *Guapo* Smith. Hasta aquí todo había sido igual. Pero ahora surgió una diferencia: *Guapo* Smith le dio una paliza. Atado, de manera que no podía defenderse, Colmillo Blanco no tuvo más remedio que aguantar y rabiar inútilmente. Se le castigó con palo y látigo, recibiendo la peor paliza de su vida. Inclusive la primera, que recibió de manos de Castor Gris, cuando era cachorro, era suave comparada con ésta.

Guapo Smith disfrutaba. Se deleitaba. No perdía de vista a su víctima y, mientras sacudía el látigo o el palo, escuchaba los gritos de dolor o de indefensión de Colmillo Blanco. Porque *Guapo* Smith era cruel en la manera en que lo son los cobardes. Se humillaba y achicaba frente a los golpes o la voz airada de un hombre, pero se desquitaba con los que eran más débiles que él. Todo ser viviente ama el poder y *Guapo* Smith no era ninguna excepción. Como le había sido negada la posibilidad de ejercitar cierto poder entre sus iguales, caía sobre los que podían menos, y así justificaba la vida que tenía dentro de sí. Pero no se había creado a sí mismo, por lo que no se le podía echar la culpa. Había venido al mundo con un cuerpo deforme y una inteligencia oscurecida. Aquél había sido su barro; un barro que no había sido modelado con excesiva benevolencia por el mundo.

Colmillo Blanco sabía por qué le castigaba. Cuando Castor Gris le ató con una correa al cuello, que entregó a *Guapo* Smith, Colmillo Blanco comprendió que la voluntad de su dios era que se marchara con *Guapo* Smith. Cuando le ató fuera del fuerte, Colmillo Blanco comprendió que su voluntad era que permaneciera allí. Había desobedecido la voluntad de ambos dioses y en consecuencia merecía que se le castigara. Había visto muchas veces cómo los perros cambiaban de dueño y cómo se castigaba a los desertores. Era inteligente, pero en su naturaleza había fuerzas más intensas que toda su sabiduría. Una de ellas era la fidelidad. No amaba a Castor Gris, pero le era fiel, a pesar de que había expresado claramente su voluntad y su enojo. No podía hacer otra cosa. Esa fidelidad era uno de los componentes de la materia de la que estaba hecho. Era un rasgo peculiar de su especie, que la separa de todas las otras y que indujo al lobo y al perro vagabundo a convertirse en compañero del hombre.

Después de la paliza, Colmillo Blanco fue arrastrado hasta el fuerte. Pero esta vez *Guapo* Smith lo ató con un palo. No se abandona fácilmente a un dios; a pesar de la voluntad expresa de Castor Gris, éste seguía siendo el dios particular de Colmillo Blanco, que no estaba dispuesto a cambiarlo. Es verdad que le había abandonado, pero esto no le quitaba nada. No en balde se había entregado a él en cuerpo y alma, sin ninguna reserva, por lo que no era fácil romper aquel lazo.

Así que de noche, mientras los hombres del fuerte dormían, Colmillo Blanco dedicó su atención al palo que lo sujetaba. Aquella madera era dura y seca y estaba atada tan estrechamente al cuello, que sólo con dificultad podía clavar sus dientes en ella. Únicamente mediante el más duro ejercicio muscular y dando vueltas al cuello, pudo ponerla entre los dientes. Con enorme paciencia, que debió ejercitar durante varias horas, pudo cortarla en dos con los dientes. Aquello era algo que los perros supuestamente no hacen; por lo menos, no se recuerda ningún otro igual. Pero Colmillo Blanco se alejó del fuerte antes de la aurora, con un extremo del palo colgando de su cuello.

Era listo. Pero, si lo hubiera sido del todo, no habría vuelto a la tienda de Castor Gris, que ya lo había traicionado dos veces. Su fidelidad le indujo a volver por tercera vez a los dominios del traidor. Una vez más permitió que Castor Gris le atara una correa al cuello. *Guapo* Smith volvió a reclamarlo. Esta vez recibió una paliza mayor que la anterior.

Castor Gris observaba estúpidamente, mientras el blanco manejaba el látigo. No le protegió, pues ya no era su perro. Cuando terminó el castigo, Colmillo Blanco estaba enfermo. Un perro menos resistente, que proviniera del Sur, habría muerto de los golpes. Pero él no. Había sido educado en una escuela más severa, era de fibra más resistente. Tenía mayor vitalidad y se aferraba a la vida con gran energía. Pero estaba muy enfermo. Al principio pareció incapaz de arrastrarse, por lo que *Guapo* Smith tuvo que esperar hora y media, hasta que pudo ponerse en pie. Después, medio ciego y tambaleándose, lo siguió hasta el fuerte.

Ahora le ató con una cadena, que era un desafío a sus dien-

tes y Colmillo Blanco intentó en vano tirar de ella para arran-
carla de la madera a la que estaba amarrado. Después de algunos días, Castor Gris, ya disipados los efectos del alcohol y
completamente arruinado, se dirigió por el Porcupine, aguas
arriba, hacia el Mackenzie. Colmillo Blanco se quedó en el Yukon como propiedad de un hombre que estaba medio loco y
que era una fiera. Pero ¿qué conciencia puede tener un perro
de la locura humana?

Para Colmillo Blanco, *Guapo* Smith era un verdadero dios,
aunque terrible. En el mejor de los casos, un dios loco, aún con-
siderándole favorablemente, pero Colmillo Blanco no sabía
nada de la locura, sino sencillamente que debía acatar la voluntad de su nuevo dueño y obedecer a todos sus caprichos.

3. *El reino del odio*

BAJO EL DOMINIO DEL DIOS LOCO, COLMILLO BLANCO
se convirtió en una furia. Estaba encadenado en un corral en la parte posterior del fuerte, y allí *Guapo* Smith
lo atormentaba, lo irritaba y lo volvía loco con pequeños aunque continuos sufrimientos. El hombre descubrió muy pronto que la risa le causaba exasperación, y cogió la costumbre, tras
dolorosas burlas, de reírse de él. Su risa era ruidosa y burlona,
y, mientras se reía, el dios señalaba con el dedo a Colmillo Blanco, que, en esos momentos, perdía la razón hasta tal punto, que
en aquellos accesos de rabia estaba aún más loco que *Guapo*
Smith.

Antes Colmillo Blanco había sido tan solo un enemigo de
su raza, un enemigo feroz. Ahora era el enemigo de todas las
cosas y más feroz que nunca. Se le atormentaba hasta tales ex-

tremos, que odiaba ciegamente a todos y a todo, sin el más leve motivo. Odiaba la cadena con la cual se le tenía atado, a los hombres que le observaban a través de las vallas del corral, a los perros que les acompañaban y que le mostraban los dientes, sabiendo que no podía atacarlos. Odiaba hasta la misma madera del corral que le confinaba. Y ante todo, y sobre todo, detestaba a *Guapo* Smith.

Pero *Guapo* Smith, en su proceder con Colmillo Blanco, tenía un propósito. Un día, varios hombres se reunieron alrededor del corral. Armado de un palo, *Guapo* Smith entró y soltó a Colmillo Blanco. Cuando salió su amo, Colmillo Blanco dio varias vueltas, tratando de acercarse a los hombres que estaban fuera. Parecía terrible en su poderío. Medía cinco pies de largo, dos de alto y uno y medio de ancho. En cuanto al peso, sobrepasaba a cualquier otro lobo de su tamaño. De su madre había heredado las proporciones más corpulentas de un perro, por lo que su peso pasaba de noventa libras. Todo en él eran músculo, hueso, tendón, una máquina hecha para la pelea, mantenida en las mejores condiciones.

Se abrió la puerta del corral. Colmillo Blanco se detuvo. Algo extraordinario iba a ocurrir. Arrojaron dentro a un perro grande y volvieron a cerrar la puerta. Colmillo Blanco nunca había visto esa raza. Era un mastín, pero ni el tamaño, ni el aspecto feroz del intruso lo detuvieron. Allí había algo, que no era madera ni acero, en lo que desahogar su odio acumulado. Brincó, mostrando los colmillos, durante una fracción de segundo, lo suficiente para desgarrar el cuello del perro. Éste sacudió la cabeza, gruñó roncamente y se echó sobre su enemigo, que estaba aquí y allí y en todas partes, siempre eludiéndolo, siempre atacándolo y abriendo amplias heridas, pero saltando siempre a tiempo para escapar al castigo.

Los hombres vociferaban y aplaudían, mientras *Guapo* Smith, en un éxtasis de placer, saboreaba los desgarrones y las mutilaciones que Colmillo Blanco provocaba. Desde el principio el mastín no tuvo ninguna probabilidad de ganar, pues era demasiado lento y pesado. Finalmente, mientras *Guapo* Smith arrinconaba a Colmillo Blanco armado de un palo, el mastín fue retirado por su amo. Se pagaron las apuestas y el dinero cayó en manos de *Guapo* Smith.

Colmillo Blanco llegó a tales extremos, que aguardaba ansiosamente que los hombres se reunieran alrededor del corral. Era la señal de la lucha, la única ocasión que le quedaba para expresar la vida que bullía en él. Atormentado, sometido a una excitación continua para que odiase, mantenido prisionero, no tenía ninguna oportunidad de satisfacer su odio sino cuando a su amo le convenía echarle otro perro para pelear. *Guapo* Smith había apreciado exactamente sus cualidades: siempre resultaba triunfador. Un día le echaron tres perros, uno tras otro. Otro, hicieron entrar un lobo que acababan de cazar vivo en el bosque. Un tercero le arrojaron dos perros a la vez. Esta fue su más terrible pelea, y, aunque al final pudo matar a los dos, salió él mismo medio muerto.

A finales de ese año, cuando empezaban a caer las primeras nevadas y a formarse hielo en el río, *Guapo* Smith compró un pasaje para él y Colmillo Blanco en el vapor que hacía la ruta del Yukon hasta Dawson. Colmillo Blanco ya tenía fama en toda la región. Se conocía con el sobrenombre de el *Lobo Guerrero*. La jaula en la que se le mantuvo a bordo estaba siempre rodeada de curiosos, a los que enseñaba los dientes o a los que observaba con un odio reconcentrado y frío. ¿Por qué no iba a odiarlos? Jamás se había planteado aquella pregunta. Lo único que sabía era que los odiaba, y se abandonaba a aquel sentimiento. La vida se había convertido en un infierno para él. No estaba hecho para soportar el confinamiento que los animales del bosque sufren cuando caen en manos del hombre. Sin embargo, se le trataba exactamente así. Le miraban, luego metían palos por entre los barrotes, para que les enseñase los dientes y pudieran reírse de él.

Éste era el ambiente en el que vivía. Y esos hombres eran los que moldeaban un ser mucho más feroz de lo que la naturaleza había previsto. Sin embargo, la naturaleza le había conferido plasticidad. Donde otro animal habría muerto o perdido su combatividad, él se adaptó y vivió sin que su espíritu sufriera por ello. Es posible que *Guapo* Smith, su tormento y archienemigo, fuera capaz de doblegarlo, pero hasta entonces no había ninguna indicación de que pudiera tener éxito.

Si *Guapo* Smith tenía un demonio dentro, Colmillo Blanco poseía otro y ambos estaban poseídos de un infinito odio recíproco. Los días anteriores Colmillo Blanco había demostrado el buen juicio de echarse a tierra y someterse a un hombre con un palo en la mano, pero pronto la perdió. Bastaba ahora que viera a *Guapo* Smith para que se sintiera poseído de una furia satánica. Cuando se acercaba para encerrarle otra vez, con el palo en la mano, gruñía y mostraba los dientes. Nunca podía apagar un último aullido; no importaba lo fuerte que le pegara. Colmillo Blanco siempre emitía otro aullido, y, cuando *Guapo* Smith renunciaba a seguir castigándolo y se alejaba, aquella voz desafiante le seguía, o Colmillo Blanco se erguía contra los barrotes escupiendo su odio.

En cuanto el barco llegó a Dawson, Colmillo Blanco saltó a tierra. Pero seguía viviendo una vida en público, en una jaula, rodeado de curiosos. Se le exhibía cono el *Lobo Guerrero* y la gente pagaba cincuenta centavos en polvo de oro para poder verlo. No tenía reposo. Si se echaba a dormir, se le despertaba con un palo de punta aguzada, con el fin de que la audiencia percibiera algo por su dinero. Para que la exhibición fuera interesante se le mantenía continuamente enfurecido. Pero aún peor que eso era la atmósfera en que vivía. Se le consideraba como la más feroz de las bestias del bosque, y aquella idea atravesaba los barrotes de la jaula. Cada palabra, cada movimiento, cuidadosamente estudiados por los hombres, le daba a entender su propia ferocidad. Era más combustible que se añadía a la llama de su ferocidad. Todo esto sólo podía tener un resultado: aumentarla, pues se alimentaba de sí misma. Era otra manifestación de la plasticidad de su carácter, de su capacidad para dejarse moldear por la influencia de su entorno.

Además de ser exhibido, era un guerrero profesional. A intervalos irregulares, siempre que podía concertarse una pelea, se le sacaba de la jaula y se le llevaba al bosque, a unos cuantos kilómetros de la ciudad, generalmente de noche, para evitar cualquier problema con la policía montada del territorio. Después de algunas horas de espera, cuando ya era de día, llegaban los espectadores y el perro contra el que tenía que luchar; sus contrincantes eran de toda raza y tamaño. Era una tierra salvaje, los hombres eran salvajes y las peleas sólo acababan con la muerte.

Ya que Colmillo Blanco seguía luchando, es evidente que a los otros perros les tocaba morir. Jamás conoció la derrota. Su entrenamiento, que había comenzado en su juventud, cuando luchara con Hocicos y los demás perros y cachorros, le estaba siendo muy útil. Poseía, además, una tenacidad notable en aferrarse a la tierra. Ningún perro conseguía hacerle perder el equilibrio. Era el truco predilecto de los descendientes del lobo: correr hacia él, sea directamente o dando una vuelta inesperada, esperando chocar con el costado de su contrincante y derribarlo. Los perros del Labrador y del Mackenzie, los esquimales, todos intentaron la misma treta con él y fracasaron. Nunca se le vio perder el equilibrio. Los hombres lo comentaban entre sí y estaban atentos a lo que ocurriera, pero Colmillo Blanco siempre los desilusionaba.

Además era rápido como el rayo, lo que le daba una gran ventaja sobre sus enemigos. No importaba cuáles fueran sus experiencias como luchadores, nunca habían encontrado un animal tan veloz como él. También debían tener en cuenta la inmediatez de su ataque. Por lo general el perro está acostumbrado a ciertas ceremonias preliminares: enseñar los dientes, gruñir, erizar el pelo, por lo que generalmente era derribado antes de que hubiera empezado la pelea o se hubiera recobrado de su sorpresa. Con tanta frecuencia ocurrió esto, que se estableció la costumbre de tener atado a Colmillo Blanco hasta que el otro perro hubiera acabado con sus preparativos y estuviera dispuesto e incluso hubiera iniciado el ataque.

Sin embargo, la mayor ventaja de Colmillo Blanco era su experiencia. Sabía más acerca del modo de pelear que cualquier otro perro que le hacía frente. Había luchado más veces, sabía cómo enfrentarse a los trucos y métodos de los demás y él mismo poseía unos cuantos propios, de tal forma que su técnica era sumamente difícil de superar.

A medida que pasaba el tiempo se hacía más difícil concertar peleas con él. Los hombres dudaban de que algún perro pudiera derrotarlo, por lo que *Guapo* Smith se vio obligado a recurrir a los lobos que los indios cazaban vivos en sus trampas con tal fin y que siempre atraían a gran número de espectadores. Una vez le enfrentaron a un lince, una hembra adulta, y, en esa ocasión, Colmillo Blanco tuvo que pelear salvajemente por su vida. Su rapidez era tanta como la de él, su ferocidad, similar, pero Colmillo Blanco luchaba sólo con los colmillos, mientras ella, además, utilizaba las uñas.

Por fortuna, para Colmillo Blanco, después del lince cesaron las peleas. No quedaban ya animales con los que luchar, por lo menos que tuviesen posibilidad de vencerlo, por lo que siguió exhibiéndosele hasta la primavera, momento en el que un tal Tim Keenan, tahúr de profesión, llegó al lugar. Con él apareció el primer *bulldog* que llegó al Klondike. Era inevitable que se concertase una pelea entre este perro y Colmillo Blanco, y durante una semana el combate fue el tema de conversación de determinados sectores de la localidad.

4. *El abrazo de la muerte*

*G*UAPO SMITH SOLTÓ LA CADENA DEL CUELLO DE Colmillo Blanco y retrocedió. Por primera vez Colmillo Blanco no atacó de inmediato. Se detuvo, levantó las orejas y examinó con curiosidad el extraño animal que se le enfrentaba, pues nunca había visto otro parecido. Tim Keenan empujó a su perro hacia delante, murmurando: «¡Vete!» El animal, bajo, achaparrado y torpe, se fue al centro del círculo. Se detuvo y parpadeó mirando a Colmillo Blanco.

Se oían gritos desde la multitud: «¡A por él, Cherokee! ¡Mátalo, Cherokee, cómetelo!»

Pero el *bulldog* no parecía tener muchas ganas de pelea. Volvió la cabeza, miró a los hombres que le gritaban y movió el rabo. No tenía miedo; sencillamente era demasiado vago. Además, no podía comprender que se le hiciera luchar con el animal que tenía delante. No conocía aquella raza y esperaba que le trajeran un perro de verdad.

Tim Keenan se inclinó sobre Cherokee y empezó a acariciarle las paletillas, pasando las manos a contrapelo con movimientos suaves hacia delante, que eran otras tantas sugerencias. Su efecto debía ser irritante, pues Cherokee empezó a gruñir. Existía una correspondencia rítmica entre la culminación de cada uno de aquellos movimientos, dirigidos hacia delante, y la voz de Cherokee, pues el rugido crecía en intensidad al avanzar la mano y cesaba para empezar de nuevo en cuanto se iniciaba una nueva caricia. El fin de cada movimiento constituía la inflexión de la voz: el movimiento finalizaba repentinamente y el gruñido emergía con espasmo.

Esta maniobra no dejó de causar impresión en Colmillo Blanco. Empezó a erizársele el pelo del cuello y del lomo. Tim Keenan empujó por última vez a su perro y volvió a su lugar. Cuando la fuerza del impulso se agotó, Cherokee siguió avanzando por su propia voluntad, con un trotecillo corto de sus patas torcidas. Entonces Colmillo Blanco atacó. Un grito de admiración se elevó del círculo. Había cubierto la distancia que los separaba y atacado más como un gato que como un perro, y, con la misma celeridad que un felino, había clavado los dientes y había saltado hacia atrás.

El *bulldog* sangraba por detrás de una oreja, de una herida en su grueso cuello. No hizo señal alguna, ni siquiera gruñó; se limitó a volverse y a seguir a Colmillo Blanco. La táctica de ambos, la rapidez de uno y la constancia del otro excitaron el espíritu partidista de los espectadores, por lo que se cruzaban nuevas apuestas y se incrementaba el importe de las anteriores. Una y otra vez Colmillo Blanco atacó, desgarró con sus dientes y escapó. Pero siempre le seguía aquel extraño enemigo sin prisa deliberada y con seria decisión. En su táctica había un propósito —algo que tenía que hacer, que quería hacer y de lo que nada en el mundo podría desviarlo.

Su conducta sorprendía a Colmillo Blanco. Nunca había visto un perro de esa clase: no tenía pelo que le protegiera; era blando y sangraba fácilmente. Su piel no estaba recubierta de pelambre espesa que opusiera resistencia a los dientes de Colmillo Blanco, como la de otros perros de su misma raza. Cada vez que pretendía morderlo, sus colmillos se hundían fácilmente en la carne. Por otra parte, parecía incapaz de defenderse. Otra cosa desconcertante era que no ladraba, como acostumbraban a hacerlo los perros contra los que había luchado. Aceptaba en silencio el castigo, sin emitir más que un débil gruñido. Pero nunca cejaba en su persecución.

Cherokee no era lento. Podía volverse y atacar con rapidez, Colmillo Blanco siempre se escapaba. El *bulldog* también estaba extrañado. Nunca hasta entonces había tenido que pelear con un perro al que no pudiera acercarse. El deseo de llegar a la lucha cuerpo a cuerpo era mutuo. Pero ahora tenía que vérselas con uno que guardaba su distancia, que bailaba y se escurría, estando aquí, allí y en todas partes. En cuanto le clavaba los dientes, en lugar de agarrarse, se escapaba con la velocidad de una flecha.

Pero Colmillo Blanco no podía morderle debajo del cuello, pues el *bulldog* era demasiado corto de patas, y contaba además con la protección de sus quijadas macizas. Se lanzaba sobre él, le mordía y escapaba sin un rasguño, mientras aumentaban las heridas de Cherokee, cuya cabeza y ambos lados del cuello estaban desgarrados por grandes heridas. Sangraba profusamente, pero no daba señales de estar vencido. Continuaba su agotadora persecución, aunque en cierto momento, confundido, se detuvo y miró a los hombres que le observaban, mientras movía su corto rabo, como una manifestación de su voluntad de luchar.

En ese momento Colmillo Blanco se le echó encima y volvió a retirarse, desgarrando lo que le quedaba de oreja. Con una expresión de enfado, Cherokee empezó otra vez a perseguir a su enemigo, recorriendo la parte interior del círculo que describía su contrincante y tratando de dar el golpe mortal en el cuello. El *bulldog* erró por un pelo. Se oyeron gritos de entusiasmo, cuando Colmillo Blanco con un salto lateral repentino, en dirección opuesta, se puso fuera de su alcance.

El tiempo pasaba. Colmillo Blanco seguía danzando, esquivando, atacando y alejándose, y siempre haciéndole daño. Y el *bulldog*, con inflexible certeza, le seguía. Tarde o temprano conseguiría su propósito y daría el golpe que le haría ganar la batalla. Mientras tanto soportaba todo el castigo. Sus orejas cortas estaban convertidas en una llaga viva, el cuello y los hombros desgarrados en numerosos puntos y tenía cortados los labios, que sangraban abundantemente. Todas sus heridas eran consecuencia de aquellos mordiscos como relámpagos que no veía, pero que no podía prever ni evitar.

Colmillo Blanco había intentado en numerosas ocasiones derribar a Cherokee, pero la diferencia de altura entre ambos era grande; Cherokee era demasiado achaparrado, demasiado pegado al suelo. Colmillo Blanco intentó engañarle varias veces. Pareció presentársele una oportunidad en uno de sus rápidos cambios de dirección. Agarró a Cherokee, cuando éste había vuelto la cabeza, mientras él cambiaba lentamente de dirección. Quedó expuesta una paletilla de su oponente, sobre la que se lanzó, pero, mientras la suya quedaba a gran altura, la energía con la que había iniciado este ataque le llevó por encima de su contrincante. Por primera vez en su vida de luchador se vio a Colmillo Blanco perder pie. Su cuerpo dio una especie de media vuelta en el aire. Habría caído de espaldas, si no llega a ser, porque, como si fuera un gato, dio media vuelta en el aire para caer sobre las patas. Aun así, se dio un fuerte golpe en el costado. Se puso inmediatamente de pie, pero en aquel instante los dientes de Cherokee se hincaron en su cuello.

No fue un golpe certero, pues fue bajo y cerca del pecho, pero Cherokee no le soltó. Colmillo Blanco brincó y dio vueltas como loco, tratando de deshacerse de Cherokee de una sacudida. Aquel peso, que no se desprendía, lo enloquecía. Limitaba sus movimientos y restringía su libertad. Le parecía una trampa: todo su instinto se debatía contra ello. Era la reacción de un loco. Durante varios minutos puede decirse que se convirtió en un poseso. El instinto vital que había en él determinó su conducta. La voluntad de vivir que residía en cada una de sus fibras le superó. Estaba dominado por el deseo de su carne de sobrevivir. Había desaparecido su inteligencia. Era como si ya no tuviera cerebro. Nubló su razón el ciego deseo de supervivencia y de moverse, cualquiera que fuera el peligro, pues el movimiento es la prueba de la vida.

Colmillo Blanco dio vueltas y más vueltas, en una dirección y en la contraria, tratando de desprenderse de aquel peso de cincuenta libras que llevaba colgado del cuello. El *bulldog* se limitaba a no soltarse. Raras veces conseguía poner las patas en el suelo, momentos en los que se abrazaba a Colmillo Blanco.

Pero en seguida perdía pie y volvía a ser arrastrado en un loco giro de Colmillo Blanco. Cherokee se identificaba a sí mismo con su instinto. Sabía que hacía bien en aferrarse con sus dientes y hasta sentía una satisfacción placentera. Entonces cerraba los ojos y permitía que su enemigo le sacudiera por todas partes, como si fuera una cosa muerta, despreciando cualquier peligro que pudiera resultar. Lo que importaba era no aflojar las mandíbulas, y eso hacía.

Colmillo Blanco dejó de dar vueltas sólo cuando se hubo cansado. No podía oponer la menor resistencia, lo que era incomprensible para él. Nunca le había sucedido tal cosa. Los perros con los que había tenido que enfrentarse no peleaban de esa manera. Con ellos bastaba con acercarse, morder y alejarse; acercarse, morder, alejarse. Estaba medio tendido, jadeando. Cherokee, que todavía le tenía sujeto, le empujó, tratando de tumbarlo. Colmillo Blanco se resistía, mientras sentía las mandíbulas que se aflojaban, cediendo un poco y volviendo a apretarse como si masticara. Con cada uno de esos movimientos se acercaba cada vez más a la garganta. El método del *bulldog* consistía en no perder lo ganado y avanzar todo lo que fuera posible en cuanto se presentaba la oportunidad, lo que ocurría cuando Colmillo Blanco permanecía quieto. Cuando su enemigo se movía, Cherokee se limitaba a mantener lo ganado hasta entonces.

La parte superior del grueso cuello de su enemigo era lo único que estaba al alcance de Colmillo Blanco. Se prendió de la base, donde empieza el tronco, pero no conocía aquel procedimiento de morder masticando, ni tampoco estaban adaptados sus maxilares para ello. Con espasmos desgarraba con sus colmillos buscando espacio, cuando le distrajo un cambio de posición. El *bulldog* había conseguido hacerle dar vuelta y, sin soltar el cuello, Colmillo Blanco se encontraba ahora encima de él. Como si fuera un gato, encogió las patas traseras y, apoyándose en el vientre de su enemigo, empezó a desgarrárselo con rápidos y profundos arañazos. Le habría hecho trizas las entrañas, de no ser porque Cherokee cambió de postura sin soltarlo, apartó su cuerpo de Colmillo Blanco y se situó a un lado.

No había posibilidad de escapar a aquellas quijadas, inexorables como el destino. Lentamente fue ascendiendo hacia la yugular. Todo lo que separaba a Colmillo Blanco de la muerte era la piel que colgaba de su cuello y el espeso pelo que la cubría. Estos tejidos formaban unos repliegues en la boca de Cherokee, que desafiaban a los dientes de *bulldog*. Pero poco a poco, en cuanto se ofrecía la ocasión, absorbía más de la papada y de la piel que la cubría, con lo que conseguía ahogar lentamente a Colmillo Blanco, cuya respiración se hacía cada vez más difícil.

Los espectadores empezaron a creer que la batalla había terminado. Los que habían apostado por Cherokee se alegraron y ofrecieron cotizaciones ridículas para nuevas apuestas. Los que habían jugado a favor de Colmillo Blanco empezaron a alarmarse y se negaron a aceptar apuestas de diez a uno y de veinte a uno, aunque un hombre fue lo suficientemente audaz como para cerrar una apuesta de cincuenta a uno. Aquel hombre era *Guapo* Smith. Se acercó al círculo e indicó con el dedo en la dirección de Colmillo Blanco. Entonces comenzó a reírse de forma despectiva e hiriente. Aquello produjo el efecto deseado. Colmillo Blanco se puso rabioso. Hizo acopio de todas sus fuerzas de reservas y se puso en pie. Mientras seguía luchando alrededor del ring, con las cincuenta libras de su enemigo colgando de su cuello, su rabia se convirtió en odio, Lo primitivo en él le dominó otra vez y su inteligencia se nubló ante la voluntad de vivir que arraigaba en su carne. Dio vueltas y vueltas, tropezando y cayendo y alzándose otra vez apoyándose en sus patas traseras, levantando a su enemigo por los aires, pero sin poder deshacerse de él, que amenazaba ahogarlo.

Al fin se dejó caer exhausto, después de haber trastabilleado. El *bulldog* no desperdició la oportunidad: hizo avanzar un poco más las mandíbulas, tragando más de la carne cubierta de pelo, ahogando aún más a Colmillo Blanco. Se oyeron gritos en honor del vencedor: «¡Cherokee! ¡Cherokee!», a lo que éste respondió sacudiendo vigorosamente su rabo, sin distraerse con las exclamaciones, pues no existía ninguna relación entre ellos y sus macizas mandíbulas. Una podía moverse, pero las otras no cedían y mantenían el mordisco sobre el cuello de Colmillo Blanco.

En aquel instante, un ruido de campanillas distrajo a los espectadores, y se oyeron los gritos de un hombre que animaba a los perros de un trineo. Todos, excepto *Guapo* Smith, echaron una mirada preocupada en aquella dirección, pues tenían miedo de la policía. Pero se calmaron cuando vieron que por el camino venían dos hombres a cargo de un trineo, que evidentemente venían del río tras algún viaje de prospección. Al ver a la muchedumbre, ambos se detuvieron y se acercaron, deseando conocer el motivo de la reunión. El encargado de los perros llevaba bigote, pero el otro, un hombre más alto y más joven, estaba cuidadosamente afeitado, lo que permitía ver la piel de su cara, enrojecida por la circulación de la sangre y el ejercicio al aire libre.

Prácticamente Colmillo Blanco había dejado de luchar. Espasmódicamente, sin ningún resultado, se resistía de vez en cuando. Casi no podía respirar, cada vez era más difícil, debido a aquellas mandíbulas inmisericordes que se iban estrechando cada vez más. A pesar de su armadura de pelo, Cherokee habría mordido la yugular, si no hubiera empezado a atacar desde muy bajo, casi a la altura del pecho. Cherokee necesitó mucho tiempo para subir, impidiéndole además el pelo y la piel que debía tragar para que su avance fuera más rápido.

Mientras tanto, todo lo bestial que había en *Guapo* Smith se le había subido a la cabeza, dominando allí el poco juicio que tenía incluso en sus momentos de lucidez. Cuando vio que los ojos de Colmillo Blanco se ponían vidriosos, comprendió que la pelea estaba perdida. Entonces se despertó el instinto bestial en él: saltó sobre Colmillo Blanco y empezó a patearlo sin piedad. Algunas voces entre los concurrentes protestaron, pero eso fue todo. Mientras *Guapo* Smith seguía castigando al vencido, se produjo un movimiento entre los congregados. El recién llegado se abría paso a fuerza de codazos, a derecha e izquierda, sin ceremonias ni consideración. Cuando llegó a primera fila, *Guapo* Smith iba a propinarle otra patada. Pero todo su peso recaía en un pie, por lo que se encontraba en un estado de equilibrio inestable. En aquel momento el recién llegado le dio una bofetada con todas su fuerzas. La pierna de *Guapo* Smith con la que se sujetaba se levantó del suelo y todo su cuerpo ascendió por los aires, cayendo de espaldas sobre la nieve. El recién llegado se dirigió a la muchedumbre:

—¡Cobardes!, ¡bestias! —gritó.

Estaba loco de furia, pero su furia era cuerda. Sus ojos grises parecían metálicos como el acero, y echaban relámpagos sobre la muchedumbre. *Guapo* Smith consiguió ponerse en pie y avanzó hacia él, arrastrándose cobardemente. El recién llegado no comprendió el sentido de su avance. No sabía cuán cobarde era y creyó que volvía dispuesto a pelear. Gritando: «¡Bestia!», le encajó un segundo golpe en la cara y le acostó otra vez sobre la nieve, por lo que *Guapo* Smith consideró que el suelo era el lugar más seguro para él y quedó donde le había echado la mano del otro, sin hacer esfuerzos por incorporarse.

—¡Ven, Matt! ¡Ayúdame! —gritó el recién llegado al encargado de los perros de su trineo, que le había seguido al círculo.

Ambos se inclinaron sobre los perros. Matt se encargó de Colmillo Blanco, dispuesto a tirar de él en cuanto Cherokee aflojara las mandíbulas. De esto se encargó el hombre joven apretando las del vencedor y tratando de abrirlas. Fue un intento inútil. Mientras hacía toda clase de esfuerzos, no dejaba de exclamar con cada espiración: «¡Bestias!»

La muchedumbre empezó a intranquilizarse y algunos espectadores protestaron contra aquel acto, que les echaba a perder su diversión, pero se callaron cuando el recién llegado levantó la cabeza y los miró:

—¡Malditas bestias! —estalló finalmente y siguió trabajando.

—Es inútil, señor Scott. Usted puede romperle los dientes y no conseguirá nada —dijo Matt finalmente.

Ambos se detuvieron y observaron a los dos perros.

—No se ha desangrado mucho —afirmó Matt—, todavía le falta bastante para morir.

—Pero puede ocurrir en cualquier momento —respondió Scott—. ¿Ves? Se han aflojado un poco las mandíbulas.

La excitación y la preocupación del joven por Colmillo Blanco aumentaron. Sin compasión golpeó a Cherokee en la cabeza de forma salvaje una y otra vez. El animal sólo movió el rabo como advirtiendo que comprendía por qué se le pegaba, pero sabía que estaba en su derecho y que se limitaba a cumplir con su deber al no abrir las quijadas.

—¿No quiere ayudarme ninguno de ustedes? —gritó Scott a la muchedumbre.

Pero ninguno se ofreció. Por el contrario, algunos empezaron a animarle sarcásticamente con gritos y silbidos o le dieron consejos completamente absurdos.

—Debiéramos usar una palanca —aconsejó Matt.

El otro echó mano al costado, sacó el revólver y trató de introducir el cañón entre las quijadas. Trabajó duramente hasta que se oyó el frotamiento del acero contra los colmillos. Tanto Scott como Matt estaban inclinados sobre los dos perros. Tim Keenan se les acercó. Se detuvo delante de Scott y, tocándole en el hombro, le dijo amenazadoramente:

—¡No le rompa los dientes!

—Entonces le romperé el cogote —replicó Scott, prosiguiendo con lo que se había propuesto hacer, que era introducir el cañón del arma como una cuña entre los dientes.

—Le he dicho que no le rompa los dientes —repitió el jugador, aún más amenazadoramente que antes.

Pero, si intentaba un truco, no dio resultado. Scott no desistió, aunque alzó la cabeza y preguntó fríamente:

—¿Es su perro?

El jugador gruñó.

—Entonces venga y haga que lo suelte.

—Bueno —dijo el otro, arrastrando las palabras—. No me importa decirle que eso es algo que no he conseguido nunca. No sé cómo hacerlo.

—Entonces, apártese —replicó Scott—. No me moleste. Estoy trabajando.

Tim Keenan continuó de pie a su lado, pero Scott no le prestó la menor atención. Había logrado meter el cañón del revólver entre las mandíbulas y trataba ahora de sacarla por el otro lado. Una vez obtenido esto, comenzó a apalancar de forma suave y continua, tratando de separarlas poco a poco, mientras Matt retiraba cuidadosamente a Colmillo Blanco.

—Quédese cerca para coger a su perro —ordenó Scott perentoriamente al dueño de Cherokee.

El jugador obedeció, agarrando fuertemente al *bulldog*.

—¡Ahora! —dijo Scott mientras aplicaba la presión final.

Pudieron apartar a ambos perros, aunque Cherokee se debatía vigorosamente.

—¡Lléveselo! —ordenó con mucha decisión Scott, y Tim Keenan arrastró a Cherokee hasta donde se encontraban los espectadores.

Colmillo Blanco trató en vano de ponerse en pie. Una de las veces lo consiguió, pero sus patas estaban demasiado débiles para sostenerlo, por lo que se tambaleó y cayó otra vez sobre la nieve. Tenía los ojos semicerrados y vidriosos. Las mandíbulas estaban muy separadas, y entre ellas salía la lengua sucia de barro. Parecía un perro que hubiese sido estrangulado. Matt lo examinó.

—Está medio muerto —dijo—, pero todavía resuella.

Guapo Smith se levantó y se acercó para observar a Colmillo Blanco.

—Matt, ¿cuánto vale un buen perro de trineo? —preguntó Scott.

Matt, todavía de rodillas, inclinado sobre Colmillo Blanco, calculó mentalmente.

—Trescientos dólares —respondió.

—¿Cuánto costará uno como éste que está medio muerto? —preguntó Scott, indicando con el pie a Colmillo Blanco.

—Menos de la mitad —opinó Matt.

Scott se dirigió a *Guapo* Smith.

—¿Ha oído usted eso, señor Bestia? Me quedaré con su perro y le daré a usted cincuenta dólares por él.

Guapo Smith cruzó las manos detrás de la espalda, en señal de que rechazaba el dinero que se le ofrecía.

—No lo vendo —dijo.

—Pues yo le digo que lo vende —aseguró Scott—, puesto que yo se lo compro. Aquí está el dinero. El perro es mío.

Guapo Smith, sin quitar las manos de la espalda, empezó a retroceder. Scott se fue corriendo hacia él, levantando los puños como para pegarle. *Guapo* Smith se agachó, anticipándose al golpe.

—Tengo mis derechos —dijo lloriqueando.

—Usted ha perdido cualquier derecho que pudiera tener sobre ese perro —repuso Scott—. ¿Va usted a aceptar el dinero o tendré que pegarle otra vez?

—Está bien —dijo *Guapo* Smith, apresurándose bajo el aguijón del miedo—. Pero acepto el dinero bajo amenaza —agregó—. Ese perro es una mina de oro. No me dejaré robar. Al fin y al cabo todos tenemos nuestros derechos.

—Ciertamente —respondió Scott, dándole el dinero—. Todos tenemos nuestros derechos. Pero usted no es un hombre, es una bestia.

—Espere a que regrese a Dawson —dijo *Guapo* Smith amenazadoramente—. Daré parte a la ley.

—Si abre la boca, cuando llegue a Dawson, haré que lo echen de la ciudad. ¿Entendido?

Guapo Smith respondió con un gruñido.

—¿Entendido? —amenazó el otro repentinamente.

—Sí —gruñó *Guapo* Smith alejándose.

—¿Sí, qué?...

—Sí, señor —aulló *Guapo* Smith.

—¡Tenga usted cuidado! ¡Que le va a morder! —gritó uno de los espectadores. Y se oyó un coro de carcajadas.

Scott dio media vuelta y se acercó a Matt, que intentaba levantar a Colmillo Blanco.

Algunos de los presentes iban a retirarse, otros formaban grupos y charlaban. Tim Keenan se acercó a uno de ellos.

—¿Quién es ése? —preguntó.

—Weedon Scott —le contestaron.

—¿Y quién, por todos los diablos, es Weedon Scott? —preguntó el jugador.

—Es uno de los ingenieros de minas al servicio del Gobierno. Es muy amigo del gobernador y de toda la gente importante. Si quieres vivir en paz, no te cruces en su camino. Es lo único que te digo. Hace buenas migas con los funcionarios del territorio. El comisario de minas es uno de sus mejores amigos.

—Ya supuse yo que era alguien —comentó el jugador—. Por eso le dejé tranquilo desde el comienzo.

5. *El indomable*

ES INÚTIL —CONFESÓ WEEDON SCOTT.

Se sentó en los escalones de su cabaña y miró a Matt, que le respondió con un encogimiento de hombros igualmente desesperado.

Juntos observaron a Colmillo Blanco que, tirando de la cadena a la que estaba atado, con el pelo erizado, mostrando los dientes, con la ferocidad de siempre, trataba de alcanzar a los otros perros que tiraban del trineo. Después de haber recibido varias lecciones de Matt, acompañadas de un palo, los otros animales habían aprendido a dejar solo a Colmillo Blanco. Estaban tumbados a cierta distancia, como si no se percataran de su existencia.

—Es un lobo y no se le puede domesticar —afirmó Weedon Scott.

—No estoy todavía seguro de eso —objetó Matt—. Yo diría que tiene mucho de perro, pero en fin... Sin embargo, hay una cosa de la que estoy seguro y nadie me la podrá quitar de la cabeza.

Matt se detuvo y, con movimiento de cabeza, señaló las montañas lejanas.

—Bueno, no seas tan avaro de lo que sabes —dijo Scott, después de haber esperado un tiempo razonable—.Escúpelo... ¿Qué es?

Matt señaló a Colmillo Blanco con el dedo pulgar hacia atrás.

—Lobo o perro, es igual. Ya ha sido domesticado.

—¡No!

—Le digo que sí. Está hecho al arnés. Fíjese bien. ¿No ve las marcas que le cruzan el pecho?

—Tienes razón, Matt. Era un perro de trineo antes que *Guapo* Smith se hiciera cargo de él.

—Y no veo por qué no podría ser un perro de trineo otra vez.

—¿Tú crees eso? —preguntó Scott muy entusiasmado. Luego la esperanza se desvaneció, cuando añadió—: Hace dos semanas que lo tenemos y, por si fuera poco, ahora es más salvaje que al principio.

—Habría que darle una oportunidad —aconsejó Matt—. Dejarlo suelto por un momento.

Scott le miró escépticamente.

—Sí —dijo Matt—. Ya sé que lo ha intentado, pero usted no cogió un palo.

—Entonces, inténtalo tú.

Matt buscó una vara y se dirigió al animal encadenado. Colmillo Blanco no perdía de vista el instrumento de castigo, como lo haría un león con el látigo del domador.

—Fíjese cómo observa el palo —dijo Matt—. Eso es buena señal. No tiene un pelo de tonto. No me atacará mientras no lo suelte. No está loco, ni mucho menos.

Al aproximarse la mano del hombre a su cuello, Colmillo Blanco erizó el pelo, enseñó los dientes y se echó al suelo. Pero, aunque no dejaba de mirar la mano, tampoco perdía de vista la vara, sostenida en la otra, con la que se le amenazaba. Matt soltó la cadena del collar y retrocedió.

Colmillo Blanco apenas podía comprender que estuviera libre. Había pasado muchos meses en poder de *Guapo* Smith, durante los cuales no había gozado de un instante de libertad, excepto cuando tenía que luchar con otros perros. En cuanto acababa, se le encadenaba de nuevo.

No sabía qué hacer. Tal vez los dioses estaban a punto de perpetrar con él algún acto diabólico nuevo. Avanzó lenta y cuidadosamente, dispuesto a hacer frente a lo que se presentase en cualquier momento. No sabía qué hacer, pues todo era completamente inesperado. Tomó la precaución de apartarse de ambos dioses y de dirigirse prudentemente a un rincón de la cabaña. No ocurrió nada. Estaba completamente perplejo. Volvió sobre sus pasos, deteniéndose a unos cuatro metros de ambos y mirándolos fijamente.

—¿No se escapará? —preguntó su nuevo amo.

Matt se encogió de hombros.

—Hay que correr ese riesgo. La única manera de saber lo que va a pasar es que ocurra.

—¡Pobre diablo! —exclamó Scott, compadeciéndolo—. Lo que necesita es que se le demuestre un poco de afecto —añadió, entrando en la cabaña.

Salió con un trozo de carne, que arrojó a Colmillo Blanco. Éste se alejó de él de un salto y le miró a distancia cuidadosamente.

—¡Eh, tú, Mayor! —gritó Matt, con tono de advertencia, pero demasiado tarde.

Mayor había saltado hacia la carne. Cuando cerró las mandíbulas sobre ella, Colmillo Blanco le golpeó, derribándolo. Matt echó a correr hacia ellos, pero Colmillo Blanco fue más rápido. Mayor consiguió levantarse trabajosamente, pero la sangre que le caía del cuello manchaba la nieve, formando un gran círculo.

—Mala suerte; pero se lo merecía —dijo Scott apresuradamente.

Pero Matt ya había levantado el pie para golpear a Colmillo Blanco. Un salto, unos dientes blancos y una exclamación. Colmillo Blanco retrocedió unos metros, mientras Matt se detenía para examinarse la pierna.

—Me ha mordido —dijo indicando con el dedo el pantalón y el calzoncillo desgarrados, y la sangre que se extendía por momentos.

—Ya te dije que era inútil —dijo Scott con una voz que dejaba traslucir su desilusión—. Lo he pensado varias veces, aunque no quería. No hay más remedio. Es lo único que podemos hacer.

Mientras hablaba, sacó con desgana el revólver y lo abrió para asegurarse de su contenido.

—Oiga, señor Scott —objetó Matt—. Ese perro las ha pasado muy mal. Usted no puede esperar que se porte ahora como un ángel. Déle más tiempo.

—Fíjate en Mayor —replicó el otro.

Matt examinó el perro al que Colmillo Blanco había atacado. Estaba echado en la nieve, en un círculo rojo formado por su sangre. Era evidente que agonizaba.

—Se lo tiene merecido. Usted mismo lo dijo. Trató de quitarle la carne a Colmillo Blanco. Era de esperar. Yo no daría ni un centavo por un perro que no estuviese dispuesto a luchar por su alimento.

—Piensa en ti, Matt. Pase lo del perro, pero hay cosas que no debemos permitir.

—Me está bien empleado —arguyó Matt tercamente—. ¿Por qué tenía que darle una patada? Usted mismo dijo que había hecho bien. Entonces, yo no tenía derecho a pegarle.

—Sería una obra de misericordia pegarle un tiro —insistió Scott—. Es indomable.

—Oiga, señor Scott: déle una oportunidad de rehabilitarse. Hasta ahora no la ha tenido. Ha pasado por un infierno. Es la primera vez que está suelto. Déle una oportunidad, y, si no sale bien, yo mismo lo mataré.

—La verdad es que no quiero matarlo ni que lo mate otro —dijo Scott, guardando el revólver—. Vamos a dejarle suelto, a ver qué hace.

Se fue hacia Colmillo Blanco y empezó a hablarle con dulzura y amabilidad.

—Será mejor que tenga usted un palo en la mano —le aconsejó Matt.

Colmillo Blanco era muy suspicaz. Algo le amenazaba. Había matado a un perro de aquel dios y mordido a su compañero. ¿Qué podía esperar sino un terrible castigo? Pero, a pesar de todo, era indomable. Se le erizó el pelo, mostró los dientes, sin perder de vista al dios, con la mirada atenta por lo que pudiera ocurrir y preparado para lo que fuera. Como el hombre no tenía palo en la mano, permitió que se acercara. La mano del hombre descendía sobre su cabeza. Colmillo Blanco se encogió, con los músculos en tensión, mientras se acostaba. Allí estaba el peligro: alguna traicionera jugarreta o algo parecido. Conocía las manos de los dioses, su habilidad, su destreza para herir. Además, a esto se unía su antigua antipatía a que alguien le tocase. Gruñó aún más amenazadoramente y se echó más, mientras la mano seguía descendiendo. No quería herirla, por lo que aguantó el peligro, hasta que el instinto estalló en él, dominándolo con su insaciable anhelo de vida.

Weedon Scott había creído que sería lo suficientemente rápido como para evitar un mordisco. Pero todavía le quedaba por conocer la notable destreza de Colmillo Blanco, que atacaba con la rapidez y la eficacia de una víbora.

Scott gritó agudamente, con sorpresa, sujetándose con la mano sana la mano desgarrada por el mordisco. Matt lanzó un juramento y se puso a su lado. Colmillo Blanco retrocedió y se echó al suelo, erizado el pelo, enseñando los dientes, con ojos malignos y amenazadores. En aquel momento podía esperar una paliza tan terrible como cualquiera de las que había recibido de las manos de *Guapo* Smith.

—¡Eh! ¿Qué vas a hacer? —exclamó Scott de repente.

Matt había echado a correr hacia la cabaña y salió de ella armado con un rifle.

—Nada —dijo lentamente, con una calma reflexiva—, sólo voy a cumplir mi promesa. Creo que es asunto mío matarlo, como dije que lo haría.

—¡No lo hagas!

—Lo haré. Míreme.

Así como Matt había intercedido por la vida de Colmillo Blanco cuando éste le mordió, ahora le tocaba a Scott.

—Dijiste que había que darle una oportunidad. Dásela. No hemos hecho más que empezar y no podemos abandonar la empresa al principio. Me lo merezco, como tú dijiste. ¡Fíjate!

Colmillo Blanco, a unos doce metros de la esquina de la cabaña, gruñía con una ferocidad que helaba la sangre en las venas no a Scott, sino dirigiéndose a Matt.

—¡Que me maten! —exclamó éste profundamente sorprendido.

—Fíjate lo listo que es —prosiguió Scott apresuradamente—. Conoce tan bien como tú lo que significan las armas de fuego. Debemos darle una oportunidad. Baja esa arma.

—Bueno, está bien —asintió Matt, apoyando el rifle contra una pila de leña.

—Pero, ¡fíjese en eso! —exclamó de inmediato.

Colmillo Blanco se había calmado y dejó de gruñir.

—Vale la pena investigar eso. Observe.

Matt levantó el rifle y en aquel mismo momento Colmillo Blanco gruñó. Se apartó de la trayectoria de la posible bala, después de lo cual dejó de enseñar los dientes.

—Ahora, vamos a ver lo que hace...

Matt levantó lentamente el rifle hasta colocarlo a la altura del hombro. Los gruñidos de Colmillo Blanco comenzaron en cuanto vio lo que hacía Matt, y aumentaron cuando el movimiento llegó a su culminación, momento en el cual saltó de costado, ocultándose detrás de una de las esquinas de la cabaña. Matt se quedó perplejo mirando en la nieve el espacio vacío, que momentos antes había ocupado Colmillo Blanco.

El conductor bajó el arma con solemnidad, volvió la cabeza y dijo a Scott:

—Estoy de acuerdo. Ese perro es demasiado inteligente para que lo maten.

6. *El señor del amor*

CUANDO COLMILLO BLANCO VIO ACERCARSE A SCOTT, se le erizó el pelo y mostró los dientes dispuesto a no aceptar ningún castigo. Habían pasado veinticuatro horas desde que desgarrara con sus dientes la mano que ahora estaba vendada y en cabestrillo. En el pasado, Colmillo Blanco había experimentado castigos con cierta dilación y temía que uno de aquellos pudieran caerle de un momento a otro. ¿Cómo podía ser de otra forma? Había cometido lo que era para él un sacrilegio; había hundido sus dientes en la carne sagrada de un dios, y, lo que era peor, de un dios blanco. De acuerdo con la naturaleza de las cosas, y por su experiencia con los dioses, le aguardaba algo terrible.

El dios se encontraba sentado a algunos metros de distancia. Colmillo Blanco no observó nada peligroso. Cuando los dioses castigaban, estaban en pie. Además, no tenía ni palo ni látigo, ni arma de fuego. Es más, él mismo estaba libre: no le ataba ninguna cadena o palo. En cuanto el dios se levantara se pondría a salvo. Mientras tanto, se decidió a esperar.

El dios continuaba quieto; no había ningún movimiento, y los gruñidos de Colmillo Blanco poco a poco se fundieron en un sonido que se fue consumiendo hasta morir en su garganta. Entonces habló el dios. Al oír sus palabras, se le erizó el pelo y volvió a gruñir. Pero el dios no hizo ningún movimiento hostil y prosiguió hablando con calma. Durante cierto tiempo le hizo coro a Colmillo Blanco, y se estableció una correspondencia entre gruñidos y voz. Pero el dios seguía hablando sin detenerse, diciéndole cosas que no había oído nunca. Hablaba suave y tranquilamente, con una bondad que de alguna extraña manera llegó al corazón de Colmillo Blanco. A pesar de las punzantes advertencias del instinto, comenzó a tener confianza en aquel dios. Tenía una seguridad, que siempre había sido defraudada en su experiencia con los seres humanos.

Al cabo de mucho tiempo el dios se levantó y entró en la cabaña. Colmillo Blanco lo examinó atentamente, cuando volvió a salir. No llevaba ni palo ni látigo ni arma alguna. Ni llevaba detrás de la espalda la mano herida. Se sentó en el suelo, en el mismo lugar que antes, a unos metros de distancia de él. Tenía en la mano un trozo de carne. Colmillo Blanco levantó las orejas e inspeccionó la carne con desconfianza, intentando mirar al mismo tiempo al alimento y al dios, alerta, en previsión de cualquier acto hostil, tenso el cuerpo, pronto para alejarse de un salto al primer signo de agresividad.

El castigo seguía retrasándose. El dios se limitaba a mantener cerca de su hocico un trozo de carne, que no parecía tener nada de malo. Pero Colmillo Blanco no las tenía todas consigo. Aunque le ofrecía la carne con pequeños movimientos de invitación, se negaba a tocarla. Los dioses eran todopoderosos. Era imposible predecir qué jugarreta ocultaba aquel trozo de carne, aparentemente inofensivo. En sus experiencias precedentes, particularmente con las mujeres indias, iban con mucha frecuencia juntos la carne y el castigo.

Al fin el dios arrojó la carne sobre la nieve a las patas de Colmillo Blanco. Éste la olió cuidadosamente, sin mirarla, manteniendo la vista fija en el dios. Nada sucedió. La metió en la boca y se la tragó. Tampoco ocurrió nada. El dios le ofreció otro trozo. Nuevamente se negó a aceptarlo de la mano y otra vez se lo arrojó a las patas, maniobra que se repitió un cierto número de veces, hasta que, finalmente, el dios se negó a tirarla, manteniéndola en su mano y ofreciéndola con tenacidad.

La carne era buena y Colmillo Blanco tenía hambre. Paso a paso, con infinitas precauciones, se acercó a la mano. Por fin se decidió a tomarla de él. No apartaba los ojos del dios, mantenía la cabeza hacia delante, las orejas gachas, y el pelo erizado involuntariamente en la parte del cuello. De su garganta salía un gruñido ronco, que quería dar a entender que no estaba dispuesto a que se jugase con él. Comió la carne trozo a trozo, y nada sucedió. El castigo, sin embargo, seguía retrasándose.

Se relamió y aguardó. El dios seguía hablando. En su voz había bondad, algo que Colmillo Blanco no había experimentado nunca. Y en él se despertaron sentimientos que tampoco había experimentado jamás. Sentía un extraño bienestar, como si satisficiera una necesidad, que había notado largo tiempo, como si se llenara un vacío de su ser. Pero nuevamente le aguijonearon sus instintos y las lecciones de la experiencia pasada. Los dioses eran muy astutos y recurrían a procedimientos para alcanzar sus fines.

¡Ah, eso mismo había pensado él! Allí estaba la mano del dios, hábil para herir, que amenazaba su cabeza. Pero aquél proseguía hablando. Su voz era suave y tranquilizadora. A pesar de la amenaza de la mano, la voz inspiraba confianza, que no bastaba para disipar el otro sentimiento. Colmillo Blanco se debatía entre sentimientos e impulsos contradictorios. Le parecía que iba a estallar hecho trozos, por el dominio que debía ejercer sobre sí mismo, para conservar el equilibrio de aquellas fuerzas que luchaban dentro de él por el predominio.

Se decidió por una solución intermedia. Gruñó, se le erizó el pelo y bajó las orejas. Pero ni mordió ni se alejó de un salto. La mano descendió, acercándose cada vez más. Tocó el extremo de sus erizados pelos, al sentir lo cual se replegó sobre sí mismo. La mano siguió bajando, apretándose contra él. Se agazapó aún más, casi temblando, pero pudo, sin embargo, dominarse, ante la tortura de aquella mano que le tocaba y hacía que se rebelaran sus instintos. No se podía olvidar en un día todo el daño que le habían hecho las manos de los hombres. Pero era la voluntad del dios y trató de someterse.

La mano se elevó y descendió nuevamente, acariciándole. Y así continuó durante un tiempo, pero, siempre que la mano se levantaba, se le erizaba el pelo. Y, cada vez que descendía, replegaba las orejas y salía una voz cavernosa de su garganta. Colmillo Blanco seguía gruñendo en señal de advertencia: anunciaba que estaba preparado para responder a cualquier daño que pudiera recibir. Era imposible predecir cuándo un dios iba a revelar lo que se proponía hacer. En cualquier momento aquella voz suave, que inspiraba confianza, podía estallar en un rugido de rabia y aquella mano gentil y acariciadora convertirse en una garra maligna, que le mantuviera inmóvil, mientras se le castigaba.

Pero el dios seguía hablando suavemente, mientras la mano se levantaba y bajaba en caricias que no parecían hostiles. Colmillo Blanco tenía sentimientos contradictorios. Era algo que iba contra todos sus instintos. Le oprimía, se oponía a la voluntad que había en él de libertad personal. Sin embargo, no era algo que molestara o fuera físicamente doloroso. La caricia, lenta y cuidadosa, se transformó en frotamiento de las orejas, alrededor de su base, lo que aumentó el placer físico. Sin embargo todavía temía y se mantenía alerta, a la espera de alguna desconocida maldad, sufriendo y gozando alternativamente, según el sentimiento que le dominase.

—¡Que me ahorquen!

Esto fue lo que dijo Matt, saliendo de la habitación, remangado, con un balde de agua de lavar los platos en una mano, mientras se detenía asombrado al ver cómo Weedon Scott acariciaba a Colmillo Blanco.

En cuanto su voz rompió el silencio, Colmillo Blanco saltó hacia atrás, gruñendo rabiosamente en dirección a Matt, quien miró a su amo con expresión de desaprobación.

—Si me permite que le diga lo que pienso, señor Scott, me tomaré la libertad de expresarle que es usted peor que diecisiete locos juntos.

Weedon Scott se sonrió con aire de superioridad, se levantó y se acercó a Colmillo Blanco. Le habló con suavidad, pero no durante mucho tiempo. Luego extendió la mano y la posó en la cabeza del lobo, volviendo a acariciarlo. El animal soportó la caricia, sin apartar la vista, no del hombre que le acariciaba, sino del que se encontraba en la puerta de la cabaña.

—Es posible que sea usted el mejor ingeniero de minas del mundo —dijo Matt, hablando como un oráculo—, pero lo cierto es que perdió la gran oportunidad de su vida por no escaparse de su casa cuando era muchacho y haberse puesto a trabajar en un circo.

Colmillo Blanco gruñó al oír el sonido de aquella voz, pero esta vez no se escapó de la mano que le acariciaba la cabeza y el cuello con largos y tranquilizadores movimientos.

Fue el comienzo del fin para Colmillo Blanco: el fin de la antigua vida y del reino del odio. Se anunciaba para él una nueva vida incomprensiblemente más bonita. Se necesitaron muchas reflexiones por parte de Weedon Scott y una paciencia infinita para conseguirlo. Y por la de Colmillo Blanco, una verdadera revolución. Tuvo que olvidar los impulsos del instinto y de la razón, desafiar la experiencia, negarse a sí mismo.

La vida, tal como él la había conocido, no tenía cabida para las cosas que hacía en su nueva existencia. Todas las corrientes de su ser habían fluido en sentido contrario al que experimentaba. En pocas palabras, pensándolo bien, tenía que proceder a un cambio de orientación, mucho mayor que el que le llevó a retirarse voluntariamente del bosque y a aceptar a Castor Gris como amo y señor. En aquellos tiempos era sólo un cachorro, que podía adaptarse fácilmente, sin forma propia, preparado para que la mano de las circunstancias le modelara. Pero ahora era diferente. El trabajo estaba hecho, y demasiado bien, pues lo había transformado y endurecido, había hecho de él un lobo, feroz e implacable, incapaz de sentir amor o de inspirarlo. Para lograr el cambio tuvo que producirse algo parecido a una conversión de su ser cuando carecía ya de la plasticidad de la juventud, cuando sus fibras eran duras y nudosas, cuando su naturaleza había adquirido la dureza del diamante, rígida e incapaz de ceder, cuando su espíritu era de hierro y sus instintos y valores habían cristalizado en una serie de reglas, cautelas, fobias y deseos.

Y, sin embargo, de nuevo, en una nueva dirección, la mano de las circunstancias modificó su índole, ablandando lo que era rígido y dándole mejor fortuna. Es cierto que Weedon Scott era esa mano. Había llegado hasta las raíces de la naturaleza de Colmillo Blanco, y, con su bondad, despertó las potencias vitales que habían languidecido y casi desaparecido. Una de aquellas era el amor, que sustituyó al gusto, que hasta los últimos tiempos había sido el sentimiento más notable que caracterizó su trato con los dioses.

A pesar de ello, el amor no había llegado en un día. Empezó con el gusto y se nutrió en él. Colmillo Blanco no huyó, aunque era libre, pues le gustaba este nuevo dios. Ciertamente era una vida mejor que la que había vivido en la jaula de *Guapo* Smith. Además, era necesario que tuviera un dios, pues una de las necesidades de su naturaleza era estar a las órdenes de un ser humano. Su dependencia quedó definitivamente confirmada en los días primeros de su vida, cuando se alejó del bosque y se arrastró hasta los pies de Castor Gris, sabiendo que le esperaba un castigo. Nuevamente quedó sellado aquel pacto entre Colmillo Blanco y el hombre cuando volvió otra vez del bosque, cuando el largo periodo de hambre hubo terminado y abundó el pescado en el campamento de los hombresdioses indios.

Puesto que necesitaba un dios y prefería a Weedon Scott en lugar de *Guapo* Smith, se quedó en la casa del primero. En demostración de sumisión, se encargó de guardar la propiedad de su amo. Rondaba alrededor de la cabaña, cuando dormían los perros que servían para tirar del trineo. El primer visitante que llegó de noche a la vivienda tuvo que defenderse con un palo, hasta que Weedon Scott vino a salvarlo. Pero Colmillo Blanco aprendió muy pronto a distinguir a los ladrones de la gente honrada, a juzgar por el modo de caminar o de presentarse. Al que se acercaba a la cabaña directamente y con paso firme siempre le dejaba en paz, aunque no le perdía de vista, hasta que la puerta se abría y aparecía su amo y le hacía pasar. Pero, en cambio, hacía huir repentina y apresuradamente, sin dignidad, sin esperar lo que decía Weedon Scott, al hombre que caminaba siguiloso, dando rodeos, mirando a todas partes, tratando de esconderse.

Scott se había impuesto la tarea de redimir a Colmillo Blanco, o, mejor dicho, de redimir a la humanidad del mal que le había causado. Era una cuestión de principios y de conciencia. Creía que el mal inflgido era una deuda de la humanidad y que había que pagarla. Por lo que muy a menudo abandonaba sus quehaceres para ocuparse exclusivamente del *Lobo Guerrero*. Cada día dedicaba un tiempo a acariciar y mimar a Colmillo Blanco y lo hacía durante mucho rato.

En un principio, receloso y hostil, Colmillo Blanco empezó a sentir gusto por sus caricias. Pero había algo que nunca pudo dejar de hacer: gruñir. Y esto desde que empezaba hasta que terminaba de acariciarlo. Pero era un gruñido que incluía una nueva nota en su sonido, que un extraño no hubiera advertido, pues para él la voz de Colmillo Blanco era una manifestación de salvajismo primitivo, que crispaba los nervios y helaba la sangre. Pero su garganta se había endurecido por emitir sonidos roncos, durante muchos años, desde su primer gruñido de enojo cuando era un cachorro, en el cubil, por lo que no podía suavizar ahora su voz para expresar la bondad que sentía. Sin embargo, la simpatía y el oído de Weedon Scott eran lo suficientemente sensibles como para distinguir la nueva nota de ferocidad apagada, que era sólo la más débil de un suave canto de felicidad y que únicamente él podía escuchar.

Poco a poco se aceleró la evolución de *gusto* en *amor*. El mismo Colmillo Blanco empezaba a darse cuenta de ello, aunque no tuviera conciencia de lo que era. Se manifestaba en él como un vacío de su ser, como una especie de hambre, como un vacío doloroso de deseo, que exigía satisfacción. Era dolor e intranquilidad, sentimientos que se calmaban sólo mediante la presencia del nuevo dios. En esos momentos el amor era un placer para él, una satisfacción particularmente intensa. Pero, cuando estaba lejos de su dios, el dolor y el desasosiego regresaban; el vacío que había dentro de él le asaltaba y comprimía y aquella especie de hambre le corroía sin cesar.

Colmillo Blanco estaba en camino de hallarse a sí mismo. A pesar de su madurez, en cuanto a los años, y a la salvaje rigidez del molde que le había formado, su naturaleza experimentaba una expansión. Florecían en él extraños sentimientos e impulsos involuntarios. Se transformaba su viejo código de conducta. En el pasado tendía a buscar su comodidad y a evitar el sufrimiento, le repugnaban el dolor y el esfuerzo, ajustando siempre sus acciones a esas reglas. Ahora era distinto. Los nuevos sentimientos que le dominaban le inducían muchas veces a aceptar la incomodidad y el dolor por su dios. Así, de madrugada, en lugar de dar vueltas o dedicarse a cazar, o echarse en un rincón abrigado, esperaba en los desabridos escalones de la cabaña para ver la cara del hombre. De noche, cuando volvía, Colmillo Blanco abandonaba el plácido lugar donde dormía, que él mismo se había construido en la nieve, sólo para gustar de la caricia en la cabeza o para oír las palabras de saludo. Llegaba a olvidar la carne, incluso la carne, para estar con él o para recibir una caricia o para acompañarlo a la ciudad.

El *amor* había sustituido al *gusto*. El amor, pues, era la sonda que había descendido a las capas más profundas de su ser, hasta donde nunca había llegado, pero de donde emergía ahora, como respuesta, aquella cosa nueva: el amor. Devolvía lo que se le daba. Ciertamente éste era un dios de amor, radiante y lleno de afecto, a cuya luz la naturaleza de Colmillo Blanco se expandía como una flor al sol.

Pero no manifestaba sus afectos con grandes aspavientos.

Era demasiado viejo para eso, y su carácter había adquirido ya demasiada rigidez para que pudiera expresarse en forma desusada. Poseía un dominio demasiado grande de sí mismo, se sentía demasiado fuerte en su propia soledad. Había cultivado durante mucho tiempo la reticencia, el aislamiento y el mal humor. Nunca había aprendido a ladrar en su vida y ya no podía hacerlo, ni siquiera para saludar a su dios. Nunca estaba en su ánimo, nunca era pródigo ni blando en la manifestación de su afecto. Nunca corría a su encuentro, sino que esperaba a una cierta distancia, que mantenía siempre, pues en todo momento se encontraba cerca de él. Su amor parecía algo así como una adoración muda, honda, silenciosa. Expresaba sus sentimientos sólo con la luz de sus ojos, que seguían sin cesar todos los movimientos de Scott. A veces, cuando su amo le hablaba, manifestaba estar poseído de cierta vergüenza, cuya causa era la lucha de su amor por expresarse y su incapacidad física para conseguirlo.

Aprendió a adaptarse a su nuevo método de vida. Entendió que no debía molestar a los perros de su amo. Sin embargo, su naturaleza dominante necesitaba dejar bien claras las cosas y, al principio, tuvo que hacerles entender por la fuerza su superioridad y sus condiciones de líder. Una vez conseguido, tuvo muy pocas dificultades, pues le cedían el paso cuando andaba entre ellos y le obedecían sin rechistar.

De igual modo llegó a tolerar a Matt, como algo que pertenecía también a su mismo amo. Éste rara vez le daba de comer. Lo hacía Matt, puesto que era su obligación. Colmillo Blanco adivinaba de quién era el alimento que comía, aunque se lo diera otro. Matt le ató al trineo e intentó que le arrastrara junto con los otros perros, pero fracasó, hasta que Scott le puso el arnés y le dio a entender que quería que tirara. Lo aceptó como voluntad de su amo, no sólo en el sentido de que contribuyera a arrastrar el trineo sino también en el de que Scott le diese órdenes, como lo hacía con los otros perros.

Los trineos del Klondike se diferenciaban de los del Mackenzie en que tenían patines. Y el método de conducir los perros también era distinto. No se utilizaba la formación en abanico, sino que formaban una fila, uno detrás de otro, tirando de correas dobles a cada lado. Y allí, en el Klondike, el líder de los perros era, desde luego, el líder. El más inteligente y el más fuerte era el líder, y a él era a quien todo el equipo obedecía y temía. El hecho de que Colmillo Blanco se hiciera con ese puesto era inevitable. No podría sentirse satisfecho con menos, tal y como Matt aprendió a costa de muchos disgustos y sinsabores. Colmillo Blanco tomó aquel puesto por sí mismo, y Matt respaldó su decisión, no sin lanzar numerosas imprecaciones y después de haber intentado otras cosas. Pero, aunque trabajaba de día en el trineo, no por eso descuidaba la vigilancia de las propiedades de su amo durante la noche. Así que siempre estaba ocupado, siempre en guardia y fiel, el más valioso de todos los perros.

—Si me permite decir lo que tengo en la punta de la lengua —manifestó Matt un día—, le diré que usted hizo un excelente negocio cuando pagó aquel precio por este perro. Además de romperle la cara, usted estafó a *Guapo* Smith.

Un recrudecimiento de ira centelleó en los grises ojos de Weedon Scott, que murmuró con rabia:

—¡Esa mala bestia!

Al final de la primavera, Colmillo Blanco se sintió muy preocupado. Sin previo aviso desapareció su amo. Se habían producido signos de advertencia, pero él no entendía esas cosas y no comprendía lo que significaba preparar un baúl. Tiempo después recordó que dichos preparativos se habían llevado a cabo antes de la desaparición de Scott, pero en aquel momento nada sospechó. Esa noche esperó que regresara. A medianoche el viento helado le obligó a cobijarse detrás de la cabaña, donde dormitó, sin conciliar por completo el sueño, alerta el oído para escuchar los pasos familiares. A las dos de la madrugada su ansiedad lo indujo a tumbarse en los fríos escalones, donde aguardó.

Pero el amo no llegó. Muy temprano se abrió la puerta y salió Matt. Colmillo Blanco le miró interrogativamente. No existía un lenguaje común mediante el cual habría podido enterarse de lo que quería saber. Pasaron los días, pero el amo no aparecía. Colmillo Blanco, que no sabía lo que era estar enfermo, no podía moverse. Se puso tan malo, que Matt tuvo que meterlo en la cabaña. Al escribir a su jefe, Matt dedicó las líneas finales a Colmillo Blanco.

Weedon Scott, al leer la carta en Circle City, se encontró con lo siguiente:

> *«Ese maldito lobo no trabaja. No come. No le queda ni siquiera valor. Todos los otros perros le hacen correr. Quiere saber de usted y no sé cómo decírselo. Creo que se va a morir.»*

Era como Matt había dicho. Colmillo Blanco había perdido el apetito y el valor, y permitía que cualquiera de los otros perros le golpeara. Estaba tumbado en la cabaña, cerca de la estufa, sin interesarse ni por el alimento ni por la vida ni por Matt, que podía hablarle suavemente o gritarle, pues todo le era indiferente. Lo único que hacía era volver sus tristes ojos al hombre, y luego dejaba caer otra vez la cabeza sobre las patas delanteras, su posición predilecta.

Una noche, mientras Matt leía para sí, moviendo los labios, le hizo saltar de su asiento un gruñido sordo de Colmillo Blanco, que se había incorporado, enderezando las orejas hacia la puerta y escuchando con toda la atención de que era capaz. Un momento más tarde, Matt oyó pasos en los escalones, se abrió la puerta y entró Weedon Scott.

—¿Dónde está el lobo? —preguntó.

Entonces lo descubrió; se encontraba en el sitio donde había estado tumbado, cerca de la estufa. No echó a correr hacia él, como hacen los otros perros. Se quedó quieto, observando y esperando.

—¡Por todos los santos! —exclamó Matt—. ¡Mire cómo mueve el rabo!

Weedon Scott avanzó hasta el medio de la habitación, mientras llamaba a Colmillo Blanco, que se acercó a él repentinamente, pero sin saltar. Comprendía que era demasiado seco en la expresión de sus sentimientos, pero mientras se acercaba sus ojos adquirieron un extraño fulgor. Algo enorme, como una inmensidad de cariño, aparecía en sus ojos, como una luz resplandeciente.

—A mí nunca me miró así, mientras usted estuvo fuera —comentó Matt.

Weedon Scott no le escuchaba. Estaba en cuclillas, cara a cara con Colmillo Blanco, acariciándolo, frotándole la base de las orejas, pasándole la mano desde el cuello al lomo, dándole golpecitos en el espinazo, con los nudillos. Colmillo Blanco gruñía, acentuando poco a poco la nota más aguda de su voz.

Pero aquí no paró la cosa. Su alegría, el cariño que sentía pugnaban por encontrar un nuevo modo de expresión y lo encontró. De repente metió la cabeza entre el brazo y el cuerpo de Weedon Scott. Oculto allí, pues no se le veía de la cabeza más que las orejas, continuó apretándose contra su amo.

Los dos hombres se miraron. A Scott le brillaban los ojos.

—¡Vaya! —atinó únicamente a decir Matt en el colmo del asombro.

Más tarde, cuando se recobró de su sorpresa, agregó:

—Siempre dije que ese lobo era perro. ¡Mírele!

Con el regreso de su amo, Colmillo Blanco recobró rápidamente las fuerzas. Pasó dos noches y un día en la cabaña, luego se quedó fuera. Los otros perros se habían olvidado ya de quién era, recordando sólo las últimas impresiones que tenían de él, de un perro débil y enfermo. Al verle salir de la cabaña, se arrojaron sobre él.

—Que me vengan a contar ahora las riñas que se arman en las tabernas —murmuró Matt, mientras observaba desde la puerta—. ¡Dales una buena, lobo! ¡Un poco más!

Colmillo Blanco no necesitaba que lo animaran: el regreso de su amo bastaba. La vida, espléndida e indomable, corría otra vez por sus venas. Luchó con profunda alegría, encontrando en ello una forma de expresar lo mucho que él sentía y que no podía manifestar de otro modo. El final no podía ser otro: los perros se dispersaron vergonzosamente derrotados. Sólo por la noche se atrevieron a volver, uno a uno, con docilidad y humildad, mostrando a Colmillo Blanco su lealtad.

Como éste había aprendido a meter la cabeza entre el brazo y el cuerpo de su amo, lo practicó con mucha frecuencia.

No podía hacer más, pues le era imposible pasar de ahí. Siempre había sido particularmente celoso de su cabeza. Nunca le gustó que se la tocaran. Era un vestigio del bosque, el miedo al dolor y a la trampa, convertido en pánico, que no le permitía soportar el contacto de otro ser. Sentir libre la cabeza era un mandato de su instinto. Y ahora, cuando la escondía entre el brazo y el cuerpo de su amo, se ponía deliberadamente en una posición en la que hubiera sido inútil e imposible toda lucha. Era la manifestación de su total confianza en él; de su absoluta entrega, como si dijera: «Me pongo en tus manos. Haz de mí lo que quieras».

Una noche, poco después de que regresara, Scott y Matt estaban sentados jugando a las cartas antes de ir a la cama.

—Quince-dos, quince-cuatro y una pareja hacen seis —contaba Matt, cuando se oyó un grito y el sonido de un gruñido. Se miraron el uno al otro y se levantaron sobresaltados.

—¡El lobo ha atacado a alguien! —dijo Matt.

Un grito horrible de miedo y de angustia llegó hasta ellos.

—¡Trae una luz! —gritó Scott mientras corría.

Matt le acompañó con una lámpara, a cuya luz vieron a un hombre que yacía de espaldas en la nieve. Tenía cruzados los brazos sobre la cara y el cuello, con lo que pretendía defenderse de los dientes de Colmillo Blanco. Y la verdad es que lo necesitaba, pues éste se encontraba rabioso y descargaba su ataque con crueldad en el sitio más vulnerable. Desde el hombro hasta la muñeca, la manga del abrigo, la blusa de franela azul y la camiseta estaban hechas jirones, mientras que los brazos se encontraban desgarrados y manaban sangre.

Todo ello lo vieron ambos hombres en un instante. Weedon Scott se apresuró a agarrar a Colmillo Blanco por el cuello y sacarlo de allí, no sin grandes esfuerzos, pues se resistía y enseñaba los dientes, aunque bastó una palabra enérgica de su amo para que se calmara.

Matt ayudó a que la víctima se levantara. Al hacerlo, bajó los brazos que había cruzado sobre la cabeza y apareció el rostro bestial de *Guapo* Smith. Y Matt lo soltó precipitadamente, con la rapidez del hombre que tiene carbones encendidos en las manos. *Guapo* Smith parpadeó, cuando la luz de la lámpara le dio en el rostro. Echó una mirada alrededor y, al ver a Colmillo Blanco, se dibujó en su rostro una expresión de terror.

En ese instante Matt descubrió dos objetos caídos en la nieve. Acercó la lámpara y los señaló con el pie para que los viera su jefe: una cadena de acero para perros y un buen garrote.

Weedon Scott los vio e inclinó la cabeza. Ni una palabra. Matt agarró a *Guapo* Smith por los hombros y le hizo dar media vuelta. No había que decir nada. El otro echó a andar. Y mientras tanto Scott acariciaba a Colmillo Blanco y le hablaba.

—¿Así que te quería robar, eh? Y a ti no te gustó eso. Bueno, bueno, ha cometido un error, ¿verdad?

—Debe haber creído que le atacaban diecisiete demonios juntos —dijo Matt burlonamente.

Colmillo Blanco, nervioso y con el pelo erizado, gruñía; el pelo descendía lentamente y la nota cantarina de su voz se escuchaba remota y apagada, aunque crecía en intensidad.

QUINTA PARTE

1. *La larga senda*

FLOTABA EN EL AIRE. COLMILLO BLANCO PRESENTÍA LA proximidad de una calamidad antes de tener prueba evidente de ella. De una manera vaga comprendió que se avecinaba un cambio. No sabía cómo ni por qué, pero había percibido por parte de los dioses lo que iba a suceder. De un modo más sutil de lo que ellos sospechaban, delataron sus intenciones al perro-lobo que rondaba la cabaña, y que, aunque ahora no entraba en ella, sabía lo que pasaba en sus mentes.

—¡Escuche usted eso! —exclamó Matt una noche mientras cenaban.

Weedon Scott escuchó. A través de la puerta se oía un aullido prolongado y ansioso, parecido a un sollozo reprimido. Luego, cuando Colmillo Blanco se aseguró de que su dios aún estaba dentro y que no había emprendido su largo y solitario viaje, produjo un largo olfateo.

—Creo que ese lobo se ha encariñado con usted —dijo Matt.

Weedon Scott echó una mirada a su camarada con ojos que querían expresar un ruego, aunque sus palabras lo desmentían.

—¿Cómo diablos puedo llevarme un lobo a California? —preguntó.

—Eso es lo que digo yo —respondió Matt—. ¿Qué diablos puede usted hacer con un lobo en California?

Pero aquello no satisfizo a Weedon Scott. El otro parecía juzgarle sin comprometerse.

—Los perros de allí no podrán hacerle frente —continuó Scott—. Los mataría en cuanto los viera. Me obligaría a declararme en quiebra, a fuerza de pagar daños y perjuicios a todos los vecinos. La policía me lo quitaría para electrocutarlo.

—Sé que es un verdadero asesino —comentó Matt.

Weedon Scott le miró inquisitivamente.

—No funcionaría —dijo, con decisión.

—No funcionaría —corroboró Matt—. Usted tendría que contratar a un hombre tan sólo para cuidarlo.

Weedon Scott ya no se mostraba receloso. Inclinó la cabeza en señal de rotundo asentimiento. En el silencio que siguió a las últimas palabras se oyó nuevamente lo que parecía un sollozo ahogado y después el olfateo insistente e inquisitivo.

—Es imposible negar que lo quiere mucho —insistió Matt.

El otro le miró poseído repentinamente de rabia.

—¡Maldita sea! ¡Si sabré yo lo que me conviene!

—Estoy de acuerdo con usted, sólo que...

—¿Sólo que…? —inquirió Scott de pronto.

—Sólo... —dijo Matt suavemente, pero en seguida cambió de idea, dejando traslucir su propia rabia—. Bueno, usted no tiene por qué enfadarse por ello. A juzgar por sus actos se podría decir que no sabe qué hacer.

Weedon Scott luchó consigo mismo durante un momento, después dijo:

—Tienes razón, Matt. No sé qué hacer y ahí está el problema.

—Sería absurdo llevarme ese perro —estalló después de una pausa.

—Estoy de acuerdo con usted —contestó Matt, sin que por ello Scott quedara satisfecho.

—Pero, ¿cómo diablos sabe que usted se va? Yo no lo entiendo —prosiguió ingenuamente Matt.

—Es más de lo que puedo entender —respondió Scott, sacudiendo tristemente la cabeza.

Por fin llegó un día en el que Colmillo Blanco, a través de la puerta abierta, vio el baúl fatal en el suelo, dentro del que su amo metía las cosas. Iba y venía gente, y la atmósfera, antes tan tranquila, de la habitación estaba extrañamente perturbada. Era imposible cerrar los ojos a la evidencia. Colmillo Blanco ya lo había presentido mucho antes, pero ahora lo razonaba. Su dios se preparaba para un largo viaje, y, puesto que no le había llevado consigo la primera vez, era de esperar que ahora tampoco lo hiciera.

Esa noche lanzó el largo aullido del lobo, como había hecho cuando era cachorro, cuando volvió aterrorizado del bosque al campamento, para encontrar que había desaparecido y que no quedaban de él sino montones de escombros, que indicaban dónde había estado la cabaña de Castor Gris. Dirigió el hocico hacia las estrellas y les cantó su tristeza.

Dentro de la habitación los dos hombres se disponían a acostarse.

—Ha dejado de comer otra vez —observó Matt desde su catre.

Scott murmuró algo incomprensible y se revolvió dentro de las mantas.

—A juzgar por lo que hizo cuando usted se fue, no me sorprendería que se muriese.

En el otro catre se agitaron las mantas aún más intensamente.

—¡Cállate de una vez! —gruñó Scott en la oscuridad—. ¡Eres peor que una mujer!

—Estoy de acuerdo con usted —respondió Matt; y Scott se preguntó si su compañero se estaba burlando de él.

A la mañana siguiente, la ansiedad y la intranquilidad de Colmillo Blanco eran todavía más evidentes. No perdía de vista a su amo, lo seguía en cuanto salía de la cabaña, y no se apartaba de la puerta en cuanto entraba. Al baúl se habían unido ahora dos maletas y una caja. Matt enrollaba las mantas y el abrigo de pieles y lo colocaba en un pequeño saco impermeable. Colmillo Blanco no pudo disimular su angustia al ver aquello.

Más tarde llegaron dos indios. Los observó cuidadosamente, mientras cargaban, por el camino que conducía al valle, los dos bultos sobre sus hombros, guiados colina abajo por Matt, que conducía el atadillo de la ropa de cama y el baúl. Colmillo Blanco no les siguió, pues el amo estaba dentro de la cabaña. Al poco tiempo regresó Matt. El amo salió a la puerta e hizo entrar a Colmillo Blanco.

—¡Pobre animal! —dijo amablemente, mientras le acariciaba las orejas y le daba palmadas en el lomo—. Voy a emprender un largo viaje y tú no puedes venir conmigo. Dame un buen gruñido, el último, el de despedida.

Pero Colmillo Blanco no quiso hacerlo. En su lugar, después de echarle una mirada inteligente y escrutadora, metió su cabeza entre el brazo y el cuerpo de su amo.

—¡Por allí resopla el barco! —gritó Matt. Desde el Yukon llegó el ruido de la ronca sirena de un barco—. ¡Dése prisa! Cierre bien la puerta de adelante, yo haré lo mismo con la de atrás. ¡Vámonos!

Las dos puertas se cerraron de golpe en ese mismo momento. Scott esperó a que Matt llegara al frente de la cabaña, desde cuyo interior se oían otra vez aquellos sollozos ahogados y el olfateo intenso de Colmillo Blanco.

—Debes cuidarlo mucho, Matt —dijo, cuando se pusieron en camino—. Escríbeme cómo le va.

—Claro que lo haré —aseguró Matt—. Pero escuche eso, ¡escúchelo!

Ambos se detuvieron. Colmillo Blanco aullaba como un perro a quien se le ha muerto el amo. Gritaba su profundo dolor, quebrándose el grito a medida que se elevaba en gemidos que destrozaban el corazón, para morir en un lamento tristísimo, elevándose otra vez con cada nuevo ataque de dolor.

El *Aurora* era el primer barco que llegaba desde el exterior en aquella estación del año. Sus puentes estaban llenos de aventureros con dinero y de empobrecidos buscadores de oro, tan ansiosos los unos como los otros por salir de allí, con ganas de penetrar en la región. Cerca de la pasarela de embarque, Scott iba a estrechar la mano de Matt, que se preparaba a dejar el barco. Pero ambas manos nunca se encontraron, pues la de Matt se quedó en el aire al ver algo sobre el puente: sentado allí, a varios metros de distancia, observándoles con mirada inteligente, estaba Colmillo Blanco.

Matt lanzó por lo bajo una imprecación, muy asustado. Scott estaba tan asombrado que no acertaba a decir nada.

—¿Cerró usted con llave la puerta? —preguntó Matt.

El otro asintió con la cabeza y preguntó:

—¿Y la puerta de atrás?

—Puede apostar que sí —fue la decidida respuesta.

Colmillo Blanco bajó las orejas, como si quisiera congraciarse, pero no intentó acercarse.

—Tendré que llevarlo a tierra conmigo.

Matt avanzó unos pasos hacia Colmillo Blanco, pero éste se alejó tranquilamente y sin prisa. Su perseguidor echó a correr detrás de él, pero lo que trataba de alcanzar se deslizaba velozmente entre las piernas de los hombres. Agachándose, dando vueltas, encorvándose, se deslizaba por el puente, eludiendo los esfuerzos del hombre por capturarlo.

Pero, cuando habló el dios del amor, Colmillo Blanco obedeció al instante.

—No viene a las manos que le han alimentado todos estos meses —exclamó resentido Matt—. Usted nunca le dio de comer, excepto los primeros días, cuando trabaron amistad. Que me ahorquen si comprendo cómo sabe que usted es el amo.

Scott, que acariciaba a Colmillo Blanco, se inclinó sobre él y descubrió que tenía varias heridas frescas, en especial una entre los ojos.

Matt se inclinó y pasó la mano por el vientre del animal.

—Eso es. Nos olvidamos de la ventana. Tiene varias heridas en el vientre. Debe haberla atravesado como un proyectil.

Pero Scott no le escuchaba. Estaba pensando con rapidez. La sirena del *Aurora* dio la última señal para que los visitantes salieran del barco. Los hombres corrían por la pasarela hacia la orilla. Matt se quitó la bufanda que llevaba alrededor del cuello y se dispuso a ponérsela a Colmillo Blanco, a manera de collar, pero Scott le detuvo.

—Bueno, adiós, Matt... En lo que respecta al lobo, no hace falta que escribas..., verás... Me he decidido...

—¡Cómo! —estalló Matt—. ¡No irá usted a llevárselo!

—Eso es lo que pienso hacer. Aquí está tu bufanda. Ya te escribiré.

Matt se detuvo en la mitad de la pasarela.

—No soportará el clima —gritó—, a menos que le corte usted el pelo en verano.

Alzaron la pasarela. El *Aurora* se separó de la orilla, mientras Weedon Scott saludaba por última vez. Después se dirigió hacia Colmillo Blanco y se detuvo a su lado.

—Ahora puedes aullar cuanto gustes, condenado —dijo mientras le acariciaba la cabeza y las orejas.

2. *Las tierras del Sur*

COLMILLO BLANCO DESEMBARCÓ EN SAN FRANCISCO. El miedo lo invadía. En lo más hondo de su ser, más allá de cualquier razonamiento o acto consciente, siempre había asociado el poder con la divinidad. Jamás el hombre blanco le había parecido tan maravilloso como entonces, cuando trotaba por las estrechas calles de la ciudad. Las casas de troncos que había conocido habían sido sustituidas por edificios como torres. Las calles estaban llenas de peligros: camiones, automóviles, grandes y fuertes caballos que arrastraban enormes cargas, tranvías eléctricos, que parecían colgar de un cable, que aullaban y hacían sonar sus campanas entre la niebla, con el mismo grito agudo de los linces que él había conocido en las tierras del Norte.

Todo aquello eran manifestaciones de poder. A través de ellos, detrás de ellas estaba el hombre, gobernando e inspeccionando, expresándose a sí mismo, como siempre, mediante su dominio sobre la materia. Era algo colosal y gigantesco, que espantaba a Colmillo Blanco. Así como había sentido su pequeñez y debilidad, cuando siendo todavía cachorro llegó desde el bosque a la aldea de Castor Gris, ahora, cuando había llegado a la edad adulta, alcanzando el máximo desarrollo, se sentía igualmente impotente. ¡Había tantos dioses! Le causaba vértigo su abundancia. El ruido de las calles le rompía los oídos. Le mareaba aquel continuo fluir y moverse de las cosas. Como nunca, sintió que dependía de su amo, al que pisaba los talones y no perdía de vista pasara lo que pasara.

Pero Colmillo Blanco iba a tener más de una pesadilla en la ciudad; algo así como un mal sueño, terrible e irreal, que le persiguió durante mucho tiempo después en sus sueños. En dicha visión su amo lo colocaba en un vagón de carga, amarrándolo en un rincón, entre un montón de maletas y baúles. Allí mandaba un dios gordo y de color bastante oscuro, que muy ruidosamente arrastraba la carga de un lado para otro a través de la puerta y la amontonaba, o, al revés, la echaba afuera, con un estrépito enorme, donde la agarraban otros dioses, que estaban esperando.

Y en aquel infierno donde se guardaba la carga Colmillo

Blanco era abandonado por su amo. Por lo menos eso pensaba el lobo, hasta que por el olfato descubrió los baúles de su señor entorno suyo, decidiéndose entonces a montar guardia sobre ellos.

—Ya era hora de que viniera usted —gruñó el dios oscuro, una hora más tarde, cuando apareció Weedon Scott por la puerta—. Este perro suyo no me deja tocar nada.

Colmillo Blanco se quedó asombrado al salir del vagón, pues había desaparecido la ciudad de pesadilla. El vagón del tren no había sido para él más que una habitación como cualquier otra, en la que, una vez dentro, la ciudad parece que no existe. Por lo menos ya no le dolían los oídos del ruido. Ante él se extendía un plácido paisaje campesino bañado por el sol, e invadido de una calma que daba la impresión de holganza. Pero tuvo muy poco tiempo para maravillarse de la transformación. La aceptó resignado, como tantas otras cosas inexplicables de los dioses. Era su manera de actuar.

Les esperaba un carruaje. Un hombre y una mujer se acercaron al amo. La última pasó su brazo por la espalda del dios y lo atrajo hacia sí; un acto hostil. Weedon Scott se libró inmediatamente del abrazo y agarró a Colmillo Blanco, que estaba convertido en un demonio furioso.

—Está bien, madre —decía Scott sin soltar a Colmillo Blanco, tratando de calmarlo—. Creyó que ibas a hacerme daño, y él no podía permitirlo. Está bien. Está bien. Aprenderá pronto.

—Mientras tanto, espero que podré abrazarte cuando el perro no esté cerca —dijo la señora riendo, aunque estaba pálida y asustada.

Miró a Colmillo Blanco, que enseñaba los dientes y tenía una mirada amenazadora.

—Tendrá que aprender. Empezaremos en seguida, sin dejarlo para más tarde —dijo Scott.

Habló suavemente a Colmillo Blanco, hasta que éste se

tranquilizó. Entonces su voz se hizo firme, ordenándole que se echara, una de las cosas que su amo le había enseñado, y que el perro-lobo hizo esta vez resistiéndose y de mala gana.

—Ven, madre.

Scott extendió los brazos sin perder de vista a Colmillo Blanco.

—¡Abajo! —advirtió—. ¡Abajo, quieto!

Colmillo Blanco erizó el pelo en silencio, levantó la cabeza y volvió a echarse otra vez, mientras observaba cómo se repetía aquel acto hostil. Pero de aquel acto no resultó ningún daño ni para su dios ni para los otros dioses. Después de colocar el equipaje en el carruaje, al que subieron su amo y los extraños dioses, Colmillo Blanco le siguió, siempre vigilante, unas veces detrás del carruaje, otras al lado de los caballos, para advertirles que él estaba allí y que no iba a permitir que hicieran ningún daño a su amo.

Pasado un cuarto de hora, el carruaje atravesó un portón de piedra y entró por una avenida, a cuyas orillas crecían nogales. Más allá se extendían praderas, en las que, a trechos irregulares, se elevaban grandes robles. Cerca, los campos de heno lucían su áureo color al sol, contrastando con el verde que se interponía entre ellos y el camino. Aún más allá, se observaban colinas pardas y altos árboles. Y al fondo se alzaba majestuoso un gran caserón en el que se abrían muchas ventanas.

Colmillo Blanco apenas tuvo tiempo de observar todo aquello. En cuanto el carruaje atravesó el portón, un perro pastor, de ojos brillantes y hocico afilado le atacó furioso y colérico con toda razón. Se colocó entre él y su amo, bloqueándole el paso. Colmillo Blanco no enseñó los dientes, ni dio ninguna otra señal de advertencia, pero su pelo se erizó mientras corría hacia el otro animal, dispuesto a dar el golpe mortífero. Pero aquel ataque no se consumó. Se detuvo bruscamente, tratando de frenar su impulso, casi sentándose sobre las patas traseras. Tal era el deseo de evitar el contacto con aquél a quien iba a atacar.

Era una hembra y la ley de su raza extendía una barrera protectora entre los sexos. Enfrentarse a ella habría sido una violación de sus instintos.

Pero ella no pensaba así, pues, como hembra, no tenía ese instinto. Además, por pertenecer a la raza de los perros pastores su miedo inconsciente del bosque, y especialmente del lobo, era extraordinariamente intenso. Para ella Colmillo Blanco era un lobo, el merodeador hereditario, que había atacado sus rebaños, desde el primer día en que un hombre confió a sus antepasados la protección de sus ovejas. Y así, mientras él frenaba su ataque y trataba de evitar su contacto, ella saltó sobre él. Colmillo Blanco mostró involuntariamente los dientes al sentir los de la perra en su cuello, pero no hizo ningún intento de atacarla. Retrocedió, tímido, tiesas las patas, tratando de dar un rodeo para evitarla. Se desvió del camino, dio vueltas, intentó pasarla: todo fue inútil; ella siempre se encontraba entre él y el camino que quería seguir.

—¡Ven aquí, Collie! —gritó el hombre desconocido desde el carruaje.

Weedon Scott se rió.

—No se preocupe usted, padre. Es una buena disciplina. Colmillo Blanco tendrá que aprender muchas cosas, y es mejor que empiece ahora mismo. Ya aprenderá.

El carruaje seguía su camino, pero Collie se interponía siempre entre el carruaje y él. Intentó salir del atolladero, metiéndose por la pradera, pero ella corría por el círculo interior más pequeño y siempre estaba allí, encarándole con sus dos hileras de blancos dientes. De nuevo volvía a describir un círculo a través de la carretera y de nuevo ella le salía al paso.

El carruaje donde iba el amo se perdió de vista en la lejanía. Colmillo Blanco todavía pudo verlo, antes que desapareciera entre los árboles. La situación era desesperada. Intentó dar otra vuelta, pero Collie lo seguía siempre, corriendo a gran velocidad. De repente se volvió hacia ella. Se trataba de un antiguo truco de pelea. Hombro contra hombro la golpeó de lleno. No sólo la volteó, sino que le hizo dar varias vueltas sobre sí misma, mientras trataba inútilmente de detenerse, aullando agudamente de indignación y de orgullo herido.

Colmillo Blanco no esperó más. Quedaba libre el camino y eso era lo que necesitaba. Echó a correr, seguido por Collie, que no cesaba de ladrar. El camino se abría en línea recta ante él, por lo que podía enseñarle unas cuantas cosas a su enemiga, que corría con la energía de que era capaz, histéricamente, denunciando a cada paso el esfuerzo que le costaba, mientras Colmillo Blanco se deslizaba sin esforzarse, alejándose silenciosamente, como si fuera una sombra que corriera por el sendero.

Al dar vuelta a la casa por la *porte-cochère* [puerta de carruajes], se topó con el carruaje. Se había detenido y su amo estaba descendiendo. En aquel momento, mientras corría a toda velocidad, Colmillo Blanco se dio cuenta de pronto de que le atacaban de costado. Era un galgo, utilizado para la caza de venados, que se abalanzaba sobre él, y Colmillo Blanco intentó evitarlo. Pero corría con demasiada rapidez y el perro estaba ya muy cerca. Le golpeó en el costado con tal fuerza y velocidad, que Colmillo Blanco cayó al suelo, dando una vuelta completa. Se incorporó inmediatamente poseído de una furia loca, las orejas echadas hacia atrás, los labios retorcidos, el hocico fruncido, sus dientes apretados, tras haber fallado por muy poco el mordisco en la blanda garganta de su atacante.

El amo corría hacia ellos, pero estaba demasiado lejos, por lo que fue Collie la que salvó la vida del perro. Llegó exactamente en el momento en que Colmillo Blanco se disponía a echarse otra vez sobre su enemigo para cercenarle la yugular, esta vez sin errar el golpe. Colmillo Blanco lo había engañado con sus maniobras y había corrido más velozmente que él, sin contar con que lo había tumbado sin contemplaciones. Cayó sobre él como un huracán de indignación ofendida, rabia justificada y odio instintivo hacia aquel merodeador del bosque.

Golpeó a Colmillo Blanco en el costado derecho, cuando iba a saltar de nuevo, y rodó por el suelo.

En aquel instante llegó el amo, y con una mano apartó a Colmillo Blanco, mientras su padre llamaba a los otros.

—Creo que es una buena recepción para un pobre lobo solitario del Ártico —dijo el amo mientras tranquilizaba a Colmillo Blanco, acariciándolo—. En toda su vida sólo se sabe que lo hayan tumbado una vez, y aquí ya lo han hecho dos veces en treinta segundos.

El carruaje se alejó. Otros dioses desconocidos salieron de la casa. Algunos se mantuvieron a una respetuosa distancia, pero dos mujeres realizaron el acto hostil de abrazar al amo. Sin embargo, Colmillo Blanco empezaba a tolerarlo, pues no parecía que tenía malos efectos. Por otra parte, los ruidos que hacían los dioses no eran amenazadores. Aquellos dioses incluso pretendieron hacerle carantoñas a Colmillo Blanco, pero él los espantó con un gruñido, y el amo lo corroboró con palabras. En estas ocasiones Colmillo Blanco se apretaba estrechamente contra las piernas de Scott, mientras éste le tranquilizaba con golpecitos en la cabeza.

El perro, a la orden de «¡Dick, échate!», había subido los escalones y se había tumbado en el porche, sin dejar de gruñir y de vigilar estrechamente al intruso. Una de las mujeres se había acercado a Collie, abrazándola y acariciándola, pero ella estaba todavía perpleja y ofendida, quejumbrosa y desasosegada, herida en sus sentimientos por la presencia de aquel lobo y plenamente convencida de que sus amos cometían un error.

Todos los dioses subieron las escaleras para entrar en la casa. Colmillo Blanco siguió a su amo. En el porche, Dick gruñó, a lo que no dejó de responder Colmillo Blanco del mismo modo, y, además, erizando el pelo.

—Haz que entre Collie y que esos dos arreglen sus diferencias como puedan —sugirió el padre de Scott—. Después se harán amigos.

—En ese caso, para probar su amistad, Colmillo Blanco será uno de los principales asistentes al funeral de Dick —contestó su hijo, riéndose.

El viejo Scott miró con incredulidad, primero a Colmillo Blanco, luego a Dick y finalmente a su hijo.

—Quieres decir que...

Weedon asintió:

—Eso mismo. Dick estará muerto en un minuto, en dos como mucho.

Se volvió hacia Colmillo Blanco.

—Vamos, lobo, es a ti a quien hay que encerrar —dijo, dirigiéndose a Colmillo Blanco.

Éste subió los peldaños con las patas rígidas, levantado el rabo, sin apartar los ojos de Dick, en guardia contra un posible ataque de costado, preparado, al mismo tiempo, contra cualquier cosa desconocida que pudiese asaltarle desde el interior de la casa. Pero no sucedió nada. En cuanto estuvo adentro, observó cuidadosamente a su alrededor, buscando el peligro sin encontrarlo. Entonces se echó con un gruñido de satisfacción a los pies de su amo, observando todo lo que pasaba, siempre dispuesto a brincar y a luchar por su vida contra los peligros que sentía que le acechaban en esa especie de trampa que era para él el tejado de la morada.

3. *Los dominios del dios*

No SÓLO ERA COLMILLO BLANCO UN SER ADAPTABLE por naturaleza, sino que además había viajado mucho y conocía el significado y la necesidad de acomodarse al ambiente. En Sierra Vista, nombre de la propiedad del juez Scott, aprendió pronto a sentirse como en su casa. No tuvo ningún otro conflicto serio con los perros. Ellos sabían mucho más que él sobre los métodos de los dioses de las tierras del Sur, y, a sus ojos, Colmillo Blanco adquirió carta de ciudadanía cuando los dioses le hicieron entrar en casa. Aunque era un lobo, y se tratara de un caso sin precedentes, los dioses habían permitido su presencia, y a los perros de los dioses no les quedaba más remdio que reconocer su voluntad.

Dick tuvo que pasar algunos malos ratos antes de aceptar a Colmillo Blanco como parte de la finca. Si las cosas hubieran sucedido como deseaba el perro, habrían sido buenos amigos, pero a Colmillo Blanco no le gustaban las amistades. Pedía a los de su especie que le dejasen tranquilo. Toda su vida se había mantenido alejado de los de su raza y ahora tampoco deseaba otra cosa. Le aburrían los intentos de Dick para entablar amistad, por lo que le obligaba a alejarse mostrándole los dientes. En el Norte había aprendido la lección de que no debía molestar a los perros de su amo, y todavía no había olvidado aquella amenaza. Pero insistía en su propia soledad y en su autorreclusión, y aparentaba ignorar la presencia de Dick, de tal modo que aquella criatura tan bondadosa se dio por vencida y acabó por hacerle tanto caso como al poste donde se ataban los caballos, que estaba cerca del establo.

Con Collie fue diferente. Si bien ella le aceptaba por ser un mandato de los dioses, eso no significaba que debía dejarle en paz. Frescos en su memoria estaban los crímenes sin número que Colmillo Blanco y los de su raza habían cometido contra la de Collie. Ni en un día ni en una generación sería posible olvidar los destrozos que habían causado en las majadas. Todo esto la aguijoneaba, la inducía a tomarse venganza. No podía atacarle delante de los dioses, que permitían su presencia, pero eso no era impedimento para que le hiciera la vida imposible con pequeñas molestias. Entre ellos se alzaba un muro de enemistad desde antiguo, que ella se encargaría de que él no olvidase.

Collie se aprovechaba de su sexo para agredir a Colmillo Blanco y maltratarlo. El instinto del lobo no le permitiría atacarla, pero su insistencia no permitiría que la ignorara. Cuando ella le atacaba, él apartaba su paletilla protegida por la piel de sus afilados dientes, y luego se alejaba con las patas rígidas, orgullosamente. Cuando insistía demasiado, Colmillo Blanco estaba obligado a describir un círculo, presentando siempre la paletilla y alejando la cabeza con una expresión resignada y aburrida en sus ojos. Sin embargo, a veces, un mordisco en los cuartos traseros aceleraba su retirada, y lo hacía de cualquier manera menos de forma majestuosa. Pero casi siempre se las arreglaba para mantener su dignidad. En cuanto le era posible, fingía ignorar su existencia e intentaba apartarse de su camino. Si la oía o la veía venir, se levantaba y se iba.

Había otras muchas cosas que Colmillo Blanco tenía que aprender. La vida en las tierras del Norte era la simplicidad misma comparada con la complejidad de Sierra Vista. Sobre todo debía conocer a la familia de su amo, para lo cual estaba relativamente preparado, pues así como Mit-sah y Klu-Kuch pertenecían a Castor Gris, y compartían su fuego, su alimento y sus mantas, así todos los habitantes de Sierra Vista pertenecían a su amo.

Existían, sin embargo, algunas diferencias. Sierra Vista era una casa mucho más compleja que la tienda de Castor Gris, pues había que tener presente a un número mayor de personas: el juez Scott y su esposa, las dos hermanas de su amo, Beth y Mary. Estaba Alice, su esposa, y sus hijos, Weedon y Maud, de cuatro y seis años de edad, respectivamente. No había nadie capaz de explicarle la existencia de todas esas personas y de sus mutuos lazos de sangre, pues Colmillo Blanco no sabía lo que era el parentesco y nunca sería capaz de comprenderlo. Sin embargo muy pronto se dio cuenta de que todas aquellas personas eran posesión de su amo. Entonces, gracias a que observaba cuanto podía, por el estudio de las acciones, el discurso y el tono de su voz fue aprendiendo poco a poco la intimidad y el grado de favoritismo del que ellos disfrutaban por parte del jefe. Y acorde con esto, Colmillo Blanco las trataba en consecuencia. Lo que era valioso para su amo lo era también para él; lo que él amaba, Colmillo Blanco lo estimaba y vigilaba cuidadosamente.

Así sucedió con los dos niños. Siempre había odiado a las criaturas, pues temía sus manos. En los campamentos de los indios no había aprendido lecciones cariñosas de ellos, sino de tiranía y crueldad. Cuando Weedon y Maud se le acercaron por vez primera, gruñó como una advertencia, y su mirada adquirió un fulgor peligroso. Un golpe del amo y unas palabras enérgicas le indujeron a permitir sus caricias, aunque gruñó y gruñó, mientras aquellas manitas paseaban por su lomo, sin que su voz tuviera ninguna nota de ternura. Más tarde comprendió que el chico y la chica eran muy valorados por su amo. Entonces se hicieron innecesarios los manotazos y las palabras duras antes de que le acariciasen.

Sin embargo, Colmillo Blanco no fue nunca efusivamente cariñoso. Cedía a los deseos de los hijos de mala gana, aunque honradamente. Soportaba sus tonterías, propias de chiquillos, como un hombre que se somete a una operación dolorosa. Cuando ya no podía aguantar más, se levantaba y se alejaba con paso altivo. Pero después de algún tiempo llegó a quererlos, aunque todavía sin demasiadas demostraciones. Nunca se levantaba para recibirles, pero, en lugar de alejarse al verlos, esperaba hasta que ellos se acercaran. Más adelante, alguien notó que se le iluminaban los ojos, cuando les veía acercarse, y que los seguía con una mirada triste, como si se sintiera abandonado, cuando se alejaban para dedicarse a otros juegos.

Tenía muchas cosas que aprender y necesitaba tiempo. Después de los niños, a quien más respetaba era al juez Scott. Posiblemente había dos razones para ello: La primera, que él era una valiosa posesión para su amo, y la segunda, que era muy reservado. A Colmillo Blanco le gustaba echarse a sus pies, cuando leía el periódico, sentado en el porche, y de vez en cuando le obsequiaba con una mirada o con una palabra, demostraciones de que reconocía la presencia y existencia del perro-lobo. Pero sólo hacía eso cuando su amo no estaba cerca, pues, en cuanto aparecía, todas las otras cosas dejaban de existir para él.

Colmillo Blanco permitía que todos los miembros de la familia le acariciasen, pero nunca les pagaba como al amo. Ninguna de sus caricias podía hacer que apareciera en su voz aquella nota de ternura, y, por mucho que lo intentasen, no podían conseguir que metiera su cabeza debajo del brazo. Esta manifestación de sosiego y de entrega, de absoluta confianza, la reservaba sólo para él. De hecho, nunca tuvo a los miembros de la familia en otra consideración que no fuera la de posesiones de su amo.

Colmillo Blanco discernía perfectamente a los familiares de la servidumbre, que le tenía miedo, aunque él se abstenía de atacarlos, pues los consideraba también parte de la propiedad. Entre ellos y Colmillo Blanco existía una especie de neutralidad: sólo eso. Preparaban la comida del amo, limpiaban los platos y hacían las mismas cosas que había hecho Matt allá en el Klondike. En una palabra, pertenecían a la casa.

Fuera de la casa, Colmillo Blanco tenía aún mucho que aprender. Los dominios del amo eran amplios y complejos, aunque tenían sus límites. La tierra acababa en el camino principal. Más allá se encontraban los dominios comunes de todos los dioses: los caminos y calles. Luego, detrás de las vallas, se encontraban los dominios particulares de otros dioses. Un número infinito de leyes reglamentaba todas estas cosas y determinaba la conducta de cada uno. Pero él no dominaba su lenguaje ni tenía otra forma de aprender las leyes sino a través de la experiencia. Obedecía sus impulsos naturales hasta que entendía que había violado alguna ley. Después de varios errores, la aprendía y la observaba atentamente.

Pero lo que más pesaba en su educación eran los manota-zos o una palabra de censura de su amo. Por el cariño que le tenía, un simple golpe del amo era para él más doloroso que cualquiera de los palos que había recibido de Castor Gris o de *Guapo* Smith, pues ellos sólo herían su carne, debajo de la cual el espíritu rabiaba siempre, espléndido e indomable. Pero los golpes de Scott eran siempre demasiado superficiales como para herirle la carne. Sin embargo, su huella era mucho más profunda. Eran la manera en que su amo manifestaba su desaprobación, y el espíritu de Colmillo Blanco se retorcía debajo de ellos.

De hecho, casi nunca le pegaba, pues bastaba con una advertencia verbal, por lo que Colmillo Blanco sabía si actuaba bien o no, y a eso ajustaba su conducta y sus acciones. Era la brújula con la que se orientaba y aprendía a sortear los peligros de las costumbres de aquella nueva tierra y de su vida, tan distinta de la anterior.

En las tierras del Norte el único animal doméstico era el perro. Todos los otros vivían en la estepa y en el bosque, y, si bien no eran muy grandes, constituían la presa legítima de cualquier perro. Durante toda su vida Colmillo Blanco había matado las cosas vivas para poder subsistir. No se le pasaba por la mente que allí fuera distinto. Pero tuvo que aprenderlo en aquella finca del valle de Santa Clara. Paseando alrededor de la casa, una mañana temprano, tropezó con un pollito que se había escapado del gallinero. El primer impulso de Colmillo Blanco fue comérselo. Un par de saltos, una dentellada, un gruñido amedrantador y había cazado al aventurero pollo, que, como había sido criado artificialmente, estaba gordo y tierno. Colmillo Blanco se relamió los belfos y descubrió que aquel alimento era excelente.

Ese mismo día, un poco más tarde, se encontró con otro aventurero cerca de las caballerizas. Uno de los mozos acudió a rescatarlo. Como no conocía la raza de Colmillo Blanco, cogió un látigo corto. Al sentir el primer latigazo, abandonó el pollo y atacó al hombre. Un palo habría detenido a Colmillo Blanco, pero de ninguna manera un látigo. En silencio, sin arredrarse, tardó un segundo en cortar la distancia que los separaba, y, como el animal saltara sobre su garganta, gritó: «¡Dios mío!», y retrocedió tambaleándose. Soltó el látigo y protegió su garganta con los brazos. Como consecuencia, un antebrazo quedó desgarrado hasta el hueso.

El hombre estaba terriblemente asustado. No era tanto la ferocidad de Colmillo Blanco, sino la forma silenciosa en que atacaba. Trató de refugiarse en las caballerizas, protegiéndose la cara y la garganta con el brazo destrozado, que sangraba. Le habría ido bastante mal, si no hubiera aparecido Collie por allí, que le salvó la vida, como lo había hecho con Dick. Se arrojó sobre Colmillo Blanco, poseída de una rabia furiosa. Estaba en lo cierto. Lo había sabido antes y mejor que los apresurados dioses. Todos sus anteriores recelos habían sido justificados: aquel viejo merodeador volvía a las andadas.

El mozo escapó a los establos, y Colmillo Blanco retrocedía ante los malignos dientes de Collie, o le presentaba el costado y daba vueltas y vueltas alrededor de ella. Pero, según costumbre, Collie no cedió después de castigarle durante un buen rato. Por el contrario, se excitó y se enfureció más, hasta que al fin Colmillo Blanco olvidó su dignidad y huyó abiertamente por los campos.

—Yo le enseñaré a dejar los pollos en paz —dijo el amo—, pero no puedo darle una lección hasta que le descubra con las manos en la masa.

Dos noches más tarde se presentó la ocasión, pero a escala más amplia de lo que el amo había anticipado. Colmillo Blanco había vigilado atentamente los gallineros y las costumbres de sus habitantes. Por la noche, cuando todos dormían, subió a lo alto de una pila de leña amontonada. Desde allí alcanzó el tejado del gallinero, pasó por el palo horizontal que le sostenía y se lanzó dentro de un salto. Un instante después empezó la matanza.

A la mañana siguiente, cuando el amo salió de casa, se encontró con cincuenta gallinas Leghorn muertas, puestas en fila por el hombre a quien Colmillo Blanco había herido en el brazo. Lanzó un silbido, primero de asombro y después de admiración. Mirando a su alrededor, observó a Colmillo Blanco, pero en él no había signos de culpabilidad o vergüenza. Se comportaba con orgullo, como si hubiera hecho alguna cosa meritoria y digna de elogio. Nada en él acusaba conciencia del mal. El amo apretó los labios, al contemplar aquella desagradable escena. Habló con dureza al inconsciente culpable, sin que se notase en su voz otra cosa que una rabia divina. Además, agarró la nariz de Colmillo Blanco y la hizo descender hasta las gallinas muertas, mientras le daba algunos buenos golpes.

Nunca más volvió a saquear un gallinero. Había aprendido que era un acto contrario a la ley. Entonces el amo le llevó de nuevo a un gallinero. Su instinto natural, en cuanto vio aquel alimento vivo, fue echarse sobre él. Obedeció al instinto, pero la voz de su amo le detuvo. Continuaron paseando por allí durante media hora, mientras su naturaleza pretendía imponerse a Colmillo Blanco. Pero en cuanto cedía a ella le detenía la voz de su amo. Así aprendió la ley y, antes de abandonar el gallinero, comprendió que debía ignorar su existencia.

—Es imposible reformar a un animal que está acostumbrado a matar pollos —dijo tristemente el juez Scott durante el desayuno. Su hijo le había contado la lección que había dado a Colmillo Blanco—. En cuanto prueban la sangre...

Pero Weedon Scott no estaba de acuerdo con su padre.

—Te diré lo que voy a hacer —dijo desafiándole—. Encerraré a Colmillo Blanco toda la tarde en el gallinero.

—Piensa en las pobres gallinas —objetó el juez.

—Además —continuó su hijo—, por cada gallina que mate te daré un dólar de oro del reino.

—Tendrás que ponerle condiciones a papá —le interrumpió Beth.

Su hermana le apoyó, manifestándose conformes todos los que estaban sentados alrededor de la mesa. El juez inclinó la cabeza aceptando la apuesta.

—Muy bien —dijo su hijo, después de pensar un momento—. Si, al atardecer, Colmillo Blanco no ha hecho daño a las gallinas, por cada diez minutos que haya estado allí, tendrás que decirle, con seriedad y prudencia, como si estuvieras pronunciando una sentencia: «Colmillo Blanco, eres más inteligente de lo que yo pensaba».

Desde ocultas posiciones ventajosas, toda la familia observaba la escena de la que dependía la apuesta. Pero fue un fracaso. Encerrado en el gallinero, en ausencia de su amo, Colmillo Blanco se echó en el suelo y se quedó dormido. Se levantó una vez a beber agua. A las gallinas no las hizo ni caso. Para él no existían. A las cuatro de la tarde alcanzó de un salto el tejado del gallinero, y saltó al exterior, y después volvió a la casa. Había aprendido la ley. En el porche, delante de la entusiasmada familia, el juez Scott, frente a Colmillo Blanco, dijo dieciséis veces: «Eres más inteligente de lo que se pensaba».

Mas el gran número de leyes confundía a Colmillo Blanco y a menudo le conducía a nuevos enredos. Tuvo que aprender que tampoco podía tocar las gallinas que pertenecían a otros dioses. Existían además gatos, conejos y pavos, y a todos debía dejar en paz. De hecho, cuando hubo aprendido la ley, su impresión fue que debía dejar en paz a todas las cosas vivas. En los pastos una liebre podía revolotear delante de su hocico sin recibir daño alguno. Con todos los músculos en tensión, temblando de deseo, dominaba sus instintos y permanecía quieto: sumiso a la voluntad de los dioses.

Un día, recorriendo los pastizales, vio que Dick corría detrás de una liebre. El amo le miraba, pero no intervenía. Tampoco animaba a Colmillo Blanco para que tomase parte en la caza. Y así, aprendió que las liebres no estaban prohibidas. Por fin comprendió la ley completa. Le estaba prohibido perseguir a los animales domésticos. Si no se hacía amigo de ellos, por lo menos debía mantenerse neutral. Pero todos los otros seres del bosque, las ardillas, la codorniz y las liebres de cola blanca eran criaturas salvajes que nunca se habían sometido al hombre, y por tanto eran presa legítima de cualquier perro. Sólo los domésticos eran protegidos por el hombre, y, entre ellos, no se permitía la lucha a muerte. Los dioses eran dueños y señores de la vida y de la muerte de los que le estaban sometidos y además mantenían ese poder con gran celo y firme autoridad.

La vida era complicada en el valle de Santa Clara después de haber conocido la sencillez de las tierras del Norte. La mayor exigencia de las complejidades de la vida civilizada era el dominio de sí mismo, un equilibrio del yo, que era tan frágil como el vuelo de alas de muselina y tan fuerte como el acero. La vida tenía mil aspectos, que Colmillo Blanco debía conocer cuando iba a la ciudad, a San José, trotando detrás del carruaje o paseando por las calles cuando se detenía. La vida fluía a su lado profunda, ancha y diversa, haciendo vibrar dolorosamente sus sentidos, exigiendo de él infinitas adaptaciones y obligándole casi continuamente a reprimir sus impulsos naturales.

A su paso encontraba carnicerías donde colgaba el alimento que le estaba prohibido tocar. En las casas que su amo visitaba había gatos: debía dejarlos tranquilos. Por todas partes encontraba perros, que le enseñaban los dientes, a los que no debía atacar. En las aceras, llenas de gente, encontraba personas, cuya atención atraía de inmediato. Se detenían, le señalaban con el dedo, le examinaban, le hablaban y, lo peor de todo, pretendían tocarlo. Y tenía que soportar todos aquellos contactos peligrosos de manos extrañas. Sin embargo, lo conseguía. Además, pudo sobreponerse a su timidez y a su carácter huraño. Recibía orgullosamente las atenciones de la multitud de dioses desconocidos. Aceptaba su condescendencia con el mismo sentimiento. Por otra parte, había algo en él que les impedía tomarse mucha familiaridad. Le acariciaban la cabeza y continuaban su camino, sumamente satisfechos de su propia audacia.

Mas no todo era tan fácil para Colmillo Blanco. Corriendo detrás del carruaje, en las afueras de San José, se encontró con un grupo de chiquillos que se divertían tirándole piedras. Sin embargo Colmillo Blanco sabía que no podía correr detrás de ellos y hacerles daño. Así que se vio obligado a desobedecer su instinto de defensa propia, ya que se estaba convirtiendo en un ser domesticado y preparado para la civilización.

Pero Colmillo Blanco no estaba contento tal y como iban las cosas. No tenía ideas abstractas sobre la justicia o el juego limpio. Pero hay un cierto sentido de equidad que la misma vida posee, y gracias a este sentido captó la injusticia de no poder defenderse contra los que le tiraban piedras. Se olvidó que, en el pacto entre él y los dioses, éstos se comprometían a protegerlo y a defenderlo. Pero un día el amo bajó del carruaje con el látigo en la mano y repartió algunos zurriagazos entre los chiquillos que apedreaban a Colmillo Blanco. Después de esto, ya no lo volvieron a repetir y Colmillo Blanco comprendió y se sintió satisfecho.

Tuvo otra experiencia semejante. En el cruce de caminos por el que se debía pasar para ir a la ciudad, había una taberna, en cuya puerta estaban siempre tres perros que tenían la costumbre de atacar a Colmillo Blanco en cuanto pasaba. Como sabía de lo que era capaz, el amo insistía siempre en que no debía reñir, y el resultado era que Colmillo Blanco se encontraba sometido a una dura prueba, cuando pasaba por allí. Después del primer ataque, bastaba que Colmillo Blanco enseñara los dientes para que los tres se mantuvieran a respetuosa distancia, pero corrían detrás aullando, murmurando y burlándose de él. Estos ataques se prolongaron durante un cierto tiempo, pues los clientes de la taberna los azuzaban para que

atacaran a Colmillo Blanco. Un día que lo hicieron abiertamente, el amo detuvo el carruaje:

—¡A por ellos! —dijo a Colmillo Blanco.

Pero éste no podía creerlo. Miró a su amo y luego a los perros. Echó hacia atrás una mirada llena de deseo y observó interrogativamente a su amo, que asintió con la cabeza:

—¡Ánimo, hombre, atácalos!

Colmillo Blanco no vaciló más. Dio media vuelta y, sin previo aviso, se echó sobre sus enemigos. Los tres le hicieron frente. Se oyeron aullidos y ladridos, crujir de dientes y se vio correr
a alguno de ellos. El polvo de la carretera se levantó formando
nubes y ocultando la refriega. Pero, después de algunos minutos, dos perros estaban tirados en el suelo y un tercero corría todo lo que le daban de sí las patas. Brincó una zanja,
después una reja y luego echó a correr por el campo abierto,
perseguido por Colmillo Blanco, que se deslizaba como un lobo
y con la misma velocidad, rápidamente y sin ruido. No tardó
en alcanzarlo, lo tiró al suelo y lo mató.

Con aquella triple muerte terminaron sus principales problemas con los perros. Se corrió la voz por el valle. La gente se
cuidó de que sus perros no molestasen al lobo.

4. *La llamada de la especie*

TRANSCURRÍAN LOS MESES. EN LAS TIERRAS DEL SUR
abundaba el alimento y no había nada que hacer. Colmillo Blanco engordaba y vivía contento. No sólo estaba en las tierras del sol, sino que se encontraba en el mediodía
de la vida. La bondad humana era un sol que alumbraba, por lo
que se desarrollaba como una flor que crece en buen clima.

Sin embargo, seguía siendo distinto de los otros perros. Conocía la ley mucho mejor que los perrillos que sólo habían vivido en el valle, y la observaba con más rigor aún que los de su raza. Con todo, siempre daba la impresión de que detrás de él había algo feroz, un espacio del bosque que estaba en acecho, como si el lobo durmiera y fuera a despertar en cualquier momento.

No hacía migas con los otros perros. En cuanto a su especie, había vivido siempre como un solitario y quería seguir siéndolo. Sentía una profunda aversión por ellos desde que le persiguieron Hocicos y los demás cachorros, y sobre todo después de las peleas con perros en los días de *Guapo* Smith. Se había desviado el curso natural de su vida. Apartado de su especie, se había unido a los hombres.

Los perros de las tierras del Sur le miraban con desconfianza. Despertaba en ellos el miedo instintivo por el bosque, y por eso siempre le recibían con gruñidos, y con un odio beligerante. Por otra parte, muy pronto comprendió Colmillo Blanco que no era necesario hincarles los dientes. Bastaba con mostrar los colmillos y fruncir los labios para producir la misma eficacia, y rara vez dejaba de conseguir detener el ataque de un perro que se abalanzaba sobre él.

En la vida de Colmillo Blanco había, sin embargo, una contrariedad: Collie, que nunca le daba un momento de respiro. Ella no obedecía la ley tan estrictamente como él, pues ni todos los esfuerzos del amo pudieron conseguir que hiciera las paces con Colmillo Blanco, en cuyas orejas resonaba siempre su gruñido seco y nervioso. Jamás le perdonó el episodio de la muerte de las gallinas, y mantenía insistentemente que Colmillo Blanco iba a acabar mal. Siempre le culpaba antes de que hiciera algo, y le trataba de acuerdo con ese criterio. Se convirtió en una verdadera plaga, que, como si fuese un policía, no le dejaba ni a sol ni a sombra, siguiéndole a cualquier parte que fuera, a los establos o a los pastos, y si se le ocurría mirar con curiosidad a una perdiz o a una gallina, estallaba en alaridos de indignación y de cólera. El método favorito de él para deshacerse de Collie consistía en echarse en el suelo, poniendo la cabeza entre las patas delanteras, fingiendo dormir, lo que siempre la confundía y la reducía al silencio.

Si se exceptúa a Collie, todo marchaba perfectamente para Colmillo Blanco. Había aprendido a controlarse y a mantener el equilibrio en su conducta. Conocía la ley. Había alcanzado la verdadera calma, la tolerancia filosófica, la plenitud. Ya no vivía en un ambiente hostil. El peligro, el dolor y la muerte ya no lo acechaban. Con el tiempo, el terror de lo desconocido, como una amenaza omnipresente, palideció hasta desaparecer. La vida era ahora fácil y suave. Fluía deleitosamente y ni el peligro ni los enemigos lo acechaban en el sendero.

Añoraba la nieve, aunque sin ser consciente. «Un verano excesivamente largo», habría pensado, si hubiera sido capaz, pero, como no podía, se contentaba con notar su ausencia de manera inconsciente y vaga. Igualmente, cuando el sol le hacía sufrir, sentía una indefinida nostalgia por las tierras del Norte. Sin embargo, el único síntoma de aquella melancolía era que se volvía inquieto, sin que él mismo supiera por qué.

Colmillo Blanco nunca había sido muy efusivo. Fuera de meter la cabeza bajo el brazo de su amo y de poner un acento de cariño en sus gruñidos, no tenía ningún procedimiento para expresar lo que sentía. Sin embargo, aún había de descubrir uno más. Siempre había sido muy irritable ante la risa de los dioses, que le volvía loco y provocaba en él una rabia furiosa. Pero nunca se enfurecía con el amo y, cuando éste se reía de él con buena intención y en son de broma, él se quedaba perplejo. Sentía el cosquilleo del antiguo resentimiento, que subía en él y que pugnaba contra el cariño. No podía enfurecerse, pero algo tenía que hacer. Al principio adoptaba un porte digno, con lo que el amo se reía más ruidosamente. Al final Scott consiguió, a fuerza de risa, que él mismo se riera de su dignidad. Se le abrieron las mandíbulas, se elevaron un poco sus labios y en sus ojos apareció una expresión extraña, que tenía más de cariño que de humor. Había aprendido a reírse.

De igual modo aprendió a pelear con el amo, a que le tirara por el suelo y se echaran encima de él, a ser la víctima de innumerables bromas pesadas. Por su parte aparentaba estar enojado, erizaba el pelo, aullaba furiosamente, abría y cerraba las mandíbulas con movimientos que parecían mortales, sin olvidarse nunca de sí mismo, pues jamás mordía otra cosa sino aire. Tales peleas terminaban en un diluvio mutuo de mordiscos, golpes, aullidos y gritos, después de lo cual se separaban varios metros y se observaban mutuamente, hasta que, de repente, como si apareciera el sol sobre un mar tormentoso, empezaban a reírse. Finalmente el amo abrazaba a Colmillo Blanco, que gruñía su canción de afecto.

Pero nadie, salvo aquel hombre, podía hacer eso con Colmillo Blanco. Él no lo permitía, pues se lo prohibía su dignidad. Cualquiera que lo intentara oía un gruñido y veía un par de colmillos, que no denotaban, precisamente, ganas de jugar. Que permitiera esas libertades a su amo no era razón para que lo tomaran por un perro cualquiera, que acariciaba a éste y a aquél y que estaba dispuesto a divertir a todos. Amaba con todo su corazón y se negaba a rebajarse a sí mismo.

El amo paseaba frecuentemente a caballo y acompañarle era uno de los principales deberes de Colmillo Blanco. En las tierras del Norte demostró su fidelidad tirando del trineo. En las del Sur no existían esos vehículos ni era costumbre confiar a los perros el transporte de cargas, por lo que demostraba su lealtad acompañándolo. Colmillo Blanco nunca estaba cansado, ni aun después de la más larga caminata, pues corría con el paso del lobo, suavemente, sin esfuerzo, sin agobiarse, y al final de las cincuenta millas regresaba airosamente por delante del caballo.

En una de estas salidas Colmillo Blanco utilizó otro modo de expresión —algo digno de señalarse, ya que lo hizo en verdad notable, puesto que en total se sirvió de él dos veces en su vida—. La primera ocurrió cuando el amo intentó enseñar a un caballo de carreras las maniobras necesarias para abrir y cerrar un portón, sin tener que desmontar el jinete. Muchas veces llevó el caballo hasta allí intentando cerrarlo, pero el animal se asustaba y retrocedía. Cuanto más repetía la prueba tanto más nervioso y excitado se ponía el caballo. Cuando se encabritaba, el amo picaba espuelas, y le hacía bajar las patas delanteras, ante lo cual empezaba a dar coces con las de atrás. Colmillo Blanco observaba el espectáculo con ansiedad, hasta que no se pudo contener por más tiempo, saltó delante del caballo, ladrando de forma salvaje y amenazadora.

Aunque, a partir de ese momento, intentó ladrar a menudo y el amo le instaba a hacerlo, lo repitió sólo una vez, y precisamente no fue en presencia de su amo. Una carrera rápida a través de la pradera, una liebre que de pronto surgió de entre las patas, un traspiés, una caída y le pierna rota de su amo fueron la causa de ello. Colmillo Blanco se lanzó furioso a la garganta del caballo culpable, pero se lo impidió la voz perentoria de su amo.

—¡A casa! ¡Vete a casa! —le ordenó Scott, cuando se dio cuenta de que no podía moverse.

Colmillo Blanco no tenía la intención de abandonarlo. El amo pensó en escribir una nota, pero inútilmente buscó en sus bolsillos papel y lápiz. De nuevo ordenó a Colmillo Blanco que se marchara a casa.

Colmillo Blanco le miró, echó a correr, volvió y aulló débilmente. El amo le habló con voz muy suave, pero enérgica. Él aguzó las orejas y escuchó con profunda atención.

—Está bien, está bien, vete a casa —le dijo—. Vete a casa y cuéntales lo que me ha pasado. Vete a casa, lobo. ¡A casa!

Colmillo Blanco conocía el significado de la palabra casa, y, aunque no entendió lo demás, sabía que era su voluntad que fuera allí. Dio media vuelta y echó a andar de mala gana. Luego se detuvo indeciso y echó una mirada hacia atrás por encima de los hombros.

—¡Vete a casa! —ordenó Scott enérgicamente, y esta vez le obedeció.

La familia estaba en el porche tomando el fresco, cuando Colmillo Blanco llegó, se colocó en medio de ellos, jadeante y polvoriento.

—Weedon ha vuelto —dijo la madre.

Los niños recibieron a Colmillo Blanco con alegres gritos y salieron corriendo a su encuentro. Él los evitó, pero lo arrinconaron entre una mecedora y la baranda. Gruñó e intentó alejarles a empujones. La madre miró con desconfianza hacia donde se encontraban.

—Confieso que me pone nerviosa cuando está cerca de los chicos —dijo—. Tengo miedo de que el día menos pensado se les eche encima.

Aullando salvajemente, Colmillo Blanco abandonó el rincón, atropellando a las dos criaturas. La madre los llamó y trató de consolarles, advirtiéndoles, además, que no debían meterse con él.

—Un lobo es un lobo —comentó el juez Scott—. No hay ninguno en el que se pueda confiar.

—Pero no es un lobo —le interrumpió Beth, decidida a defender a su hermano ausente.

—Para afirmar esto te basas en la opinión de Weedon —replicó el juez—. Él tampoco sabe nada cierto. Supone, simplemente, que algunos de los antepasados de Colmillo Blanco fueron perros. Pero él mismo dice que sólo lo supone, pero no que lo sabe. En cuanto al aspecto...

No pudo acabar la frase. Colmillo Blanco se plantó ante él, aullando insistentemente. El juez le ordenó que se echara, pero no le hizo caso.

Colmillo Blanco se dirigió a la esposa de su amo. Ella gritó aterrorizada, y él la agarró de la falda con los dientes y tiró hasta romper el débil tejido. En ese momento ya se había convertido en el centro de atención. Había dejado de gruñir y estaba erguido, con la cabeza alta, mirando a todos. Su garganta se movía espasmódicamente, pero ningún sonido salía de ella, mientras luchaba con todas sus fuerzas por librarse de aquel algo incomunicable que quería salir de él.

—Espero que no se haya vuelto loco —dijo la madre de Weedon—. Siempre he pensado que un clima cálido como éste no es sano para un animal del Ártico.

—Creo que está tratando de decir algo —afirmó Beth.

En ese instante le fue dado el don de expresión a Colmillo Blanco, que empezó a ladrar ruidosamente.

—Algo le ha sucedido a Weedon —dijo su esposa muy convencida.

Todos se pusieron de pie. Colmillo Blanco echó a correr escaleras abajo, mirando a ver si le seguían. Por segunda y última vez en su vida había ladrado y se había hecho entender.

Después de este acontecimiento, encontró un lugar más cálido en los corazones de los habitantes de Sierra Vista e incluso el mozo de caballerizas, cuyo brazo había desgarrado, admitió que era un perro muy inteligente, a pesar de ser un lobo. El juez Scott seguía manteniendo la misma opinión, y la probó, para desilusión de todos, gracias a una serie de medidas y descripciones tomadas de enciclopedias y de varias obras sobre historia natural.

Fueron transcurriendo los días, y el sol bañaba sin interrupción el valle de Santa Clara. Pero a medida que se iban haciendo más cortos y el segundo invierno de Colmillo Blanco en las tierras del Sur se aproximaba, descubrió algo extraño. Los dientes de Collie ya no eran afilados. Se había vuelto juguetona y había en ella una suavidad que impedía que sus ataques hirieran realmente a Colmillo Blanco, que olvidó que le había convertido la vida en un infierno. Cuando ella se le acercaba, él respondía con solemnidad, tratando de ser juguetón, sin conseguir otra cosa que ponerse en ridículo.

Un día ella le llevó, en una loca carrera, por los pastos y bosques. El amo montaba todas las tardes a caballo y Colmillo Blanco lo sabía. El corcel estaba ya ensillado y esperaba en la puerta. Colmillo Blanco vaciló. Pero había en él algo más profundo que todas las leyes aprendidas, que las costumbres que le habían moldeado, que el cariño que sentía por el amo, que el mismo deseo de vivir, y, cuando en el momento de indecisión Collie le mordió y salió huyendo, él dio media vuelta y la siguió. Aquel día el amo paseó solo a caballo. En el bosque, Colmillo Blanco corría junto a Collie, como muchos años antes, Kiche, su madre, y el viejo tuerto habían vagabundeado por las estepas y arboledas de las tierras del Norte.

5. *El lobo adormecido*

POR AQUELLOS DÍAS LOS PERIÓDICOS VENÍAN CARGADOS de noticias sobre la audaz fuga de un preso de la cárcel de San Quintín. Se trataba de un hombre muy violento, cuyos orígenes habían sido bastante tristes. Había nacido en un mal ambiente y la sociedad no le había ayudado. Las manos de la sociedad que le habían moldeado eran toscas y aquel hombre era una muestra de aquella obra. Era una bestia, desde luego, pero nunca una bestia habría sido más justamente calificada de carnívora que él.

En la cárcel de San Quintín había demostrado ser incorregible. Los castigos no habían podido quebrar su espíritu. Podía morir en silencio y pelear hasta el final, pero no podía vivir y experimentar una derrota. Cuanto más ferozmente luchaba, más dura se volvía la sociedad con él, consiguiendo como resultado hacerle aún más feroz. Con Jim Hall las camisas de fuerza, los largos períodos a pan y agua y los golpes resultaban un tratamiento equivocado, pues era lo mismo que le habían dado desde niño, cuando vivía en el barrio de San Francisco, blanda arcilla en manos de la sociedad, que habría podido adquirir la forma que ésta quisiera imprimirle.

Fue durante su tercera condena en la prisión, cuando Jim Hall conoció a un guardia casi tan bárbaro como él, que le trató injustamente, mintió sobre su conducta ante el jefe de la prisión, haciéndole perder la poca confianza que merecía aún y le persiguió de todas las formas posibles. La diferencia entre los dos consistía en que el guardián llevaba un manojo de llaves y un revólver. Jim Hall tenía sólo sus manos desnudas y sus dientes. Pero un día saltó sobre el carcelero, utilizando los dientes, como cualquier animal del bosque.

Después de aquello, Jim Hall fue trasladado a la celda de los incorregibles. Vivió en ella durante tres años. Jamás la abandonaba. Jamás veía el cielo ni la luz del sol. El día era un crepúsculo gris y la noche un silencio negro. Se le había enterrado vivo en un ataúd de hierro. No veía un rostro humano ni hablaba con nadie. Cuando se le echaba la comida, gruñía como un animal. Odiaba a todos y todas las cosas. Durante días y noches escupió su rabia contra la humanidad. Durante meses no pronunció una palabra, devorando su propia alma, en aquel negro silencio. Era a la vez un ser humano y un monstruo, algo tan terrible como las fantasías de una mente enloquecida.

Una noche logró escapar. El jefe de la prisión dijo que era imposible, y, sin embargo, la celda estaba vacía, y en la puerta se encontró el cadáver de uno de los guardias. Otros dos cadáveres indicaban el camino que había seguido para salir de la prisión. Los había matado con sus manos para no hacer ruido.

Estaba armado con los revólveres de los tres carceleros. Era un arsenal viviente, que escapaba por las colinas, perseguido por todas las fuerzas de la sociedad. Se había puesto un alto precio a su cabeza. Los avarientos campesinos recorrían los alrededores con armas de fuego en la mano. Con el importe de la recompensa se podía pagar la hipoteca o mandar al hijo a la universidad. Los ciudadanos con sentido comunitario sacaron sus rifles y se echaron al campo. Una traílla de sabuesos seguía el rastro de sus pies. Y los sabuesos de la ley, los perros de presa de la sociedad seguían de cerca sus pasos, utilizando el teléfono, el telégrafo y los trenes especiales.

Alguno que otro llegó a encontrarse frente a frente con él, luchando entonces como un héroe o echando a correr a través de alambradas de púas para mayor regocijo de los tranquilos ciudadanos de la república, que leían la aventura en el diario, durante el desayuno. Llegaban a las ciudades los muertos o los heridos, y sus lugares eran ocupados por voluntarios entusiastas de la caza del hombre.

Y de pronto desapareció Jim Hall. Los sabuesos perdieron la pista. Hombres armados detenían a los inofensivos habitantes de remotos valles y les obligaban a identificarse. Los restos de Jim Hall fueron descubiertos en una docena de sitios, en la falda de una montaña, por algún avaricioso ansioso de dinero.

En Sierra Vista se leían esas noticias no con interés, sino con ansiedad. Las mujeres estaban asustadas. El juez Scott parecía tomarlo todo a broma, aunque sin motivo, ya que fue en sus últimos días del ejercicio de su profesión, cuando Jim Hall se presentó ante él para oír su sentencia. Y en la misma sala, ante todos los presentes, Jim Hall prometió que volvería para vengarse del juez que le había condenado.

Aquella vez Jim Hall tenía razón. Era inocente del crimen del que se le acusaba. En el argot de los ladrones y de la policía era un caso de *descarrilamiento*. Se había *descarrilado* a Jim Hall, atribuyéndole un delito que no había cometido. Teniendo en cuenta sus dos condenas anteriores, el juez Scott le sentenció a cincuenta años, lo que equivalía prácticamente a prisión perpetua.

El juez Scott no podía saberlo todo; no supo que él mismo fue víctima de una conspiración policial, que las acusaciones de los testigos habían sido amañadas y que Jim Hall era inocente del crimen de que se le acusaba. Por otra parte, el condenado no podía saber que el juez ignoraba todo eso. Jim Hall creía que estaba confabulado con la policía para echarle a perder y para cometer aquella monstruosa injusticia. Cuando oyó la sentencia de cincuenta años, que equivalía a sepultarlo en vida, Jim Hall, que odiaba a toda la sociedad por abusar de él, se puso en pie y se prodigó en insultos, hasta que tuvieron que sacarlo del juzgado media docena de sus uniformados enemigos. Para él el juez era la piedra angular de la injusta construcción. Contra él desahogó todo su odio y su rencor y sobre él aulló la amenaza de su futura venganza. Después, Jim Hall fue a aquel cementerio de vivos... y logró escapar.

Colmillo Blanco no sabía nada de eso. Entre él y Alice, la esposa del amo, existía un secreto. Todas las noches, después de que la familia se hubiera acostado, ella se levantaba y hacía entrar a Colmillo Blanco, para que durmiera en el porche. Como no era un perro muy amable, no se le permitía dormir en casa, por lo que Alice debía levantarse antes que los demás, bajar y echar fuera otra vez a Colmillo Blanco.

Cierta noche, mientras todos dormían, Colmillo Blanco se despertó y se quedó echado, sin hacer ruido. Husmeó el aire y leyó el mensaje que le traía, según el cual había un dios desconocido en la sala. Hasta sus oídos llegaron los sonidos que hacía al moverse. Colmillo Blanco no ladró, pues no era su costumbre. El dios desconocido caminaba suavemente, pero con más suavidad lo hacía él, pues no usaba ropa que produjera ruido al frotar contra su cuerpo. Continuó en silencio. En el bosque había perseguido carne viva infinitamente tímida, por lo que conocía muy bien el valor de la sorpresa.

El dios desconocido se detuvo delante de la escalera y escuchó, mientras Colmillo Blanco, tan inmóvil como si estuviera muerto, lo acechaba y esperaba. Allá arriba, donde terminaba la escalera, dormía el amo y los seres que él amaba. Se le erizó el pelo y esperó. El dios extraño alzó el pie para empezar a subir.

En ese momento Colmillo Blanco atacó, sin advertencia previa, sin gruñir. Saltó cayendo en las espaldas del dios desconocido. Hincó sus patas delanteras sobre los hombros del intruso, mientras hundía sus dientes en la nuca. Se mantuvo así durante un instante, el suficiente como para hacer que se volviera y le hiciera frente. Luego ambos cayeron al suelo. El animal se desprendió de un salto y con sus dientes impidió que el hombre se incorporase.

Sierra Vista se despertó alarmada. El ruido que venía del pie de la escalera parecía una batalla entre demonios. Se oyeron disparos de armas de fuego. El hombre gritaba horrorizado y angustiado. Se oyeron aullidos, y el estruendo de cristales rotos.

Pero casi con la misma rapidez con que había comenzado el alboroto desapareció en el silencio. La lucha no había durado más de tres minutos. Los asustados habitantes de la casa se reunieron en la parte de arriba de la escalera. Desde abajo, y como de un abismo en tinieblas, llegó un ruido, como el de burbujas que se desprenden del agua, y que poco a poco se convertían en un silbido, que también cesó muy pronto. Luego no se oyó nada, excepto la respiración entrecortada de un ser vivo.

Weedon Scott encendió la luz, que alumbró la escalera y el vestíbulo. Entonces el juez y su hijo bajaron con precaución, cada uno con un revólver. Las precauciones eran innecesarias, pues Colmillo Blanco había hecho un buen trabajo. Entre los muebles deshechos, echado sobre un costado, oculta la cara por un brazo, había un hombre. Weedon Scott se acercó, le separó la mano de la cara y le puso boca arriba. Una horrible herida en la garganta explicaba la causa de la muerte.

—¡Jim Hall! —exclamó el juez Scott. Padre e hijo se miraron significativamente.

Se dirigieron entonces hacia Colmillo Blanco, que se encontraba en la misma posición. Mantenía los ojos cerrados, aunque intentó abrirlos, cuando se inclinaron sobre él, tratando de mover también el rabo, sin producir más que un movimiento insignificante. Weedon Scott le acarició y Colmillo Blanco trató de agradecérselo, como acostumbraba a hacerlo, con un gruñido, que resultó muy débil y que cesó enseguida. Se le cerraron los ojos y todo su cuerpo pareció descansar y extenderse por el suelo.

—¡Pobre animal! Está agonizando.

—Eso lo veremos —exclamó el juez Scott, encaminándose al teléfono.

—Francamente creo que las probabilidades son de mil contra uno —dijo el veterinario después de trabajar hora y media sobre el cuerpo de Colmillo Blanco.

El amanecer comenzaba a hacer palidecer la luz eléctrica. Excepto los niños, toda la familia rodeó al veterinario para oír su opinión.

—Tiene rota una de las patas traseras y tres costillas, una de las cuales debe haberle perforado el pulmón. Ha perdido casi toda la sangre. Es muy probable que existan lesiones internas. Creo que, al caer al suelo, el intruso le pisoteó. Sin contar tres perforaciones de bala. Decir que se puede apostar mil contra uno es demasiado optimista. Sería arriesgado apostar diez mil contra uno.

—Pero hay que aprovechar cualquier oportunidad, por pequeña que sea —exclamó el juez Scott—. No se preocupe por los gastos, utilice rayos X o lo que sea necesario. Weedon, telegrafía a San Francisco, al doctor Nichols. Como usted comprenderá, no es que no estemos satisfechos de usted, pero debemos hacer todo lo posible.

El veterinario sonrió con indulgencia.

—Lo entiendo muy bien. Merece todo lo que se haga por él. Debe ser atendido como si fuera un ser humano, un niño enfermo y no se olviden de tomar la temperatura. Estaré de vuelta a las diez.

Colmillo Blanco recibió todo el cuidado necesario. Las mujeres rechazaron indignadas la sugerencia del juez Scott de traer una enfermera profesional, encargándose ellas mismas de cuidar al herido. Y Colmillo Blando salió victorioso de aquella única oportunidad entre diez mil que le negaba el veterinario.

Aquél no debió ser censurado por su equivocación. Durante toda su vida había atendido y operado a los delicados hijos de la civilización, que vivían continuamente protegidos y que descendían de generaciones sometidas a las mismas condiciones. Comparados con Colmillo Blanco, eran frágiles y débiles y extendían sus brazos hacia la vida sin poder aferrarse a ella. Pero Colmillo Blanco provenía de lo salvaje, donde los débiles perecen y a nadie se le concede protección. Ni en su padre, ni en su madre, ni en todos sus antepasados había existido la debilidad. La herencia de Colmillo Blanco era una naturaleza de hierro y la vitalidad salvaje. Se aferraba a la vida con todas sus fuerzas, con todo su cuerpo, en carne y espíritu;. con la tenacidad que desde la creación les fue dada a las criaturas.

Colmillo Blanco pasó varias semanas amarrado, impedidos sus movimientos por la escayola y las vendas. Dormía largas horas y soñaba mucho, pasando por su mente, como en una interminable procesión, las figuras de las tierras del Norte. Brotaron en su cerebro todos los fantasmas del pasado. Vivió otra vez con Kiche en el cubil y se arrastró temblando a los pies de Castor Gris, prometiendo serle fiel; huía delante de Hocicos y de los cachorros que hacían un ruido infernal.

Seguía corriendo en silencio, cazando para sobrevivir en los meses de hambre. Corría siempre a la cabeza del trineo, mientras detrás de él restallaba el látigo de Mit—sah o de Castor Gris, que gritaban: «¡Ra!, ¡ra!», cuando alcanzaban un paso estrecho y los perros, que antes se extendían en abanico, se ponían ahora el uno detrás del otro para poder pasar. Revivió otra vez los días de *Guapo* Smith y las peleas que protagonizó. Entonces aullaba y enseñaba los dientes y las personas que estaban a su alrededor decían que tenía alguna pesadilla.

Pero sufrió intensamente de una en particular: la de los monstruos ruidosos, los tranvías eléctricos, que le parecían linces gigantes. Se ocultaba tras los arbustos para esperar que saliera algún pájaro. Cuando saltaba para cazarlo, se transformaba en un tren amenazador y terrible, que ascendía como una montaña, gritando y echando fuego sobre él. Ocurría lo mismo cuando desafiaba al halcón a que descendiera de los cielos. Bajaba del azul como un rayo, transformándose, en cuanto le tocaba, en un tranvía. En sueños le parecía encontrarse en la celda, donde le mantuvo *Guapo* Smith. Afuera se reunían los hombres, por lo que él comprendía que le esperaba una pelea. Vigilaba la puerta para ver entrar a su enemigo, pero, cuando se abría, aparecía por ella un tranvía, uno de aquellos horribles coches eléctricos. Soñó mil veces con ello y siempre era igualmente intenso y vívido el terror que le inspiraba.

Al fin llegó el día en que le quitaron la última venda y el último trozo de escayola. Fue un día de fiesta. Todos los habitantes de Sierra Vista se reunieron a su alrededor. El amo le acarició las orejas y Colmillo Blanco respondió con su gruñido de cariño. La esposa del amo le llamó *Lobo Bendito*, nombre que todas las mujeres aceptaron con entusiasmo.

Trató de levantarse, pero después de muchos esfuerzos volvió a caerse, pues estaba muy débil. Había estado tanto tiempo tumbado, que sus músculos habían perdido la destreza y la fuerza. Se sintió un poco humillado por su debilidad, como si fracasara en el servicio que debía a los dioses, por lo que hizo esfuerzos heroicos para levantarse, lo que finalmente consiguió, no sin trastabillear un poco.

—¡*Lobo Bendito*! —corearon las mujeres.

El juez Scott las observó con aire de triunfo.

—Que así sea —dijo—. Tal y como yo lo he afirmado siempre. Ningún perro habría hecho lo que él hizo. Es un lobo.

—Un lobo bendito —le corrigió su esposa.

—Sí, *Lobo Bendito* —corroboró el juez—. De ahora en adelante le llamaremos así.

—Tendrá que aprender a caminar otra vez —dijo el veterinario—. Puesto que así ha de ser, vale más que empecemos ahora mismo. No le hará daño. ¡Sáquenlo fuera!

Y le sacaron al exterior, como a un rey, con toda Sierra Vista a su alrededor atendiéndole. Estaba muy débil y, en cuanto llegaron al jardín, tuvo que tumbarse a descansar.

Continuó la procesión. A medida que la sangre empezaba a circular más activamente por sus venas, Colmillo Blanco sentía renacer sus fuerzas. Llegaron a los establos, donde se encontraba echada Collie, tomando el sol, rodeada de media docena de cachorros.

Colmillo Blanco los miró sorprendido. Collie gruñó advirtiéndole que no se acercara y él fue lo suficiente cauto como para mantenerse a una distancia prudente. El amo empujó a uno de los cachorros hacia él con el pie. Se le erizó el pelo, pero la voz de Scott le tranquilizó. Collie, a quien una de las mujeres sujetaba para que no se precipitara sobre él, lanzó un gruñido a modo de aviso.

El cachorrillo se espanzurró delante de él. Colmillo Blanco aguzó las orejas y le observó con curiosidad. Luego, sus hocicos se tocaron y sintió la tibia lengüecilla del cachorro en las fauces. Sin saber por qué lo hacía, Colmillo Blanco sacó también la lengua y lamió la cara del animalillo.

Los dioses saludaron aquel hecho, aplaudiendo felices. Colmillo Blanco les miró sorprendido. La debilidad se apoderó de nuevo de él, por lo que se acostó con las orejas puntiagudas y la cabeza ladeada, mientras seguía vigilando al cachorro, con el que se reunieron sus hermanos, con gran disgusto de Collie. Sin perder nada de su grave dignidad, Colmillo Blanco permitió que se le pusieran encima. Al principio, ante las risas de los dioses, dejó traslucir algo de su antigua vergüenza, pero ese sentimiento se desvaneció mientras los cachorros seguían jugando con él. Colmillo Blanco cerró los párpados y se quedó dormitando bajo el sol.

APÉNDICE

Después de regresar, a principios de julio de 1904, de su estancia de seis meses como corresponsal de guerra en Corea, London pasó un año relativamente irregular e improductivo. Tras la popularidad obtenida un año antes por *La llamada de lo salvaje,* el fulgurante éxito de *El lobo de mar,* en el otoño le había convertido en un hombre famoso, pero el dinero parecía írsele de las manos, y estaba deprimido por las complicaciones de su divorcio y las vicisitudes de su romance con Charmian Kittredge. Éste fue el período de malestar y abatimiento al que se refería como su "larga enfermedad" nietzscheana. Hacia diciembre, había terminado una novela corta sobre el boxeo profesional: *El combate,* pero su editor, Brett, estaba preocupado porque el texto era demasiado breve para publicarlo como libro, y urgía a London a ampliarlo. Aunque semejante ampliación representaba, para London, "el trabajo más duro de este mundo", prometió intentarlo, y, efectivamente, envió el manuscrito revisado sólo para encontrarse con que Brett seguía quejándose de que todavía no se acercaba a las 15.000 palabras exigidas.

Mientras tanto, su entusiasmo se reavivó con una idea nueva para un libro, que no sería la continuación, sino "una obra de tema relacionado" con *La llamada de lo salvaje.* "Voy a invertir el proceso", le escribió a Brett. "En lugar de la involución, de la descivilización de un perro, voy a dar la evolución, la civilización de un perro —el desarrollo de la domesticidad, la fidelidad, el amor, la moralidad y todos sus atractivos y virtudes" Con *La llamada de lo salvaje* como "liebre", declaró, el nuevo libro "daría en el blanco" La reacción inicial de Brett fue fría: qué podría sonar menos prometedor que la historia de cómo un perro desarrolla sus "atractivos y virtudes" Pero en cuanto reflexionó sobre la distinción entre "secuela" y "obra relacionada", llegó a un punto de vista más favorable. El 21 de febrero, London informó de que "acababa de ponerse a trabajar en *Colmillo Blanco*", pero el 7 de junio le confesó a Cloudesley Johns por carta que aún no había empezado la nueva novela, porque estaba "escribiendo algunas historias cortas, para echarle mano rápidamente a algo de efectivo" Por esta época, además, estaba ilusionado con la perspectiva de comprar un rancho cerca de Glen Ellen, en el condado de Sonoma, donde, lejos de la competencia de sus amigos del área de la Bahía, su cortejo a Charmian parecía prosperar. Cuando al fin empezó a escribir el 26 de junio, se sentía más feliz de lo que lo había estado en más de un año, y la nueva novela reflejaba su creencia de que el amor podía curar la más negra desesperación. Por tanto, la redacción progresó de modo uniforme durante el verano, hasta que la novela quedó completada el 10 de octubre.

A medida que London planeaba su relato del desarrollo temprano de Colmillo Blanco, se mostró especialmente cuidadoso con los datos comprobados sobre el ciclo vital del lobo. Basándose en un artículo enciclopédico, apuntó la siguiente cronología:

Colmillo Blanco,
1 de febrero.
Concebido el 30 de enero.
Nace el 3 de abril.
Está ciego durante 21 días.
Deja de mamar hacia el 5 de junio.
Había empezado a comer carne hacia el 3 de mayo
Se marchó del lado de su madre en diciembre.
Adulto a los tres años.
Vivió 15 años.

También calculó el colorido de Colmillo Blanco, con la vista puesta en su linaje mestizo y en los patrones de color típicos de su especie: "El lobo gris comúnmente presenta individuos rojizos y negruzcos" Quizá la madre de Colmillo Blanco tuviera un tinte ligeramente rojo; su padre era el lobo gris corriente. El mismo Colmillo Blanco era gris, pero con matices y destellos rojizos en todo su lomo.

En busca de maneras de dramatizar el desarrollo de *Colmillo Blanco,* London encontró material utilizable en las narraciones de historia natural de Charles G. D. Roberts; prestó atención en especial a la segunda parte de *The Kindred of the Wild* (1902), "La maternidad silvestre", en la que subrayó varias frases —significativamente, ésta: "En la madriguera del lobo, en la gran pared de yeso azul y blanca, millas abajo, junto a la corriente del río, había hambre" Pero mucho más a propósito era la obra de Roberts *Red Fox* (1905), que comenzó a publicarse por fascículos en el número de junio de *Outing Magazine,* un mes antes de que London escribiera el primer capítulo de *Colmillo Blanco.* El aprendizaje de Zorro Rojo, el cachorro más grande de su camada, es paralelo al de Colmillo Blanco en muchos aspectos. Se describe a la zorra en la madriguera con los cachorros después de que su compañero se haya marchado; Zorro Rojo, como Colmillo Blanco, aprende poco a poco, a partir de experiencias dolorosas. Observa a sus hermanos más débiles caer presas de un halcón y un lince; caza una perdiz roja que está empollando, de una manera muy parecida a como consigue Colmillo Blanco su primera comida en el bosque, después de tropezarse con un nido de perdices nivales. Las lecciones siguientes proceden de la madre del zorrito, de encuentros con una abeja, una mofeta y otro lince, y, más tarde, de la primera y desconcertante experiencia con el hielo y la nieve. En este caso, London parece haber escapado a la perenne acusación de plagio, pero, como en *La llamada de lo salvaje,* seguía captando material dondequiera que lo encontrara, adaptándolo, como siempre, a sus propios fines.

Estos fines incluían, naturalmente, la intención de sacar partido del fenomenal éxito de *La llamada de lo salvaje.* Más tarde, London incluso afirmó varias veces que prefería *Colmillo Blanco* a su más famoso predecesor, aunque la crítica ha manifestado unánimemente su desacuerdo; no obstante, no ha habido un consenso claro en el problema de hasta qué punto el segundo libro se queda corto con respecto al original. Charles Child Walcutt, por ejemplo, considera *Colmillo Blanco* "quizá no tan escueto, tenso y absorbente" como *La llamada de lo salvaje,* pero, en cualquier caso, "un libro lleno de fuerza", mientras que, para Earl Wilcox, es "una obra de tres al cuarto en cuanto a su habilidad artística y nada inspiradora en su filosofía" —un libro en el cual London "parece empeñado en rebajar el efecto que *La llamada de lo salva-*

je había tenido en su reputación" La preocupación de Wilcox por el naturalismo literario le impide ver *Colmillo Blanco* como algo más que una cansina reiteración de "la familiar historia de la supervivencia del más apto, (…) en un escenario inhóspito y pesimista" El tema es, desde luego, familiar y persistente, pero su presencia no condena necesariamente el libro como una obra "de medio pelo" Artísticamente, *Colmillo Blanco* es una novela desigual, pero (como Walcutt ha insistido en decir) poderosa.

De hecho, algo de esta fuerza se explica por la fidelidad de London al argumento, punto de vista, psicología y simbolismo de *La llamada de lo salvaje*. Aunque puede que no se diera cuenta de cuánto se repetía a sí mismo, muchas de esas repeticiones realmente fortalecen la nueva novela, al volver a captar la concentrada intensidad del original. El propio London insistió en que, si bien *Colmillo Blanco* iba a ser, temáticamente, la "completa antítesis" de su predecesor, sería también "un compañero en sentido estricto —del mismo estilo, con la misma garra y la misma concreción". No consiguió esos resultados constantemente, pero lo hizo con la frecuencia suficiente para elevar *Colmillo Blanco* a la media de sus novelas.

Las similitudes estructurales entre las dos historias se hacen más claras cuando nos percatamos de que la primera parte, en la que la manada de lobos acecha a Bill y Henry, no pertenece al conjunto de la novela. Esto no significa que no sea irresistible. Como narración sobre la vida y la muerte en aquel largo trayecto, está al mismo nivel que algunas de las "historias cortas" más sutiles. La habilidad con la que London capta el creciente horror a la jauría que se apiña inexorablemente merece compararse con obras maestras del terror psicológico como "El pozo y el péndulo" de Poe. La situación del prisionero de Poe, que se debate por escapar de la hoja que desciende y las paredes que se estrechan, pero es rescatado en la undécima hora, recuerda la de Henry y Bill enfrentándose al círculo de lobos mientras "el muro de oscuridad (…) los presiona desde todas partes" En el texto de London, el terror se incrementa gracias a diversos toques agudos. Los perros, por ejemplo, desaparecen en silencio, atraídos a la muerte por el canto de sirena de la loba. Igual de escalofriantes son el anillo de ojos en la oscuridad, reflejando la luz del fuego con un brillo casi sobrenatural, la muerte de Bill, la más terrorífica de todas, porque ocurre fuera de la vista y debemos imaginárnosla, y la desesperación con que Henry, ahora solo, mantiene a raya a los lobos arrojándoles tizones de la fogata. Otro impresionante golpe psicológico es el repentino aprecio de Henry por las sutilezas de su propio cuerpo, cuando se da cuenta de que pronto se convertirá en la próxima comida de los lobos. Los lectores podrán discutir si London estuvo acertado al otorgar a Henry un rescate fortuito. Posiblemente hubiera hecho mejor en terminar su historia tal como finalizó "Ley de la vida", donde el viejo Kokush se resigna a morir a medida que los lobos cierran el círculo.

Además, la primera parte instaura unos pocos símbolos importantes, algunos de los cuales son, como en *La llamada de lo salvaje,* reminiscencias de *Moby Dick.* Por ejemplo, en las dos novelas de London la hoguera del campamento es un oasis cercado por la siniestra oscuridad del bosque. Esta imagen es un microcosmos de un paisaje más amplio: la ferocidad de las tierras vírgenes del norte, opuesta a las verdes propiedades del valle de Santa Clara —el "cálido sur de la vida" donde "la bondad humana era como el sol". Melville había contrastado de modo similar una isla o un puerto, implícitamente femenino y doméstico, con la "ululante infinitud" del mar. El puerto, dice Ismael, es "seguridad, comodidad, chimenea, cena, sábanas calientes, amigos, todo lo que agrada a nuestros cuerpos mortales", pero en el mar residen "todos los horrores de la vida, nunca bien conocida". Para London y Melville, ambos antiguos marinos, la encarnación del horror oceánico es el tiburón, y así como Melville puede referirse de manera casi intercambiable al "mar tiburón" y al "mundo de lobos", London deja que Bill diga: "He oído hablar a los marineros de tiburones que siguen a los barcos. (…) Bueno, esos lobos son tiburones de tierra". Más adelante, London podría estar haciéndose eco de *Moby Dick* antes que de *Génesis* 16, 12 cuando se refiere a la "vida ismaelita" de Colmillo Blanco y escribe que "el diente de cada perro, la mano de cada hombre estaban contra él", hasta que lo transforma la amorosa mano de Weedon Scott. El misantrópico Ismael de Melville es "redimido" de modo semejante por el compañerismo del "dulce salvaje" Queequeg, tras lo cual su "corazón astillado y su mano enloquecida" no "se vuelven más contra el mundo de lobos". Incluso la macabra indiferencia con que Bill y Henry emplean el ataúd como mesa para cenar rememora la forma en que Queequeg convierte el suyo en una barca.

Aun siendo bueno, el episodio de Bill y Henry no se ha integrado con eficacia con el resto de la novela y se podría haber publicado separadamente. Cabe argumentar que London tenía razón en fijar desde el principio el inmenso abismo que separa al hombre del lobo, para hacer más clara la distancia que recorre Colmillo Blanco entre sus comienzos salvajes y su domesticación final. Pero la ferocidad del mundo natural difícilmente necesita una demostración más gráfica que la que recibe en la segunda parte, y, sin embargo, hay entre las dos una discontinuidad chirriante. Que Bill muera y que Henry escape de milagro no tiene nada que ver con la historia de Colmillo Blanco (de hecho, ambos hombres desaparecen de la novela al mismo tiempo); además, los textos difieren bruscamente en su método narrativo. A excepción de unas cuantas páginas tras la desaparición de Bill, toda la primera parte es dramática: el creciente desasosiego de los dos hombres se transmite sobre todo por medio del diálogo. El punto de vista es el de un hombre —cada vez más a menudo, el de Henry, a través de cuyos ojos vemos el extraño mundo animal. La segunda parte, sin embargo, cambia al punto de vista de los lobos, cuyo mundo, por supuesto, se ha de exponer no por medio del diálogo sino de la narración. Hasta mucho más adelante no suceden unas breves y escasas escenas dramáticas, e incluso en ellas el punto de vista sigue siendo el de Colmillo Blanco. En algunas novelas (o para algunos novelistas) una yuxtaposición tal podría servir a un propósito, pero en *Colmillo Blanco* es discordante e ineficaz.

Más aún, si se deja a un lado la primera parte, como un relato independiente, y no se toman en cuenta los diferentes finales, se pueden observar con mayor claridad los paralelismos entre *Colmillo Blanco* y *La llamada de lo salvaje*.

1. Buck y Colmillo Blanco pasan sus primeros días en un refugio aislado (Buck en la propiedad del juez Miller, Colmillo Blanco en la cueva).

2. Una vez lanzados al mundo, descubren la brutalidad de la

232

naturaleza a través de encuentros con otros animales (Buck aprende "la ley del colmillo" con las muertes de Curly y Spitz; Colmillo Blanco, "la ley de la carne" en numerosos enfrentamientos con las criaturas del bosque), y aprenden a someterse a la ley del grupo —la ley del hombre— tras recibir una paliza (Buck, del hombre del jersey rojo; Colmillo Blanco, de Castor Gris).

3. Asumen la disciplina de la obediencia y el trabajo cuando se convierten en perros de trineo de un amo severo pero honrado (Buck, de François y Perrault; Colmillo Blanco, de Castor Gris).

4. Son vendidos a un amo de crueldad extrema (Hal y Charles en *La llamada de lo salvaje;* Bonito Smith en *Colmillo Blanco),* a cuyo servicio están a punto de morir.

5. En un momento crítico, los rescata un amo bondadoso, del que aprenden el amor desinteresado (Buck, con John Thornton; Colmillo Blanco, con Weedon Scott).

En este punto las narraciones divergen, pero sus núcleos internos continúan siendo notablemente similares. Sin embargo, no se ha de concluir necesariamente de estos paralelismos que la nueva novela sea una obra pobre, que meramente explota una fórmula previamente exitosa. En su mayor parte, el lenguaje, los personajes y la acción de *Colmillo Blanco* son un éxito por derecho propio.

Al contrario que *La llamada de lo salvaje,* con su incursión en la prosa lírica, *Colmillo Blanco* está escrito enteramente en estilo llano. Lejos de ser "larguísimo e inflado", el capítulo sobre las tempranas experiencias de Colmillo Blanco en el bosque posee la economía, concreción y precisión visual de las mejores historias cortas de London. Especialmente notable es la minuciosa atención a la psicología de la infancia. En *La llamada de lossalvaje,* London había encontrado ocasionalmente la perfecta transcripción visual de las experiencias nuevas y desconcertantes, como cuando Buck se enfrenta por primera vez a la nieve. En *Colmillo Blanco,* con su detallada exposición del desarrollo de los cachorros, abundan las escenas de este tipo, sobre todo en los dos preciosos capítulos titulados "El cachorro gris" y "La pared del mundo". La incapacidad del lobezno para distinguir las paredes sólidas de la caverna de su entrada penetrable resulta captada con brillantez en la imagen del "muro de luz" hacia el que tiende afanosamente el lobezno y a través del cual aparece y desaparece mágicamente el omnipotente padre. Con una prosa austera, London esboza la época de la hambruna, callando el fácil *pathos* de la muerte de los hermanos de Colmillo Blanco.

Especialmente conmovedor es el relato, en "La pared del mundo", de la primera aventura de Colmillo Blanco fuera de la cueva. Al aproximarse al muro de luz, el lobezno descubre que es "distinta de cualquier otra pared que hubiera conocido". Más aún, se trata de la antítesis del "muro de oscuridad" que oprimía a Bill y Henry en la primera parte, porque éste "parecía retroceder a medida que él avanzaba". Si el primer muro es la muerte, el muro de luz es el orificio del útero, el camino a la vida:

"Era desconcertante. Se arrastraba a través de lo que él creía sólido. La luz era cada vez más brillante. El miedo le llevaba a retroceder, pero el crecimiento le obligaba a seguir avanzando. De pronto se encontró en la boca de la cueva. El muro, dentro del que había creído encontrarse, retrocedió súbitamente ante él a infinita distancia. La luz se había vuelto dolorosamente brillante y él quedó deslumbrado por ella. De igual modo le mareaba la abrupta y tremenda extensión del espacio. Automáticamente, sus ojos comenzaron a adaptarse a la intensidad de la luz, enfocándose para acomodarse a la creciente distancia de los objetos. Al principio, el muro parecía haber desaparecido de su campo visual. Volvió a distinguirlo, pero a una distancia notable. También había cambiado su apariencia. Era un muro confuso, compuesto por los árboles que crecían a orillas del arroyo, por las montañas, que se elevaban por encima de los árboles y por el cielo que estaba aún más alto que las montañas."

Hay una tierna comicidad en esta escena en la que el lobezno se aventura hacia el exterior, inocente de los peligros reales pero aterrado ante los fenómenos más inofensivos. Habiendo "vivido toda su vida en un suelo plano", sin "experimentar nunca la desagradable sensación de una caída", no podía salvar la travesía desde el borde de la cueva al declive contiguo. De aquí que diera un paso "audazmente en el aire" y cayera con la cabeza hacia adelante: "La tierra le propinó en el hocico un violento puñetazo que le hizo aullar lastimeramente. Empezó a rodar ladera abajo, presa de un terrible pánico. Al fin, lo desconocido se había apoderado de él, asiéndolo salvajemente, y estaba a punto de infligirle alguna terrorífica herida. El miedo había desplazado al crecimiento, y el lobezno lloró como cualquier cachorro asustado". Al llegar al final del declive, sano y salvo, después de consolarse con "un último quejido agónico", mira a su alrededor "como podría hacerlo el primer hombre de la tierra que aterrizara en Marte". Ha "atravesado la pared del mundo".

Estos primeros episodios ofrecen un relato notablemente preciso de las experiencias psicológicas y epistemológicas. Tales términos pueden sonar, en un principio, demasiado pretenciosos para una novela que a menudo se menosprecia bajo el marbete de literatura infantil. Sin embargo, la imagen de la "pared del mundo" descansa sobre una compleja tradición simbólica. Las vivencias de Colmillo Blanco aluden a la alegoría platónica de la caverna. Esta parábola, tal como la cuenta Sócrates en *La república,* ilustra el tránsito de la mente de un estado de falso conocimiento, basado en la engañosa apariencia del mundo físico, a un estado de verdadera iluminación en el que la mente puede penetrar el velo de la naturaleza y aprehender las formas ideales. Sócrates insta a su interlocutor a imaginar que la mente en estado de iluminación es semejante a unos hombres que, "desde su infancia", hubieran estado prisioneros en "una especie de cámara cavernosa subterránea, con una entrada abierta a la luz y un pasillo a lo largo de la cueva". A los ignorantes prisioneros, las sombras de las paredes les parecerían realidades. Si, no obstante, alguno de ellos fuera "repentinamente forzado a (…) caminar con los ojos levantados hacia la luz", estaría "demasiado deslumbrado para distinguir los objetos cuyas sombras solían ver", y sufriría una desorientación aún mayor, si "alguien lo arrastrara a la fuerza pendiente arriba por una cuesta accidentada, y no le dejara marchar hasta que le hubiera sacado a la luz del sol". Aquí "sentiría dolor y humillación" y "sus ojos estarían tan ofuscados por el resplandor [del sol] que no verían ni una sola de las cosas que le presentarían como reales". Ciertamente, añade Sócrates, "no las vería todas enseguida", sino que le haría falta "acostumbrarse poco a poco, antes de poder mirar las cosas de aquel mundo superior". Tras mucho esfuerzo, sería capaz de "mirar al sol y contemplar su naturaleza, no como aparece cuando se refleja en el agua o en algún medio extraño, sino como es él en sí mismo, en sus propios dominios". Sócrates sigue explicando que, en la parábola, el sol está en lugar de "la idea del bien", que se percibe la última y "sólo con gran dificultad".

Sería forzar la credibilidad insistir en que, al conducir a Colmillo Blanco hacia la vivencia final de un amor desinteresado, London moldeaba conscientemente la novela entera sobre el esquema platónico. Pero sigue en pie el hecho de que las más tempranas experiencias del lobezno acerca de la realidad y la apariencia captan el espíritu epistemológico y algunas imágenes concretas de la parábola de Platón. Como los prisioneros platónicos, al lobezno no le inquieta la penumbra de la madriguera, porque "sus ojos no se habían ajustado nunca a otra luz". Más adelante, el muro de sombras que engaña a los prisioneros recuerda al muro luminoso que engaña a Colmillo Blanco, y la confusión que embarga al lobezno al emerger en la luz del sol sigue muy de cerca a la de los prisioneros arrastrados fuera de la caverna platónica. De la misma manera que el prisionero de Platón debe comprender la realidad del sol en sí mismo, y no tal como es, al reflejarse en "el agua u otro medio extraño", Colmillo Blanco descubre a costa de dolor que el agua, aunque parece "tan sólida como la tierra", verdaderamente "carece de toda solidez". Aterrado por su primer remojón, concibe "una permanente desconfianza por las apariencias", y se promete "comprobar la realidad de una cosa" antes de "confiar en ella".

Desde que el terroríficamente misterioso "muro de luz" recibe también el nombre de "pared blanca", London ha empezado a pensar en otra representación de la falsedad de las apariencias: la blancura de la ballena en *Moby Dick*. El platonismo invertido del capitán Ahab le conduce a ver "todos los objetos visibles" como "caretas de cartón", que no encubren la idea última del bien, sino el principio del mal. El propio Melville podría estar rememorando la alegoría platónica de la caverna, cuando Ahab exclama: "Si el hombre pasa, pasará a través de esa máscara" ¿Cómo alcanzará el exterior un prisionero, más que abriéndose paso por la fuerza a través del muro? Para mí, la ballena blanca es ese muro, que se abalanza sobre mí". Igual de sugestiva es la observación posterior de Ismael del carácter engañoso inheren-

te al "gran principio de la luz", el cual, aunque "blanco o carente de color en sí mismo", descansa sobre "los sutiles destellos"
de colorido de la naturaleza. La imagen del muro de luz en London cristaliza, con un extraordinario ingenio imaginativo, el problema de la iniciación de Colmillo Blanco a los seductores pero
traicioneros fenómenos del mundo natural.

La autenticidad psicológica de los primeros episodios au-
menta enormemente gracias a la comprensión que London posee acerca de las necesidades orales infantiles y el sentimiento de
abandono cuando estas necesidades no son satisfechas. Inicial-
mente, la madre de Colmillo Blanco es "una fuente de ternura y
de alimento líquido y cálido", cuya "lengua cariñosa y acariciadora (...) le calmaba cuando la pasaba por su blando cuerpecito"
y "le inducía a apretarse contra ella y dormitar". Pero esta felicidad tiene una corta vida. Significativamente, su final coincide con
un período de hambre, cuando "la leche dejó de manar de los pe-
zones de su madre", y su padre, muerto por el lince, no volvió a
traer carne. La cueva, que una vez fue un paraíso, deja de ser una
mera extensión del útero materno, y el lobezno comienza a obedecer el impulso que le lleva a un segundo nacimiento a través
del muro de luz. Pero, aunque destetado y huérfano de padre, no
ha sido abandonado del todo. Después de que su madre lo rescata de la comadreja, asocia su anhelo de afecto materno con su
ansia de carne: "El lobezno recibió otro acceso de afecto de parte de su madre. La alegría de la loba por haberlo encontrado parecía aún mayor que la suya propia por haber sido encontrado.
Le acarició con el hocico y le lamió los cortes causados por los
dientes de la comadreja. Después, entre los dos, la madre y el cachorro, devoraron a la bebedora de sangre, volvieron a la cueva
y se durmieron".

Pero si en el bosque "el tiempo que una madre puede permanecer con su hijo es muy corto", en el mundo del hombre "algunas veces es, incluso, menor". Cuando Castor Gris vende la
loba, el "dolor [del joven perro] por su pérdida" se combina con
"un hambriento quejido" por su vida de cachorro. Ahora su "vida
ismaelita" empieza en serio. Desprotegido ante la crueldad de los
demás perros, cae en una salvaje independencia. Más aún que
Buck o que Larsen el Lobo, Colmillo Blanco se convierte en la per-

sonificación del principio masculino del bosque demoníaco: "el vagabundo" y "el enemigo de su raza", "odiado por todo hombre y perro" y que, a su vez, los odia. Hasta su nombre sugiere al mismo tiempo la demoníaca soledad blanca y el salvaje mundo darwiniano gobernado por la ley de la carne y la ley del colmillo. La esencia de las partes tercera y cuarta consiste en un retrato del progresivo extrañamiento de todas las cosas vivientes, y, como siempre que la escritura emerge de los rincones más oscuros de la mente de London, estos capítulos evocan un mundo desprovisto de todo valor positivo —un mundo nihilista de violencia y odio.

El período de enajenación culmina con Colmillo Blanco esclavo de la perversidad de *Guapo* Smith. Aquí London se inspira, con más intensidad aún que en *La llamada de lo salvaje,* en su historia corta "Bâtard", en la que la crueldad de Black Leclère iguala a la astucia de un perro, que, como Colmillo Blanco, es a la vez un huérfano ("bâtard") y un demonio ("diable"). Bajo la tutela de Smith (ese "dios humano"), Colmillo Blanco se convierte en un "diablo" cuya justa cólera recuerda tanto la venganza de Buck por el asesinato de Thornton, como el odio implacable de Bâtard hacia Léclerc.

Es privilegio del narrador, sin embargo, reemplazar a un padre cruel por otro amoroso, como hace London cuando trama la llegada casual de Weedon Scott. Por otra parte, las cualidades de Scott son maternales, al proveer la cariñosa alimentación de la que Colmillo Blanco no ha disfrutado desde su época de cachorro. Una vez más, estas cualidades sirven a una necesidad oral, "un vacío en su ser —un hambriento, doliente, quejumbroso vacío, que clamaba por llenarse". Al cálido sol de California, finalmente, recupera la seguridad uterina de la cueva. Por tanto, aunque su conciencia y su moral maduran, psicológicamente se trata de un retorno.

De hecho, aunque la lógica narrativa del relato requiere un relato de la socialización de Colmillo Blanco, la quinta parte es, con mucho, la sección más floja del libro. Su título, "El animal domesticado", parece irónicamente certero, porque es tediosamente anticlimática y sensiblera. Es cierto que pierde en la inevitable comparación con el final de *La llamada de lo salvaje.* Pero, ¿qué pensaríamos de esta última si la cerrara "Por el amor de un hombre", con Buck empujando el trineo de Thornton a la victoria? Hubiera habido muy poco que elegir entre el cuadro de Thornton cayendo de rodillas para abrazar a Buck y el retrato de Colmillo Blanco rodeado de sus cachorros, "adormeciéndose al sol". Tampoco ayuda mucho, en el episodio de Jim Hall, el sermón gratuito de London sobre la indiferencia de la sociedad y la injusticia del sistema penal. Lo que London quería dar a entender, aparentemente, eran las similitudes entre el medio que hizo de Jim Hall un demonio y el que antes había hecho un demonio de Colmillo Blanco, con la única diferencia del afortunado encuentro de Colmillo Blanco con Weedon Scott. De todas maneras, el material sobre Jim Hall es demasiado tópico, y su tratamiento por parte de London, demasiado didáctico; el tono resulta excesivamente discorde.

Aunque el tema del medio ambiente destaca a lo largo de toda la novela, el naturalismo de London no es siempre tan estridente. La herencia y el medio, aunque importantes, no son los únicos determinantes del comportamiento humano ni animal. De hecho, el paso crucial hacia la civilización involucra, paradójicamente, un acto de libre elección, y el "cautiverio" de Colmillo Blanco en el mundo de los hombres contrasta con su libertad en el bosque. Lo que impregna la novela es no tanto un puro naturalismo determinista como un punto de vista más flexible hacia los imperativos de la herencia y el medio, atemperados por los caprichos de la casualidad y el reconocimiento de la libre voluntad. Semejante punto de vista está, quizá, más próximo al que llega Ismael en el capítulo introductorio de Moby Dick, en el que ve "casualidad, libre voluntad, y necesidad —de ninguna forma incompatibles—, todas entretejiéndose y colaborando".

Sin embargo, las fuerzas, cuidadosamente diferenciadas, de la herencia y el medio representan el papel más importante en la conformación de la vida de los personajes de la novela, y, especialmente, de Colmillo Blanco. En el silencioso drama de la selección natural, la herencia es, en parte, genética, y la herencia minuciosamente definida de Colmillo Blanco —cuarta parte de perro, tres cuartas partes de lobo— implica un conflicto interno entre sus impulsos "femeninos" civilizados y sus impulsos "masculinos" salvajes. A primera vista parece haber una contradicción, porque estos impulsos libres y salvajes son el producto de fuerzas deterministas: los rasgos hereditarios de sus ancestros lobunos y el medio hostil de las tierras vírgenes del Norte. Pero London parece rechazar implícitamente el extremo de un determinismo absoluto, el cual sostiene que un acto de, en apariencia, libre ejercicio de la voluntad, es sólo una ilusión, y que la "elección", en sí misma, viene modelada por fuerzas externas. En el mundo de London, como en el de Melville, la necesidad y la voluntad no son "de ninguna forma incompatibles".

No obstante, la herencia biológica de Colmillo Blanco es más que un símbolo. El lobo que hay (bastante literalmente) en él le proporciona una piel gris como la de su padre, distinguiéndole así de sus hermanos —"el más feroz de la camada", el único lobezno lo bastante fuerte como para sobrevivir a la primera hambruna. Su herencia es, además, un conjunto de instintos que emergen uno tras otro cuando los desencadena un estímulo. El miedo instintivo de la loba al padre de los cachorros es "la experiencia acumulada de todas las madres de lobos"; el viejo Tuerto obedece "un instinto que había llegado hasta él desde todos los padres de lobos", cuando sale en busca de carne. El aprendizaje del lobezno constituye, en parte, un proceso de descubrimiento y confianza en sus instintos. La mayoría son instintos de evitación: el miedo a lo desconocido o a la muerte, el instinto de ocultación. Pero hay también una atracción trópica por la luz: "La vida de su cuerpo (...) anhelaba esa luz y le urgía a ir hacia ella de la misma manera que la ingeniosa química de las plantas las urge a buscar el sol". Más tarde, cuando Colmillo Blanco rehúsa instintivamente pelear con una hembra, London insiste en que esta conducta "no es algo adquirido por experiencia en el mundo". No es algo aprendido, sino innato.

En una gastada metáfora, la herencia de Colmillo Blanco es "comparable a la arcilla", que, "al contener en sí miles de posibilidades, podía moldearse de muchas formas distintas". La fuerza que sirve para "modelar la arcilla y darle una forma particular" es el medio, y este ingrediente favorito del estofado naturalista recibe un continuo énfasis. Una metáfora alternativa, señalada en las líneas anteriores, es la de la planta, que se seca en un suelo adverso y prospera en uno favorable. El mundo de los indios es "una tierra inadecuada para que la bondad y el amor florezcan en ella", pero en el sur, bajo el "sol" de la bondad humana, Colmillo Blanco "florecía como una flor plantada en buena tierra". Estos tropos se acercan al concepto de Zola de "novela experimental", en la que el observador-novelista parece un fisiólogo. Colmillo Blanco es una especie de animal de laboratorio trasladado de un medio a otro para observar sus reacciones. Se comporta de una manera en el bosque, de otra con los indios, de otra distinta con *Guapo* Smith y de una cuarta en la cálida atmósfera de Weedon Scott y las tierras septentrionales.

El motivo medioambiental se señala desde el principio, gracias a la maravillosa descripción del norte helado. El paisaje combina, paradójicamente, un animismo lleno de presagios y una siniestra desolación, como si la atmósfera fantasmal y la risa demoníaca quisieran sugerir una especie de limbo, algún lugar entre la vida y la muerte.

"Un denso bosque de piceas se extendía a ambos del helado torrente. Una reciente ráfaga de viento había desnudado a los árboles de su blanca capa de hielo, y parecían inclinarse los unos hacia los otros, negros y ominosos, en la fatídica luz. Un vasto silencio reinaba sobre la tierra. Toda ella era una desolación sin vida, sin movimiento, tan solitaria y fría que no desprendía ni siquiera un espíritu de tristeza. Había en ello la insinuación de una carcajada, pero de una carcajada más terrible que ninguna tristeza, una carcajada tan falta de alegría como la sonrisa de la Esfinge, una carcajada fría como el hielo, que tenía el espanto de lo inexorable. Era la sabiduría absoluta e incomunicable de la eternidad, burlándose de la futilidad de la vida y del esfuerzo de vivir. Era la vastedad, la helada desolación de las tierras vírgenes boreales".

Transportando un cadáver por este paisaje de quieto terror, Bill y Henry parecen "enterradores en un mundo espectral, asistiendo al funeral de un fantasma"; el opresivo silencio les afecta "como las atmósferas de profundidad afectan al cuerpo del buceador", dándoles un anticipo de la muerte, igual que lo hace la repentina inmersión de Colmillo Blanco en el agua durante su primera correría por el mundo exterior. Aunque un medio ambiente como éste posee una pasividad que causa estupor —"tan remoto, ajeno y sin pulso como los abismos del espacio"—, puede ser también terroríficamente activo en sus esfuerzos por destruir la vida, que es "movimiento". "Congela el agua para impedirle correr al mar" y "arranca la savia de los árboles hasta helar sus poderosos corazones".

La constrictiva atmósfera de la caverna ofrece un ejemplo propio de un manual de psicología conductista, un laboratorio donde estudiar las respuestas del lobezno a la recompensa y el castigo, el placer y el dolor. Incluso antes del comienzo de su vida consciente, el lobezno descubre la brusca reprimenda de la pata de su madre, y retrocede "automáticamente ante los golpes, tal como se había arrastrado automáticamente hacia la luz". La sensación de miedo, el "duro obstáculo de las paredes de la cueva" y el "hambre insatisfecha de varias hambrunas" hicieron "nacer en él la idea de que no todo era libertad en el mundo, que la vida tenía limitaciones y restricciones. Estas limitaciones y restricciones eran leyes. Obedecerlas significaba escapar del dolor y procurarse la felicidad". A medida que pasa a ambientes más complejos, las restricciones se multiplican. El "ambiente hostil" del campamento indio le obliga a un desarrollo "rápido y unidireccional", en el cual "el código que aprendió fue obedecer al fuerte y oprimir al débil". Más tarde, la ferocidad de *Guapo* Smith solidifica su carácter, casi sin fisuras.

Pero, al mismo tiempo, el mundo humano ejerce sobre él un tipo muy distinto de influencia: empieza a gustarle realmente "poner su destino en otras manos". Insidiosamente, "la vida del campamento, repleta de miserias como estaba, estaba granjeándose secretamente su simpatía", preparando el terreno para su alianza definitiva con la ley humana. Cuando, finalmente, se le traspasa al afectuoso cuidado de Weedon Scott, el resultado es una verdadera "revolución", porque el nuevo medio le fuerza a "ignorar las urgencias y los dictados del instinto y de la razón, a desafiar a la experiencia, a desmentir a la propia vida". Des-aprendiendo y revirtiendo sus respuestas naturales al placer y el dolor, ahora "a menudo escogía la incomodidad y el dolor en interés de su dios". Por una parte, está descubriendo las satisfacciones de una vida moralmente superior; pero por la otra, se enfrenta a los descontentos de la civilización. Aunque, a punto de completar la novela, London insistía en que nadie podía acusarle de haber "humanizado al perro", de hecho había abandonado, un tanto inaceptablemente, el mundo de los instintos animales por el mundo de los valores y las elecciones humanísticos.

Por lo tanto, el medio modela la vida de Colmillo Blanco de principio a fin. Pero London concede a un único aspecto del mundo exterior una identidad independiente: a la repentina intrusión de la casualidad. Al contrario que la "necesidad" de Melville o "la herencia y el medio" de London, conceptos que reflejan su visión de las circunstancias o del ambiente como fuerzas muy amplias, la casualidad se manifiesta en un momento concreto. En palabras de Melville, le da "toque definitivo a los sucesos". Aunque el viejo Tuerto se aleja asustado de un peligroso puercoespín, permanece en las inmediaciones, porque "hacía mucho tiempo que había aprendido que existía algo así como la casualidad, o la oportunidad", que aún podría mandarle a casa con comida. De manera parecida, el joven Colmillo Blanco tiene, en sus primeras experiencias de caza, "la suerte del principiante" cuando "al tropezar con una cubierta de hojas y ramas (...) encontró por casualidad el nido, sagazmente oculto, de la perdiz nival". Más adelante, London apunta una irónica reminiscencia de Thomas Hardy, cuando insiste en las interminables consecuencias de casualidades aparentemente insignificantes. Castor Gris se había propuesto acampar en la orilla más lejana del río Mackenzie, donde Colmillo Blanco nunca se habría encontrado con él.

"Pero en la orilla más próxima, un poco antes del anochecer, Klu-Kuch, que era la *squaw* de Castor Gris, había espiado a un alce que bajaba a beber. Ahora, si el alce no hubiera bajado a la orilla, si Mit-sah no se hubiera salido del camino por culpa de la nieve, si Klu-Kuch no hubiera visto el alce, y si Castor Gris no lo hubiera matado de un certero tiro de su rifle, todos los acontecimientos subsiguientes habrían sido distintos. Castor Gris no hubiera acampado en la orilla más cercana del Mackenzie, y Colmillo Blanco habría pasado por allí y habría seguido adelante, bien para morir, bien para encontrar la senda de sus hermanos salvajes y convertirse en uno de ellos, un lobo más hasta el fin de sus días".

Si bien en algunas ocasiones London contempla los hechos

desde esta perspectiva desapegada e irónica, es más característica una actitud de terror y temor reverencial: "Si el lobezno hubiera podido pensar a la manera humana, habría resumido la vida como un apetito voraz, y el mundo como el lugar donde vaga una multitud de apetitos, persiguiendo y siendo perseguidos, cazando y siendo cazados, devorando y siendo devorados, en total ceguera y confusión, con violencia y desorden, un caos de matanza y glotonería, regido por la casualidad, sin misericordia, sin objetivo, sin fin". Como la masacre de los tiburones en *Moby Dick,* éste es el mundo de pesadilla del naturalista, una concatenación sin propósito de fuerzas salvajes, irredimibles por el menor destello de esperanza. Maxwell Geismar lo ha llamado, acertadamente, "una parábola del horror, un poema lírico de la barbarie".

Este párrafo puede, incluso, servir de portavoz al lado más oscuro y profundo de la visión de London. Aunque Colmillo Blanco no está, obviamente, desprovisto de esperanza. La medida del rechazo de London al naturalismo incondicional es su reconocimiento de la posibilidad de elegir, a la que alude ya desde las primeras páginas, cuando el vasto y silencioso norte parece tan opresivo. Aunque el paisaje se burla de "la futilidad de la vida y los esfuerzos por vivir", de hecho "había vida sobre la tierra, desafiante". En la propia cueva, donde el lobezno parece, al principio, más indefenso que un perro pavloviano, London hace una distinción esencial. Primero, Colmillo Blanco evita los golpes "automáticamente"; más tarde, los evita "porque sabía que dolían". Éstos, repite London, son "actos conscientes"; de una manera rudimentaria, son elecciones.

Pero estas elecciones se realizan dentro de estrechos límites, su grado de libertad está fuertemente mediatizado por el énfasis en la herencia y el medio. Sin embargo, en la tercera parte, que es crucial, las elecciones son más claras y más consecuentes. La primera de ellas ocurre cuando el traslado del campamento indio le da a Colmillo Blanco su primera "oportunidad de ser libre". "Deliberadamente", cuenta London, "tomó la decisión de quedarse atrás". Pero, después de otorgarle a Colmillo Blanco esta elección, London se la quita, porque la soledad del bosque pronto aterra al lobezno hasta el punto de llevarle de regreso al pueblo. Demasiada voluntad, al parecer.

Al regresar al campamento y encontrarlo desierto, Colmillo Blanco se enfrenta con otra decisión, y esta vez su elección tendrá consecuencias permanentes. Debe escoger, de una vez para siempre, entre la llamada de lo salvaje y la compañía del hombre. "No le llevó mucho tiempo decidirse"; se "entregó voluntariamente" a Castor Gris. "Por su propia voluntad, vino a sentarse ante el fuego del hombre y a vivir bajo sus leyes". La "alianza" que ofrece es, por definición, un acuerdo que acepta libremente, vinculándose por una complaciente aceptación de las obligaciones y los beneficios. Con toda seguridad, hay algo de ironía en la confesión de London de que Colmillo Blanco "cambia su libertad (...) por la posesión de un dios de carne y hueso", aunque el cambio se lleva a cabo con pleno conocimiento y su carácter queda confirmado por otro retorno voluntario tras la última hambruna, cuando "volvió del bosque con todo descaro y trotó por el campamento, derecho al *tipi* de Castor Gris". Esta vez, su regreso no es impulsivo ni dictado por el pánico, sino deliberado, y su importancia se expresa sin adornos: "El sello de su dependencia del hombre se había asentado sobre él el primer día que volvió la espalda al bosque y se arrastró a los pies de Castor Gris, sabiendo que iba a recibir una paliza". Al contravenir sus respuestas automáticas a la recompensa y el castigo, Colmillo Blanco proclama su habilidad para modelar su propia vida.

De todos modos, Earl Wilcox está probablemente en lo cierto cuando dice que "no es posible considerar a Colmillo Blanco como un típico producto de su medio, porque rápidamente se convierte en un tipo superior". Pero esto no es tanto una inconsistencia como una paradoja. Se trata del reconocimiento de London, similar al de Melville, de que la vida es un tapiz complejo y misterioso, tejido con hebras cambiantes y a menudo, en conflicto. Leer a London con la expectativa de encontrar un naturalismo férreo es prepararse una decepción. Aunque incuestionablemente influido por el naturalismo, no quedó confinado en él. *Colmillo Blanco,* como *La llamada de lo salvaje,* habla de la libertad y la esclavitud. A diferencia de *La llamada de lo salvaje,* insiste en que la civilización, con todas sus insatisfacciones, es una esclavitud en la que merece la pena establecerse.

Los finales, totalmente opuestos, de *La llamada de lo salva-*

je y de *Colmillo Blanco,* ofrecen otra expresión de los impulsos enfrentados en London. El dinamismo centrífugo de *La llamada de lo salvaje,* que aparta a Buck del hogar para empujarlo hacia la demoníaca vastedad, expresa el principio "masculino" del movimiento, mientras que la dirección de la segunda novela es, finalmente, centrípeta: un retorno al centro, al principio "femenino" de la estabilidad doméstica. *Colmillo Blanco* es producto de un momento en que London emergía de su "larga enfermedad" y empezaba a echar nuevas raíces, comprando un rancho y preparando un segundo matrimonio. Como Andrew Sinclair ha observado, refleja "un riguroso esfuerzo por dominar sus apetitos y establecerse". El bosque —el lado oscuro, demoníaco, de su visión— continuaría llamándolo, aunque más silenciosamente; y nunca parecería totalmente seguro de haber tomado la decisión correcta. En la segunda de sus principales novelas, el conflicto reaparece en su ambivalente visión del socialismo.

JOHN CHARLES N. WATSON JR.,
"Redemption of an Outcast. White Fang",
The Novels of Jack London, p. 79-98.

A los quince años todas las lecturas, ya se tratase de novelas para muchachos como las de London o las de Verne, ya se tratase de novelas para adultos como las de Victor Hugo o de Dickens, me reafirmaban en mi intuición de que la vida era maravillosa.

Todas estas novelas me daban una imagen distinta, pero muy luminosa de la vida. Me parecía que todos los autores eran conscientes de esta verdad, que la vida es de una belleza incomparable y que intentaban trasmitirla con imágenes singulares. Hay que tener en cuenta de que yo no percibía las verdaderas intenciones del autor. En las novelas yo solamente intentaba encontrar esa belleza que me parecía espléndida en la vida. Y nunca me habría desengañado, pues la belleza estaba en mí, aunque yo pensara que se encontraba fuera.

De *Colmillo Blanco* conservé durante mucho tiempo el recuerdo de las primeras sensaciones del cachorro. La vaga noción de la vida que podía tener un perro nacido y obligado a vivir en una cueva me devolvía, por contraste, a la plenitud de vida. El mundo se le aparece al cachorro inmediatamente maravilloso, aunque de momento sea oscuro y asfixiante. Precisamente la oscuridad habla de la luz que hay fuera y la restricción de los grandes espacios libres que hay en la naturaleza. O sea, yo leía *Colmillo Blanco* como más tarde leería *Dedalus*. Naturalmente el descubrimiento del mundo es el único tema de *Dedalus,* mientras es una pequeña parte en *Colmillo Blanco.*

Pero yo me había olvidado de esto, lo he descubierto releyéndolo. Para mí era casi un libro nuevo.

Comienza con una escena familiar para los lectores de London: un trineo perseguido por una manada de lobos famélicos, capitaneada por una loba que ha conocido la domesticidad, como bien pronto comprendió uno de los dos hombres, Bill. El otro, Henry, el único que sobrevive, porque le salva, en el último momento, una expedición que ahuyenta a la manada. Y éste continúa en su desesperada búsqueda de comida, y se encuentra, por fin, con un alce, con el que se quita el hambre. Después, los lobos se marchan cada uno por su lado; mejor dicho, en parejas, porque es la época de los amores. La loba acompaña a un viejo lobo que siempre ha tenido una vida salvaje.

Por esto, *Colmillo Blanco* es hijo de una loba mitad doméstica y de un lobo completemente salvaje. Y la domesticidad es su nota más predominante. London nos cuenta la historia contraria de su famosa novela *La llamada de lo salvaje*. En aquélla, un perro retorna con los lobos; en ésta, un lobo se convierte en perro.

En esta novela London nos da un cuadro muy convincente de la región salvaje en la que había vivido como buscador de oro. Él ha sabido poco a poco inventar las escenas adecuadas para representarla. Además, hace unas consideraciones muy pertinentes. Lo salvaje, como él lo llama, es despiadado tanto con los hombres como con los animales. Nada más empezar el libro nos hace esta consideración: «Lo salvaje hiela el agua para impedirle que corra hacia el mar; chupa la savia de los árboles para paralizarlos hasta la médula del tronco; pero más feroz y terriblemente aún lo salvaje se encarniza con el hombre; el hombre, que es la forma de vida más inquieta, siempre en contra del principio que toda acción al final tiene que cesar». Los lobos hambrientos siguen el trineo; entre ellos hay frecuentes peleas, porque, como observa London, «la falta de comida y la irritabilidad van juntas». Tras un largo preámbulo, llega al mundo Colmillo Blanco, al que London examina los procesos mentales, muy distintos de los nuestros: «la lógica y la física no forman parte de su sistema mental». Lo que no le impide al lobezno aprender en seguida la dura ley de la vida, según la cual los más fuertes sobreviven. Colmillo Blanco tiene su pequeña experiencia tremenda en familia: sus cuatro hermanos mueren de hambre, y el padre no regresa de caza. La madre se ve obligada a salir de la cueva para procurarse la comida para ella y para el único superviviente de la camada, y

Colmillo Blanco aprovecha la ocasión para salir al aire libre. Pero el miedo lo clava: «En su corta vida en la cueva nunca había encontrado nada que pudiese asustarlo; sin embargo tenía miedo». Se trata de un sentimiento atávico, que las generaciones anteriores han depositado en sus venas: «¡El miedo!... ¡La herencia de lo salvaje, a la que ningún animal puede sustraerse!»

Un día que estaba solo en la cueva, Colmillo Blanco sintió el resoplido de un oso: no podía entrar por el estrecho agujero, pues, en caso contrario, se habría metido para devorar al pequeño al que olía. Colmillo Blanco no sabe nada de osos, pero le bastó el resoplido para asustarse: «era extraño, algo no clasificado, y por lo mismo desconocido y terrible, porque lo desconocido era uno de los elementos más importantes del miedo.»

Luego, el lobezno sale a menudo fuera de la cueva, y empieza a tener experiencia del mundo. Sin embargo, sigue viviendo con la madre, hasta que los dos, madre e hijo, se encuentran con los hombres y se someten a ellos. Su amo, Castor Gris, cede, tras un tiempo, la loba a otro indio. Y Colmillo Blanco se queda solo en el campo, y se pasa el tiempo azuzándose con otros perros.

Más tarde, Castor Gris lo engancha al trineo y lo lleva al fuerte Yukon. Colmillo Blanco sigue viviendo solo: su mayor diversión era degollar a los perros que desembarcan: «Necesita poco para buscar pelea. Lo único que debía hacer, una vez que los perros extranjeros echaban pie a tierra, era enseñarles los dientes. Nada más verlo, se tiraban encima. Era su instinto. Eso representaba lo salvaje: lo desconocido...» En contacto con la civilización, el rudo hombre de la naturaleza se corrompió: la necesidad de alcohol le llevó a vender a su perro a un impresentable *Guapo* Smith, que tiene siempre atado a Colmillo Blanco, lo maltrata para que se vuelva irascible: efectivamente le obliga, por dinero, a pelearse con otros perros. Parece que los pioneros apreciaban mucho estos espectáculos sangrientos, así como los antiguos romanos se divertían con las peleas de los gladiadores. Colmillo Blanco mata a muchos perros, pero, al final, casi le mata un bulldog: lo salva en el último momento un blanco bueno, Weedon Scott, que se lo compra al *Guapo* Smith, que se convierte en el último amo. Con él Colmillo Blanco vuelve a ser amigo del hombre y escoge definitivamente la vida en cautividad.

Durante un período de su vida el amo ha obligado a Colmillo Blanco a pelearse con otros perros. Es la parte más dura de la historia y también del libro. Pero también nos lleva a pensar que no se podría obligar a que los perros se pelearan entre sí, si el instinto no cooperara a que se agredieran. Por otra parte, incluso cuando se encontraba en mejores condiciones, por ejemplo en el campo indio o, al principio, en la aldea de los blancos o enganchado en el trineo, incluso en el del amo bueno, Colmillo Blanco con ganas los azuzaba y a menudo los mataba. Un instinto agresivo había en todos ellos, digamos: la cercanía los empujaba a desconfiar a unos de otros y a agredirse, en cuanto podían.

Aquí encontré la confirmación de que la cercanía, en lugar de hermanar a los seres vivos, los empuja a ser irracionalmente enemigos. ¿Contra quién luchaba un pueblo medieval? Contra el vecino. ¿Contra quién luchan las hormigas? Contra las del hormiguero de al lado.

¿Colmillo Blanco escogería a sus enemigos lejos? No, los escogía entre los vecinos, entre los perros de su aldea y de su mismo tiro. Y, de esta forma, la cercanía, en lugar de hermanar, lleva inevitablemente a la rivalidad y a la guerra.

Los hombres deberían ser un poco más inteligentes que los animales, entender esta verdad tan simple y eliminar todas las barreras que hay entre ellos.

CARLO CASSOLA

(En la "Introducción" a *Colmillo Blanco,* en BUR, Milán, 1999, p. IV-VIII).

ÍNDICE

TÍTULOS DE LA COLECCIÓN